WORLD

토브욘

헤닝

군나르

카팔 대사막

아르네

리안강

수도

스벤센

토레

부쿤 대산맥

바야크

바야크 저지선

홀리랜드

발루아

카롤

하라칸

주논 판타지 장편소설

ORIGINAL FANTASY STORY & ADVENTURE

dream
books
드림북스

하라칸 7 피의 수레바퀴

초판 1쇄 인쇄 2017년 9월 22일
초판 1쇄 발행 2017년 10월 2일

지은이 쥬논
발행인 오영배
기획 박성인
책임편집 이대용
일러스트 유진
표지 · 본문 디자인 권지연
제작 조하늬

펴낸곳 (주)삼양출판사 · 드림북스
주소 서울시 강북구 도봉로 173
대표 전화 02-980-2112 **팩스** 02-983-0660
편집부 전화 02-980-2116 **팩스** 02-983-8201
블로그 blog.naver.com/dreambookss
출판등록 1999년 3월 11일 제9-00046호

ⓒ 쥬논, 2017

ISBN 979-11-283-9204-7 (04810) / 979-11-313-0654-3 (세트)

드림북스는 (주)삼양출판사의 판타지 · 무협 문학 브랜드입니다.

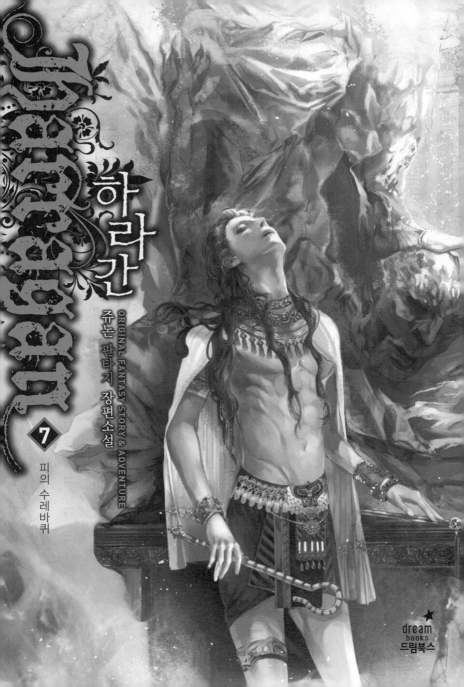

목차

사대신수

『성혈의 바하문트』
—신수: 날개 달린 사자
—상징: 공포
—속성: 흙(土), 피(血)

『둠 블러드 이탄』
—신수: 냉혹의 뱀
—상징: 파멸
—속성: 금속(金), 빛(光)

『불과 어둠의 지배자 샤피로』
—신수: 광기의 매
—상징: 탐욕
—속성: 불(火), 어둠(暗), 나무(木)

『포식자 하라간』
—신수: 투명 마수
—상징: 타락, 나태
—속성: 얼음(氷), 균(菌), 물(水)

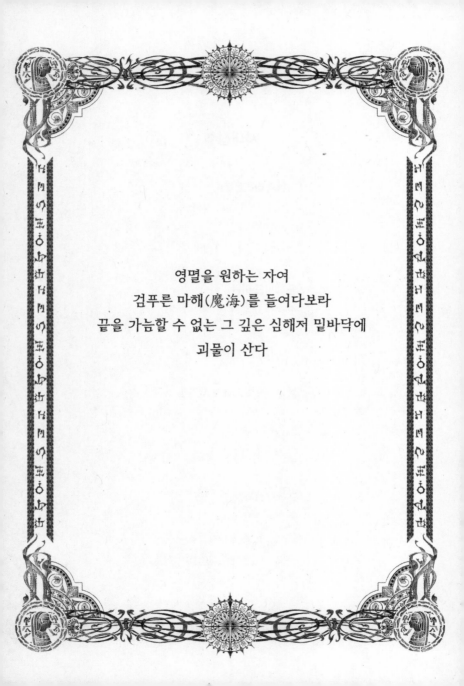

영멸을 원하는 자여
검푸른 마해(魔海)를 들여다보라
끝을 가늠할 수 없는 그 깊은 심해저 밑바닥에
괴물이 산다

제1화

신혼 첫날

Chapter 1

깊고 깊어 그 한계를 알 수 없는 심해저 밑바닥.

금속보다 밀도가 높은 마해의 하층부에 검보랏빛 물결이
크게 일었다. 그 물결을 뚫고 희고 반투명한 구체가 꿀렁꿀
렁 지나갔다.

젤리를 뭉쳐 놓은 것처럼 보이는 구체는 숨을 쉬는 것처
럼 신체의 수축과 이완을 반복했다. 녀석이 반투명한 숨을
들이쉴 때면 수평선 저쪽 끝부터 이쪽 끝까지가 온통 하얀
젤리 막에 뒤덮이는 것처럼 느껴졌다.

반대로 녀석이 반투명한 몸체를 연동해 숨을 내쉬면 물
살이 확 뿜어져 나가며 거센 소용돌이가 해류처럼 형성되

었다. 반투명한 젤리형 구체는 그렇게 수축과 이완을 반복하며 심해저 밑바닥을 쓸고 다녔다.

가끔씩 구체 내부에서 하얀빛이 발광되었는데, 이로 인해 반투명한 구체 내부의 장기들이 그대로 투영되어 보였다.

그 모습이 마치 전기와 독으로 무장한 거대 해파리를 연상시켰다.

그렇게 반투명한 구체가 자유롭게 심해저 밑바닥을 유영하고 있을 때, 거대한 동체 바로 아래에 가느다란 실뱀형 마물이 등장했다.

새로 등장한 마물의 생김새는 지극히 단순했다. 눈도 없고, 코도 없고, 귀도 없었다. 오로지 기다란 몸뚱어리만 존재하여 뱀이라고 부를 수도 없었다. 녀석의 피부는 불그스름하고 밋밋하였으며, 그 흔한 비늘 하나 볼 수 없었다.

실뱀형 마물의 굵기는 지름 1 미터 정도.

인간 세상에서 1 미터 굵기의 뱀이라면 초대형 신수라 불리겠지만, 이 깊은 심해저에서 몸통 굵기가 1 미터라면 가느다란 실보다도 못한 존재였다. 바로 위를 스쳐 지나가는 거대 해파리형 마물의 크기에 비하면, 이 실뱀형 마물은 보이지도 않았다.

대신 실뱀형 마물은 길이가 어마어마했다. S자를 그리

며 은밀하게 움직이는 녀석의 길이는 저 수평선 동북쪽 끝부터 몇 겹을 굽이치며 구부러져 수평선 반대편 서북쪽 한 계선까지 도달했다가 다시 'ㄱ'자를 그리며 휘어졌다. 그러고도 몸통의 길이가 남아 수평선 서남쪽을 한 번 빙 둘러 휘감고 동남쪽까지 도달해 있었다. 마물은 온 세상을 돌돌 말아 버릴 정도로 기다란 몸뚱어리를 은밀하게 숨기며 거대 해파리형 마물의 배 아래쪽으로 접근했다.

한 순간, 실뱀형 마물이 고개를 쳐들고 맹렬하게 솟구쳤다. 녀석은 마치 드릴처럼 몸을 빙글빙글 회전하며 거대 해파리형 마물의 복부로 파고들었다.

[꾸우우어?]

깜짝 놀란 거대 해파리형 마물이 몸을 확 수축했다. 그다음 몸체 내부에 맺혔던 하얀빛을 한순간에 터뜨려 버렸다.

쩌저저저적!

마치 벼락 수만 다발을 모으고 또 응집했다가 한꺼번에 터뜨린 듯, 어마어마한 에너지가 일직선으로 쏘아졌다. 거대 해파리형 마물은 이 강렬한 빛의 다발을 일단 정면으로 내뿜더니, 이 빛이 거대한 검이라도 되는 양 수직 하방으로 내리그었다.

빛의 다발은 앞에 걸리는 모든 사물을 잘랐다. 검푸른 심해저가 쩌억 갈라졌다. 그 아래 심해저 밑바닥이 그대로 두 동강 났다. 실뱀형 마물의 몸뚱어리도 거침없이 토막 났다.

이 와중에도 실뱀형 마물은 계속 몸을 회전하며 해파리형 마물의 뱃속으로 파고들었다.

[꾸우우어어어—!]

분노한 해파리형 마물이 하얀빛의 다발을 사방으로 휘저었다. 그러자 거대한 빛의 검이 세상을 난도질하는 듯한 광경이 연출되었다. 심해저 밑바닥의 산맥이 썽둥 잘렸다. 분화구가 으깨지면서 용암이 치솟았다. 실뱀형 마물의 몸뚱어리는 더 여러 가닥으로 잘렸다.

몸이 잘리는데도 실뱀형 마물은 회전을 멈추지 않았다. 오히려 가닥가닥 끊긴 몸통들이 각각 새로운 생명체로 거듭난 듯, 왜애애애앵 회전하며 거대 해파리형 마물에게 돌진했다.

[꾸어어어억!]

해파리형 마물이 고통스러운 신음을 토했다. 심해저에 남보랏빛 핏물이 낭자하게 퍼졌다.

몸통이 분리된 실뱀형 마물의 몸체 수십 가닥이 무섭게 회전하며 해파리형 마물의 내부로 파고들었다. 가장 먼저 복부를 뚫었던 실뱀형 마물의 머리(?)는 해파리형 마물의 내장을 짓이겨 찢으며 점점 더 깊숙이 침투했다.

[꾸억! 꾸억! 꾸웨에에엑!]

해파리형 마물이 심해저 밑바닥을 그 거대한 몸통으로 들이받았다. 그다음 몸을 뒤집고 데굴데굴 굴렀다.

그 바람에 심해저의 지형이 뒤틀리고 해저 산봉우리가 뭉그러졌다.

그래도 몸속으로 파고든 실뱀형 마물은 떨어져 나가지 않았다.

[꾸엑! 꾸워어억!]

거대 해파리형 마물이 죽을힘을 다해 하얀빛의 다발을 난사했다. 사방으로 무질서하게 날아간 빛의 다발이 주변 마물들의 팔다리를 날리고 선 허리를 끊었다.

그 가공할 난사에 휘말려 실뱀형 마물의 기다란 몸통은 더 여러 가닥으로 나뉘었다. 그렇게 쪼개진 파편들이 모두 새로운 생명체가 되어 왜애애앵 회전하며 해파리형 마물에게 달려들었다.

내장으로 침투한 실뱀형 마물의 파편들은 그 개체 하나하나가 흙 속을 돌아다니는 지렁이가 된 것처럼 자유롭게 적의 살을 파먹고 피를 빨았다.

[꾸억! 꾸억! 꾸억!]

거대 해파리형 마물은 이제 숨도 제대로 쉬지 못했다. 배를 위로 까뒤집고 심해저 밑바닥에 누워 마지막 숨을 헐떡였다. 해파리형 마물의 주위로 남보랏빛 피가 폭포처럼 흘러넘쳤다.

그 피가 다른 마물들을 유혹했다.

멀리서 쿵! 쿵! 쿵! 둔중한 울림이 있었다.

수평선 남쪽 끝에서 스르르륵 물살 헤치는 소리가 들렸
다.

하지만 어느 한 순간, 그 울림들이 모두 사라졌다. 고요
한 죽음의 침묵이 심해저에 내려앉았다.

샤라라라락—

수백 토막으로 끊긴 실뱀형 마물의 파편들은 갑자기 해
파리형 마물의 몸체에서 철수하며 끊어진 가닥을 다시 이
었다. 그러곤 빠르게 S자를 그리며 몸을 숨기려 들었다.

그때였다.

실뱀형 마물의 아래쪽 심해저 밑바닥이 쩌억! 갈라졌다.

실뱀형 마물은 미친 듯이 몸을 뒤틀어 위로 떠올랐다.

쮸와아악—!

강력한 흡입력이 심해저 밑바닥에서 발생했다. 실뱀형
마물은 온몸을 토막토막 끊어 버렸다. 수십만, 아니 수백만
이 넘는 토막들이 각자 살겠다고 온 힘을 다해 헤엄쳤다.

강력한 흡입력에 휘말려 수백만 토막 가운데 99 퍼센트
가 시커먼 균열 사이로 빨려 들어갔다. 그나마 흡입력에서
벗어난 1 퍼센트의 토막들은 뒤도 돌아보지 않고 심해저

위쪽으로 도주했다.

심해저 밑바닥 전체를 한 바퀴 빙 두를 정도로 기다랗던 마물이 이제 100분의 1 길이로 대폭 줄어들었다.

[캬아!]

심해저 3층에서 2층까지 단숨에 도망친 실뱀형 마물이 겨우 한숨을 돌렸다. 녀석은 수만 가닥으로 나뉘었던 몸통을 다시 이어붙이며 바르르 떨었다.

녀석의 무력은 바로 몸통 길이에서 나온다. 몸이 길면 길수록 더 많은 분열을 할 수 있고, 그 개개의 분열된 몸체가 모두 공격 무기가 될 수 있다. 그런데 한순간에 100분의 99를 빼앗기고 100분의 1만 남았다.

그나마 1이라도 남아서 다행이었다. 하마터면 그냥 다 잡아먹힐 뻔했다. 실뱀형 마물은 아찔했던 순간을 되새기며 고개를 절레절레 저었다.

Chapter 2

실뱀형 마물이 부르르 진저리를 치는 사이, 끝도 보이지 않는 심해저 3층 밑바닥에선 후두둑 살 씹히는 소리가 들렸다. 심해저 밑바닥을 뚫고 튀어나온 투명한 존재가 거대 해파리형 마물을 뜯어먹는 소리였다.

후두둑! 후둑! 후두두둑!

단 세 번 만에 어마어마한 크기의 해파리형 마물이 세상에서 사라졌다. 이어서 쪼르르륵 소리와 함께 남보랏빛 선혈도 모두 투명한 존재의 뱃속으로 들어갔다.

[캬악!]

힘의 99퍼센트를 잃은 실뱀형 마물은 아쉽게 입맛을 다셨다. 모처럼 사냥에 성공해 힘을 더 키울 찬스였는데, 배를 채우기는커녕 자신의 신체마저 크게 잃었다. 무려 수백만 년 동안 키워 온 몸뚱어리의 태반을 뜯어 먹히고 말았다.

100분의 1로 줄어든 지금의 무력으로는 심해저 3층에 다시 내려갈 엄두가 나지 않았다. 당분간은 이곳 심해저 2층에 머물면서 다른 마물들을 잡아먹고, 다시 몸이 길어지면 심해저 3층으로 내려가야 할 것 같았다.

[캬아악!]

실뱀형 마물의 입에서 한숨이 나왔다.

그때였다. 간신히 심해저 2층으로 도망쳤던 실뱀형 마물이 갑자기 그 자리에서 사라졌다. 그러곤 심해저 밑바닥에서 살랑살랑 헤엄치는 형광 상어의 몸속으로 확 틀어박혔다.

이 형광 상어는 범고래형 마물의 숙주였다.

범고래형 마물의 머리 위에는 나무 한 그루가 자라나 있는데, 그 나무의 나뭇가지마다 형광빛을 발하는 상어들이 열매처럼 주렁주렁 매달려 있었다. 실뱀형 마물은 그 수많은 상어 열매들 가운데 하나의 몸속으로 틀어박힌 것이다.

형광 상어가 갑자기 실뱀형 마물로 바뀌었다.

[키약?]

난생처음 겪는 기이한 현상에 실뱀형 마물이 당황했다. 죽을힘을 다해 심해저 2층까지 도주했건만, 정신을 차려 보니 다시 심해저 3층 맨 밑바닥으로 돌아왔다. 이게 대체 어찌 된 일인지 영문을 몰라 실뱀형 마물은 혼이 쏙 빠졌다.

그래도 어서 이곳에서 탈출해야 한다는 생각은 들었다. 지금 실뱀형 마물은 투명한 존재만 걱정할 때가 아니었다. 몸길이가 100분의 1로 줄어든 지금, 실뱀형 마물은 심해저 3층의 강력한 마물들과 맞서 싸울 힘이 없었다.

실뱀형 마물이 필사의 탈출을 재시도했다. 녀석은 몸뚱어리를 수만 가닥으로 분열시켰다. 그러곤 그 하나하나가 살아 있는 생명체가 되어 사방으로 뿔뿔이 흩어졌다.

이것이 실뱀형 마물의 도주 방식이었다.

[한 가닥만이라도 살아남아라. 그럼 난 죽은 게 아니야.]

실뱀형 마물은 이렇게 기원했다.

하지만 이미 때가 늦었다.

휘류류류류—

심해저 밑바닥 틈새에서 발생한 강한 흡입력이 실뱀형 마물의 모든 토막들을 쫙 빨아들였다. 마지막 한 가닥의 마물마저 모두 빨아들이고 난 뒤에야 비로소 흡입력이 중단되었다. 대신 심해저 밑바닥 균열 속에서 오드득 오드득 뭔가를 씹어 먹는 소리가 들렸다.

수백만 년 이상 심해저 3층에서 살아온 실뱀형 마물은 그렇게 마해에서 자취를 감췄다.

오드득 소리가 들리는 동안 주변 마물들은 숨도 제대로 쉬지 못했다. 이곳 심해저 3층의 마물들은 수백만 년, 혹은 수천만 년을 살아온 거물급들이지만, 심해저 밑바닥에 몸을 웅크린 투명한 존재는 마물이 아니라 마신(魔神)이었다.

잠시 후, 심해저가 다시 적막에 빠졌다. 소름 끼치도록 고요한 마해 밑바닥에서 범고래형 마물만이 홀로 유유히 헤엄을 쳤다.

범고래의 머리에 매달린 형광 상어 수만 마리가 동시에 찬란한 빛을 뿜어냈다. 화려한 빛의 향연이 조금 전 벌어졌던 끔찍한 살육의 흔적을 감추어 주었다. 덕분에 심해저 가장 하층부는 숨 막히게 고요하고 신비로운 장소로 되돌아왔다.

새벽 3시.

하라간이 침대에서 일어났다.

"우우웅."

클레이아가 잠결에 몸을 뒤척였다.

원래 하라간은 여자와 함께 잠을 자지 않았다. 매일 밤 시녀들을 품기는 했으되, 잠자리에 들 때는 늘 혼자였다. 그래야 새벽 검술 훈련에 몰두할 수 있어서였다.

혼사를 치른 이후에도 하라간은 왕세자빈과 함께 잘 생각이 없었다. 합방은 하되 침실은 따로 쓰는 것이 군나르 왕실의 오랜 관례였다. 비단 군나르 왕국뿐 아니라 북부의 왕들이 모두 이 관례를 따랐는데, 이렇게 해야 여러 명의 후궁들을 관리하기 쉬웠다.

하지만 오늘은 신혼 첫날밤.

평생에 단 한 번뿐인 이 특별한 날만큼은 함께 방을 써야 한다고 환관들이 야단법석을 떨었다. 군나르도 은근히 권하는 터라 하라간도 거절하기 어려웠다.

하라간은 축하연이 끝난 이후 클레이아와 합방을 했고, 약 한 시간 동안 그녀와 담소를 나누다가 자정이 지나서야 겨우 잠자리에 누웠다.

2명이 한 침대를 쓴다고 해서 불편할 것은 없었다. 하라간의 침대는 성인 10명이 나란히 누워도 자리가 남을 정도로 컸고 쿠션도 좋아 클레이아의 뒤척임이 느껴지지 않았다.

침대에서 조용히 일어난 하라간이 벽을 향해 손을 뻗었다.

휘릭!

벽에 걸린 검이 날아와 하라간의 손 안에 안착했다. 검은 신혼 첫날밤에도 하라간이 자신을 불러 준 것이 기쁜 듯 웅웅웅 소리를 내어 보챘다.

하라간이 침대를 돌아보았다.

클레이아는 여전히 단잠에 취해 있었다. 그녀의 코에서 색색 숨소리가 들렸다. 새 신부의 두 뺨에 어린 홍조는 발그레했다. 어둠 속에서도 하라간은 클레이아의 뺨 색깔을 정확하게 읽어 내었다.

얇은 천을 덮은 클레이아의 몸매는 참으로 육감적이었다. 지난 몇 년간 하라간이 품은 시녀들치고 미인이 아닌 사람은 없지만, 클레이아와 비교하면 태양과 반딧불의 차이가 났다. 몸매만 따지면 클레이아는 실비아보다도 더 우월했다.

하라간은 사타구니 사이에 힘이 뻐근하게 들어가는 것을

느꼈다.

'검술 훈련을 좀 미룰까?'

오늘은 신혼 첫날밤이다. 이 특별한 날 훈련을 하루 쉰다고 큰일이 나는 것도 아니다. 고리타분하게 검만 휘두르지 말고 새 신부와 사랑을 나누는 것이 더 좋을 수도 있다. 하라간의 뇌리에 문득 이런 생각이 들었다.

'아니지. 내가 미쳤나 봐.'

하라간은 빠르게 고개를 흔들었다.

"검술 훈련을 건너뛸 핑계를 자꾸 찾으면 어쩌자는 거야? 정신 차려, 하라간!"

스스로 뺨을 후려쳐 각오를 다진 뒤, 하라간이 온 정신을 검에 집중했다.

곧 몰입이 이루어졌다. 하라간의 모든 사고와 관심이 오로지 검 끝에 모였다.

검의 끝!

무한히 작게 응집된 그 한 점!

부피가 전혀 없고 면적도 제로인 그 무한소의 한 점을 실제로 구현한다는 것은 불가능한 일이었다. 만약 이것이 가능하다면 세상에 베지 못할 것이 없었다.

그런데 하라간은 이 불가능한 일을 보란 듯이 해냈다.

마나의 벽 4단계!

역사상 그 누구도 밟지 못했다는 지고한 경지가 하라간의 검을 통해 구현되었다. 하라간의 몸이 천천히 움직였다. 하라간의 검이 허공을 베고 지나갔다.

 검이 공기를 가르며 지나갔으되 미세한 바람 한 점 불지 않았다. 공기의 유동도 전혀 없었다. 부피가 전혀 없는 점! 너비가 전혀 없는 선이 베고 지나간 탓에 공기가 옆으로 밀리지 않았던 것이다.

 덕분에 하라간이 아무리 검을 휘둘러도 소리가 나지 않았다. 하라간은 땀을 흘리지도 않았다. 검을 휘두를 때마다 하라간의 상체 근육이 조금씩 연동하여 움직였다. 과하지 않게 아주 조금. 검을 휘두를 때 필요한 근육만 꼬집어 골라서 살짝.

 과거 루잉 백작이 검술 훈련을 할 때면 사방으로 땀이 튀고 무시무시한 풍압이 발생했다. 맹호의 발톱처럼 사나운 검의 기세가 연무장 전체를 할퀴고 지나갔다.

 지금 하라간의 검은 그와 정반대였다. 검의 거동이 살짝살짝, 움직일 듯 말 듯 가벼웠다. 하라간은 마치 무희가 하늘하늘한 검무를 추는 듯 낭창낭창하게 검을 휘둘렀다.

 그러나 검에 담긴 힘은 루잉 백작 시절보다 지금이 훨씬 더 강했다. 루잉 백작이 엄청난 기합과 함께 폭풍처럼 검을 휘둘러 10센티미터 두께의 철벽 하나를 간신히 가를 수 있었다면, 지금 하라간의 검은 아무런 기합 없이, 조용히 훑고 지나가는 것만으로도 군나르 왕궁 전체를 두 동강 내고도 남았다.

아니, 하라간이 진짜로 마음만 먹으면 검을 한 번 휘둘러 이곳 수도 전체를 수평으로 잘라 버릴 수도 있었다.

무한소로 응집된 하라간의 검을 막을 수 있는 것은 아무것도 없었다. 수도의 모든 건물이 다 잘리고, 수도의 수백만 인구가 다 허리가 잘려 나뒹굴어도 하라간의 검에는 깃털 한 개 만큼의 저항력도 걸리지 않을 것이다.

이것이 하라간이 현재 올라선 경지였다.

Chapter 3

새벽 5시 30분 무렵.

'우웅?'

클레이아가 살짝 실눈을 떴다.

두꺼운 커튼으로 창문을 가린 탓에 사방은 아직 어두웠다. 하지만 클레이아는 화들짝 놀라 자리에서 일어났다.

하라간보다 먼저 일어나야 하기 때문이다. 클레이아는 자신이 잠든 모습을 배우자에게 보이고 싶지 않았다.

'자면서 침을 흘릴 수도 있고 입을 벌릴 수도 있잖아. 만약 그런 추한 꼴을 하라간 님께서 보신다면! 으으으! 나는 콱 죽어 버릴 거야.'

클레이아는 후다닥 일어나 헝클어진 머리카락부터 매만졌다. 그러면서 옆에서 자고 있을 하라간을 눈으로 찾았다.

그런데 침대가 텅 비었다.

'헉! 벌써 일어나셨구나!'

깜짝 놀란 클레이아가 침대 휘장을 젖히고 밖을 살폈다.

어슴푸레한 어둠 속에 하라간의 등이 보였다. 마른 듯하면서도 잔근육이 잘게 박힌 하라간의 등은 남성적인 것 같으면서도 묘한 중성미를 발산했다. 등 뒤로 길게 늘어진 하라간의 머리카락은 윤기가 자르르 흘렀다.

하라간은 침대를 등지고 천천히 검을 휘두르는 중이었다.

'이 새벽부터 검술 훈련을 하신단 말인가?'

클레이아는 깜짝 놀랐다.

"하라간 님!"

클레이아가 이불로 몸을 가린 채 침대 밖으로 나왔다. 그러다 짧은 비명을 질렀다. 다리 사이에 느껴지는 둔통 때문이었다. 이 통증이 첫날밤을 치른 흔적이라 생각하자 클레이아는 부끄러워 얼굴이 새빨개졌다.

"일어났소?"

하라간이 검을 거두고 클레이아를 돌아보았다.

겨드랑이 사이에 얇은 천 하나를 끼워 몸을 가린 탓에 클레이아의 매끈한 쇄골과 움푹 파인 가슴골이 눈에 두드러졌다.

클레이아가 울상을 지었다.

"하라간 님, 송구하옵니다. 이른 새벽부터 이렇게 훈련을 하시는지도 모르고 저는 잠만 쿨쿨 잤습니다. 게으른 저를 용서하여 주소서."

"괜찮소. 새벽에 검을 휘두르는 것은 내 취미일 뿐이니 왕세자빈이 신경 쓸 것 없소. 그나저나 괜히 나 때문에 잠을 깬 것은 아니오?"

하라간의 말투는 꿀처럼 부드러웠다.

실제로 하라간의 성격이 그리 말랑말랑한 편은 아니지만, 클레이아는 하라간이 섬세하고 다정다감하다고 느낄 수밖에 없었다.

"아닙니다. 저도 충분히 잤습니다. 그런데 저기 하라간 님."

클레이아가 쭈뼛거리며 하라간의 눈치를 살폈다.

하라간이 이유를 물었다.

"왜 그러시오?"

"저기, 저…… 혹시 제가 잠든 모습이 흉하지는 않았습
니까?"

클레이아는 다른 무엇보다 이 점을 걱정했다.

하라간이 모처럼 목젖을 드러내고 웃었다.

"아하하하! 아니오. 전혀 아니니까 괜한 걱정 마시오."

"휴우, 다행입니다."

클레이아는 그제야 마음을 놓았다.

하라간과 클레이아는 동이 터올 즈음에 한 번 더 사랑을
나누었다.

솔직히 하라간은 클레이아가 꿈꾸어 오던 이상형과는 거
리가 멀었다. 하라간과 혼담이 오가기 전 클레이아는 체격
이 좋고 남성미가 넘치는 야생마 같은 사내를 배우자감으
로 그렸었다. 그런데 하라간은 그 조건과 맞지 않았다. 하
라간의 키는 175 센티미터 정도로 클레이아와 비슷한 수준
에 불과했다. 하라간의 얼굴은 클레이아보다 훨씬 더 아름
답고 예뻤다. 그렇다고 하라간이 풍채가 좋은 편도 아니었
다. 오히려 그는 몸이 마르고 굵은 근육이 없어 그리 강인
해 보이지 않았다.

하라간과 입술을 맞추면서 클레이아는 마치 동성인 여자
와 키스를 하는 듯한 느낌을 받았다. 하라간을 끌어안으면

서 클레이아는 하라간의 매끄러운 피부 감촉에 감탄했다.

클레이아에게는 하라간이 첫 남자였다. 명문가의 규수로
자란 클레이아가 결혼 전까지 순결을 지키는 것은 그리 이
상한 일이 아니었다.

하지만 대부분의 귀족 여성들이 그러하듯이, 클레이아도
미혼 시절 시중을 들던 시녀들과 아슬아슬한 장난을 친 경
험은 있었다.

지난밤 하라간과 처음 사랑을 나눌 때 클레이아는 바로
그 느낌을 받았다. 동성인 시녀를 끌어안고 어설픈 장난을
치는 듯한 느낌.

하지만 곧 깨달았다.

하라간은 남자였다. 확실한 남자였다. 간질간질하게 시
작된 그의 애무는 곧 벼락이 되었다. 하라간과 하나가 되었
을 때 클레이아는 눈앞이 캄캄해졌다가 머릿속이 확 백열
되는 느낌을 받았다. 클레이아가 입을 딱 벌렸다. 화끈한
벼락이 그녀의 뇌에 곧바로 내리꽂히는 것 같았다. 그녀의
몸뚱어리가 열 폭풍 속에 내던져져 마구 날아다니는 기분
이었다. 눈앞에서 세상이 빙글빙글 돌았다. 정신을 잃을 지
경이 되자 클레이아는 자신도 모르게 손톱을 세워 하라간
의 등을 꽉 끌어안았다.

이것이 지난밤의 기억.

세상이 막 잠에서 깨어나는 어슴푸레한 새벽, 클레이아
는 다시 한 번 그 열 폭풍에 몸을 실었다. 그러곤 이번에도
하라간의 등을 꽉 붙잡고 넋을 잃어야 했다.

클레이아가 다시 정신이 든 것은 밖에서 들려온 음성 때
문이었다.

"하라간 님, 일어나셨사옵니까?"

"밖에 친위대원들이 도착했사옵니다."

하라간을 섬기는 대머리 환관들이 방문 밖에서 조심스레
말문을 열었다.

'응?'

클레이아는 환관들의 목소리에 퍼뜩 깨어났다.

'이런, 알몸이잖아.'

본인의 상태를 깨달은 클레이아는 후다닥 이불을 말아
몸부터 가렸다.

침대 휘장 밖에서 하라간의 음성이 들렸다.

"친위대원들은 잠시 대기하라고 해."

"네, 그리 전하겠나이다."

대머리 환관들이 한목소리로 대답했다.

하라간이 다시 말을 이었다.

"그리고 일단 목욕부터 할 것이니 비돔의 시녀들부터 들
여라."

"네이."

대머리 환관들이 고분고분 대답했다.

Chapter 4

비돔은 왕족의 편의를 위해 잡다한 시중을 드는 기관이
었다.

군나르 왕궁에서 일하는 시녀들은 대부분 4개 기관에 소
속되어 있었는데, 이 가운데 옷을 맵시 있게 짓는 시녀들
은 패브릭, 즉 의복방에 주로 속했다. 음식을 잘 만드는 시
녀들은 콰히라, 즉 요리방에 배속되었다. 약초를 키우는 재
주가 있으면 셀레, 즉 약초방으로 배속되는 것이 관례였다.
마지막으로 비돔은 외모가 출중한 시녀들만을 선별하여 뽑
았다. 이곳이 바로 고위 왕족의 시중을 직접 드는 침방이기
때문이다.

당연한 일이지만, 패브릭과 셀레, 콰히라, 비돔 가운데
비돔이 가장 권력이 셌다. 그다음은 콰히라, 셀레, 패브릭
순이었다.

심지어 비돔의 시녀들 가운데 일부는 왕족의 마음을 사
로잡아 후첩으로 승작되기도 했다. 이런 연유 때문에 환관

들도 비돔의 시녀들에게는 함부로 대하지 못했다.

잠시 후, 곱게 단장한 6명의 시녀가 일렬로 들어왔다.

"하라간 님을 뵈옵니다."

여섯 시녀들은 하라간 앞에 공손하게 무릎을 꿇고 머리를 조아렸다.

하라간은 시녀들과 눈도 마주치지 않았다.

"가자."

그 한마디에 3명의 시녀가 하라간에게 달라붙었다.

"네, 하라간 님."

"저희가 모시겠사옵니다."

시녀들은 하라간이 발걸음을 옮기는 도중에 교묘하게 손을 놀려 그의 의복을 벗겨 주었다. 덕분에 하라간은 욕실에 도착하기도 전에 알몸이 되었다.

비돔의 시녀들도 어느새 겉옷을 벗고 목욕 시중을 들기 적합한 차림으로 탈바꿈했다.

하라간이 욕실로 들어간 사이, 나머지 3명의 시녀들이 침대로 다가왔다. 그녀들은 휘장 앞에 서서 공손히 머리를 조아렸다.

"클레이아 님, 저희가 목욕 시중을 들어드리겠나이다."

"이리 나오시지요."

클레이아가 당황했다.

"나? 나 말이야?"

클레이아가 목욕 시중 자체에 당황한 것은 아니었다. 고위 사제 집안에서 자란 그녀는 평소 혼자서 목욕을 한 적이 없었다. 늘 집안의 시녀들이 목욕 시중을 들어 주었다.

하지만 그건 상대가 익숙할 때의 이야기고, 이렇게 낯선 장소에서 난생처음 보는 시녀들에게 목욕 시중을 받는다는 생각을 해 본 적은 없었다. 클레이아는 선뜻 침대 밖으로 나오지 못했다.

시녀 가운데 한 명이 다시 한 번 아뢰었다.

"클레이아 님, 하라간 님께서 기다리실 것이옵니다. 어서 나오소서."

'앗?'

하라간이 기다린다는 소리에 클레이아는 한 번 더 놀랐다. 하라간과 함께 목욕을 할 것이라고는 생각하지 못한 탓이었다.

"클레이아 님?"

시녀들이 한 번 더 독촉했다.

결국 클레이아는 얇은 천으로 몸을 감싼 채 침대 밖으로 나왔다.

"클레이아 님, 이리로 오시지요."

"저희가 모시겠사옵니다."

시녀 3명이 클레이아를 에워싸 이끌었다.

클레이아는 당황한 표정으로 시녀들에게 끌려갔다. 마치 그 모습이 여우 무리에게 포위를 당한 사슴 같았다.

클레이아가 도착한 욕실에선 수증기가 뭉게뭉게 피어오르는 중이었다.

과거 하라간이 사용하던 욕실엔 주둥이가 뾰족한 사냥개의 머리에 남성의 몸이 합쳐진 건장한 조각상들이 대리석 욕조 주변을 둘러싸고 있었다. 그 사이사이에 새의 머리를 가진 남성의 조각상도 배치되어 있었다.

반면 지금 이 욕실의 조각상들은 모두 여성형이었다. 그것만으로도 부족해서 욕조의 모양은 커다란 꽃봉오리를 닮았고, 물 위엔 빨간 꽃잎이 가득했다.

어느 모로 보나 여성 취향의 욕실.

창을 통해 들어온 아침 햇살이 욕조에서 피어오른 수증기와 맞물려 화사한 분위기를 자아내었다. 욕실 천장에선 넝쿨 식물이 치렁치렁 늘어져 자연적인 아름다움을 더했다. 20미터 너비의 욕실 벽면에선 뜨거운 물이 콸콸 쏟아져 폭포수를 연상시켰다.

이 아름다운 욕실의 원래 주인은 마이림이었다. 하라간은 이 욕실이 그리 마음에 들지 않았다. 그중에서도 꽃봉오리를 닮은 화려한 욕조가 가장 못마땅했다.

그렇다고 굳이 욕실 인테리어를 바꿀 마음은 없었다.

'어차피 내년에 친전이 완공될 것이고, 그때 이사를 가면 그만이지.'

이것이 실용주의자인 하라간의 생각이었다.

3명의 시녀에게 이끌려 온 클레이아가 욕조에 도착했을 무렵, 하라간은 물에 몸을 담그고 시녀에게 몸을 기대 뒤로 드러누운 상태였다.

입에 대롱을 문 2명의 시녀가 물속에 잠수해 2인 1조의 인간 의자가 되었다. 세 번째 시녀가 하라간의 발을 씻겨주면서 점점 더 위로 올라가는 중이었다.

시녀의 얼굴은 하라간의 몸을 더듬으면서 발그레 상기되었다.

'치잇!'

그 모습에 클레이아가 눈을 찌푸렸다.

하지만 클레이아의 불쾌함은 곧 씻은 듯이 날아갔다. "클레이아 님, 안으로 드시지요."라는 말과 함께 그녀의 몸을 가린 천이 싹 벗겨졌기 때문이다.

"아앗!"

깜짝 놀란 클레이아가 손으로 가슴과 사타구니를 가렸다. 물론 한 손으로 다 가려질 만큼 클레이아의 몸이 빈약하지는 않았다. 클레이아는 더더욱 당황했다.

시녀들은 아랑곳하지 않고 클레이아를 욕조로 잡아끌었다.

클레이아도 물속에 몸을 숨기고 싶어 풍당 뛰어들었다.

시녀들 가운데 한 명이 입에 대롱을 물었다. 나머지 2명이 클레이아를 엎드린 시녀의 등에 앉혀 주었다.

그렇게 클레이아가 자리를 잡자 정면에 하라간이 보였다. 시녀들은 두 신혼부부를 서로 마주 보도록 앉혔다.

하라간의 눈이 클레이아를 향했다.

"하라간 님……."

클레이아는 부끄러워서 몸 둘 바를 몰랐다.

하지만 하라간이 아무렇지도 않게 대하자 더는 어쩔 수 없었다.

'이것 또한 왕실의 법도인가 보구나. 하아아!'

클레이아는 속으로 한숨을 삼켰다. 그사이 시녀들의 손이 클레이아의 몸 구석구석을 씻겨 주기 시작했다. 클레이아는 도무지 정신을 차릴 수가 없었다.

가볍게 몸을 씻고 욕조 밖으로 나가자 시녀들이 향기 나는 오일을 손에 듬뿍 발라 두 사람의 몸에 발라 주었다.

"그만! 거긴 내가 직접 하겠다."

어린 시녀의 손이 사타구니 사이로 접근하자 클레이아가 저지했다.

그러자 어린 시녀가 울상을 지었다.

"클레이아 님, 제발 제가 시중을 들어드릴 수 있도록 허락하여 주소서."

그 말이 떨어지기 무섭게 다른 시녀가 클레이아에게 물었다.

"클레이아 님, 혹시 이 아이의 손이 거칠어 불편하셨사옵니까? 말씀만 하소서. 즉각 다른 아이로 바꾸겠나이다."

"아앗?"

어린 시녀의 얼굴이 하얗게 질렸다. 왕족에게 불쾌감을 준 시녀의 운명이 어떻게 되는지, 어린 시녀는 너무나도 잘 알았다. 게다가 상대는 보통 왕족이 아니라 하라간의 신부, 즉 왕세자빈이었다.

"으흐흑! 클레이아 님, 용서하여 주소서."

어린 시녀가 클레이아의 발밑에 엎드려 바들바들 떨었다.

Chapter 5

"아니, 난 그저……."

클레이아는 당황해서 어쩔 줄 몰랐다.

그 모습을 본 나머지 시녀들이 속으로 웃음을 삼켰다.

'왕세자빈도 별수 없네.'

'호호호. 이거 앞으로 궁 생활이 쉬워지겠는걸.'

'그러게 말이야. 마이림 님 앞에선 숨도 제대로 쉬기 어려웠는데, 앞으론 편해지겠어. 호호!'

시녀들은 모두 이런 불측한 생각을 품었다.

그리 틀린 생각은 아니었다. 장차 클레이아는 내궁 서열 1위가 되어 왕궁 내 모든 여인들을 휘어잡아야 할 위치이건만, 지금 클레이아의 행동을 보니 누구를 휘어잡기는커녕 오히려 남에게 휘둘리기 딱 좋아 보였다.

지금까지 군나르 왕국의 내궁을 장악했던 사람은 마이림이었다. 그런데 카리스마 넘치는 마이림에 비해 클레이아는 아무것도 모르고 마음만 약한 애송이에 불과했다.

'호호호호!'

비돔의 노련한 시녀들은 첫 대면 자리에서 클레이아의 성품과 성격, 앞으로 권력을 움켜쥘 가능성 등을 모두 읽어 내었다. 조금 전 어린 시녀가 클레이아의 사타구니에 서슴없이 손을 뻗은 것도 모두 클레이아를 떠보기 위함이었다.

하라간이 시녀들의 수작을 눈치챘다.

'이것들이 감히!'

하라간의 눈썹이 살짝 치켜 올라갔다.

하지만 하라간은 모르는 척 눈을 감았다.

'아니지. 이 정도도 극복하지 못하면 왕세자빈의 자격이 없지.'

하라간은 클레이아 스스로 이 문제를 극복해야 한다고 생각했다. 물론 그는 클레이아가 강해지도록 그녀의 마물을 키워 줄 요량이었다. 하나 이런 사소한 일까지 일일이 나설 생각은 없었다.

이것이 군나르와 클레이아의 차이였다.

만약 시녀들이 군나르에게 이런 시건방진 태도를 보였다면 그건 다른 이야기였다. 하라간은 아마 그 즉시 시녀들의 몸을 갈가리 찢어 놓았을 것이다.

결국 하라간은 클레이아에게 속마음까지 활짝 연 것이 아니었다.

'여자를 품되 마음까지 주지는 않는다.'

평소 되뇌어 온 이 신조가 하라간에게 영향을 미쳤다. 배덕녀 실비아 때문에 꽁꽁 얼어붙은 하라간의 마음은 아직까지 녹을 줄 몰랐다.

목욕을 마친 후 하라간은 정원에 나갔다. 그는 매일 아침 친위대원들을 이곳에 불러 무술을 지도해 주었다.

오늘도 예외는 아니었다.

"이야아압!"

레다가 하라간에게 폭풍처럼 달려들었다.

"크악!"

그러곤 다시 폭풍처럼 뒤로 튕겨 나가 20 미터 뒤편에 거칠게 처박혔다. 레다의 코에서 피가 주륵 터졌다.

오늘 레다는 꼬리에 불이 붙은 망아지 같았다. 평소보다 훨씬 더 거칠게 하라간에게 달려들었다가 더 큰 반발력에 튕겨 나가 만신창이가 되었다.

"아앗!"

레다의 쌍둥이 언니 라티파가 깜짝 놀랐다.

융이나 테티도 흠칫했다.

"큭! 죄송합니다."

레다가 벌떡 일어나 하라간에게 다시 창을 겨눴다.

하라간이 레다에게 손바닥을 내밀었다.

"오늘은 여기까지."

"아닙니다. 전 더 할 수 있습니다."

레다가 즉각 반발했다.

하라간에게는 그 응석이 통하지 않았다.

"그만. 오늘은 여기까지다."

하라간의 단호한 저지에 레다가 고개를 푹 숙였다.

"네. 알겠습니다. 고집을 부려 죄송합니다."

오늘따라 레다의 표정이 불만으로 가득했다.

'흐음!'

하라간은 묘한 눈으로 레다를 바라보았다.

레다의 눈이 슬쩍 하라간의 뒤쪽을 곁눈질했다.

클레이아가 앉아 있는 곳이었다. 지금 클레이아는 리넨 재질의 튜닉을 입고 그 위에 은빛 숄을 걸친 채 의자에 앉아서 하라간의 아침 대련을 응원하는 중이었다. 그녀의 늘씬한 자태와 아름다운 얼굴이 눈에 두드러졌다.

대머리 환관들이 클레이아의 뒤에 서서 차광막으로 햇볕을 가려 주었다. 비돔의 시녀들은 클레이아의 옆에서 부채질을 했다.

"하라간 님."

하라간과 눈이 마주치자 클레이아가 소심하게 손을 흔들었다.

하라간은 다시 레다를 돌아보았다.

'치잇!'

레다가 고개를 숙여 입술을 꽉 깨물었다.

하라간이 시선을 옆으로 돌렸다.

'그러고 보니 라티파도 표정이 좋지 않군.'

레다뿐 아니라 라티파도 오늘 아침 표정이 그리 밝지 않았다.

'클레이아 때문이겠지?'

하라간은 냉정하고 무감각해 보이지만 사실 눈치가 빨랐다. 특히 상대의 감정을 정확하게 읽어 내는 재주가 있었다.

과거 루잉 백작이던 시절에는 없었던 재주였다. 루잉은 심지어 자기 부인의 불안정한 심경 변화마저 눈치채지 못했다. 지금 되짚어 보면 루잉은 둔감한 곰이나 다름없었다.

하라간은 루잉과 달랐다. 마나의 벽 4단계를 돌파한 하라간의 감각은 주위 사람들의 체온 변화나 근육의 미세한 움직임, 눈동자의 떨림, 심지어 심장 박동까지 그대로 읽어 내었다. 그러니 상대의 마음을 정확하게 짚어 낼 수밖에.

'라티파와 레다는 나를 사모한다. 그러니 클레이아를 라이벌로 느끼겠지.'

평소 레다는 하라간과 대련하는 시간을 하루 중 가장 좋아했다. 하라간과 창을 부딪칠 때마다 레다의 혈관은 최대치로 팽창하곤 했다. 그녀의 입가에도 웃음이 가시질 않았다.

그런데 오늘은 레다가 평소와 달랐다. 잔뜩 흥분한 레다는 감정을 절제하지 못하고 무식하게 공격했다가 한 방에 나동그라졌다.

뒤에서 클레이아가 지켜보기 때문이었다. 마음속의 연적

앞에서 개망신을 당했다고 생각하자 레다는 분해서 어쩔 줄 몰랐다.

라티파도 덩달아 속이 끓었다.

그렇다고 이 부글부글한 속마음을 하라간 앞에서 내비칠 수도 없었다. 쌍둥이 자매는 고개를 살짝 숙이고 입술만 꽉 깨물 뿐이었다.

'흐으음, 이건 좋지 않아.'

하라간은 이 균열을 그냥 방치했다간 두고두고 골치가 아플 것이라 생각했다.

그렇다고 당장 이 사태를 해결할 묘수는 떠오르지 않았다. 클레이아는 원래 왕세자빈이라는 높은 자리에 오를 만큼 자질이 뛰어난 여인이 아니었다. 그녀는 하라간의 여인들을 모두 감쌀 만큼 포용력이 크지도 않았다. 그렇다고 경쟁자들을 찍어 누를 만큼 카리스마가 넘치지도 않았다.

그런 클레이아를 억지로 내궁 서열 1위에 올려놓으려고 하니 주변에서 반발이 생기는 것이 당연했다.

하라간은 속으로 혀를 찼다.

'쯧쯧쯧! 클레이아도 불쌍하군. 그럭저럭 내궁 서열 10위 정도나 하면서 나를 섬겼으면 편했을 텐데, 내가 억지로 힘든 자리에 앉혔어.'

군나르가 클레이아를 첫 번째 왕세자빈으로 간택한 이유

는 하라간의 권유 때문이었다. 하라간은 베레니케와 성혼하기 싫어서 클레이아를 추천했다.

"아이 참, 하라간 님."

하라간이 얼굴을 빤히 바라보자 클레이아는 부끄러워 목덜미까지 빨갛게 붉혔다.

'허어! 이 순진한 여자는 지금 분위기도 눈치채지 못하는구나. 저 때 묻지 않은 맹한 아가씨를 내가 힘든 자리에 앉혀 놓았단 말이지? 끄으응! 이거 참, 괜히 미안해지는군.'

마침내 하라간이 마음을 고쳐먹었다. 아침에 시녀들이 보인 무례함은 그냥 넘어갔으나, 레다와 라티파의 태도를 보자 갑자기 심경에 변화가 생겼다.

'단지 클레이아를 위해서가 아니야. 내궁의 평화를 위해서 무언가 수를 내어야겠어.'

하라간이 입술을 꾹 다물었다.

Chapter 6

아침 대련을 마친 뒤, 하라간과 클레이아는 웃전에 들었다.

"어서 오너라. 허허허!"

군나르가 환한 웃음으로 하라간 부부를 반겼다.

물론 군나르의 웃음은 클레이아가 아니라 오롯이 하라간에게 집중되었다. 클레이아는 군나르의 눈에 들어오지도 않았다.

"할아버님, 잘 주무셨습니까?"

하라간이 바짝 다가앉아 군나르의 손을 잡았다.

"어허허! 오냐. 오냐."

군나르의 입이 헤벌쭉 벌어졌다.

'어엉?'

하라간과 군나르의 살가운 태도에 클레이아가 흠칫 놀랐다.

클레이아 입장에서 군나르는 세상에서 가장 무서운 분이었다. 심지어 클레이아는 군나르 앞에 서기만 해도 세상이 빙글빙글 돌고 간이 콩알만큼 오그라들었다.

비단 클레이아뿐 아니라 군나르 왕국 사람 모두가 군나르 앞에 서면 호랑이 앞의 쥐처럼 몸이 얼고 사고가 정지되었다. 노련한 대신들도 군나르 앞에선 꼼짝도 못 했다.

이건 솔샤르라면 어쩔 수 없는 일이었다. 강한 마물 앞에서 꼼짝도 못 하고 얼어붙는 것이 솔샤르들의 특징.

그런데 하라간은 유별났다. 그는 군나르 앞에서도 전혀 얼지 않았다. 눈곱만큼도 군나르를 두려워하지 않았다. 오히려 하라간은 군나르가 다치거나 상처를 입을까 봐 걱정했다.

그 이유는 간단했다.

하라간의 마물이 군나르의 마물보다 훨씬 더 강하기 때문이었다. 아니, 이 둘은 비교조차 할 수 없을 만큼 격차가 컸다. 군나르가 결합한 독 키르샤 따위는 하라간의 마물이 하품만 살짝 해도 몸이 터져 버릴 정도로 약했다.

그러니 하라간이 군나르 앞에서 긴장을 할 리 없었다.

물론 하라간은 마해에 입수하기 전부터도 군나르를 겁내지 않았다.

군나르는 이 점을 못내 신기하게 생각했다.

'세상 모든 이들이 내 앞에서 벌벌 떠는데, 하라간 이 녀석은 왜 이렇게 스스럼없이 나를 대하지? 내 핏줄이기 때문일까? 하라간이야말로 진정한 내 새끼이기 때문일까?'

군나르의 친자식들도, 친손자들도 모두 군나르를 어려워했었다. 오직 증손자인 하라간만이 군나르를 편하게 대했다.

이유가 뭐가 되었든, 군나르는 자신을 살갑게 대하는 하라간이 정말 좋았다.

반면 하라간의 부인, 즉 증손자 며느리는 아직 판단이 서지 않았다.

'이크! 내가 뭘 잘못했나?'

군나르가 빤히 바라보자 클레이아는 바짝 얼어붙었다.
겁이 난 클레이아는 이 자리에서 도망치고 싶어 가슴이 쿵
쾅거렸다.

클레이아가 정신 못 차리고 부들부들 떨자 하라간이 클
레이아의 손을 꼭 잡아 주었다.

'아!'

그러자 거짓말처럼 클레이아의 떨림이 멎었다.

희한하게도 클레이아의 마물은 군나르 앞에선 패닉 상태
가 되었지만, 그보다 훨씬 더 막강한 하라간 앞에선 아무렇
지도 않았다.

대신들도 마찬가지였다. 다들 군나르 앞에선 피가 얼고
몸이 굳어서 벌벌 떨었다. 하지만 하라간을 대할 때면 그
정도로 큰 압박을 느끼지 않았다.

물론 최근에 몇몇 대신들은 하라간을 대할 때 군나르 앞
에 선 듯한 공포감을 느끼기도 했다. 이는 하라간이 군나르
와 독 키르샤를 공유하기 때문에 생긴 현상이지, 하라간의
마물 때문에 그들이 공포를 느낀 것은 아니었다. 대신들 가
운데 그 누구도, 심지어 군나르조차도 하라간의 마물을 제
대로 인식하지 못했다.

쥐가 사자를 보고 벌벌 떠는 이유는, 상대를 눈으로 볼

수 있고, 상대의 포악함을 느낄 수 있고, 상대의 강함을 인지하기 때문이다.

마찬가지로 솔샤르들도 북부의 아홉 군주를 대할 때면 몸이 얼어붙어 꼼짝도 하지 못했다. 마치 사자 앞의 쥐가 그러는 것처럼.

그런데 만약 그 쥐가 하늘부터 땅까지 가득 차 있는 거대한 절벽을 본다면? 세상을 다 가로막은 어마어마한 절벽과 마주친다면?

그럼 쥐는 그냥 '앞이 막혔구나.' 생각하지 딱히 겁을 먹지는 않을 것이다.

만약 그 거대한 절벽이 어떤 생명체의 비늘 한 조각에 불과하다면?

그러한 비늘 수십만 개, 아니 수백만 개가 모여서 겨우 생명체의 발 하나를 구성하고 있다면?

그런 어마어마한 발이 다시 수천 개가 모여서 몸체의 일부를 겨우 담당한다면?

만약 그 생명체에게는 발보다 훨씬 더 큰 입이 여럿 달렸고, 그 입과 맞먹는 크기의 촉수가 무수히 돋아 있다면?

쥐의 편협한 시야로는 이런 어마어마한 생명체를 가늠할 수도 없을뿐더러, 그 생명체에게 겁을 내지도 않을 것이다. 쥐는 자신이 사는 세상 전체를 한눈에 볼 수 없다. 당연히 그 세상보다 더 거대한 생명체를 인지할 수도 없다.

그래서 쥐는 겁을 내지 않을 것이다.

하면 사자는 어떨까? 풍성하게 갈기를 휘날리며 자신의 용맹함을 뽐내던 사자는 눈앞을 가로막은 어마어마한 생명체에게 겁을 낼 것인가?

사자의 눈으로 볼 수 있는 수평선 이쪽 끝부터 저쪽 끝까지가 모두 다 절벽에 불과한데, 이 어마어마한 절벽이 생명체의 솜털 같은 비늘 한 조각에 불과한데, 사자는 생명체에게 겁을 낼까?

이 또한 불가능하다.

쥐가 사자를 무서워하는 이유는 상대를 볼 수 있고, 그 포악함을 느낄 수 있기 때문이다.

쥐도, 사자도, 자신이 사는 세상보다 더 거대한 그 어떤 존재에게는 겁을 내지 않는다. 그런 존재가 세상에 있다는 사실조차 알지 못한다.

군나르 앞에 선 클레이아는, 사자 앞의 쥐새끼 꼴이 되어 몸을 숨길 곳부터 찾았다. 그러다 거대한 절벽을 발견하고 그 한 귀퉁이에 몸을 숨겼다.

절벽 뒤에 숨자 더 이상 사자의 존재가 느껴지지 않았다. 왠지 모르게 클레이아의 마음이 편해졌다.

'휴우.'

클레이아는 속으로 안도의 한숨을 내쉬었다.

그러곤 생각했다.

'하라간 님이 곁에 계셔서 다행이야. 하라간 님은 참으로 든든해.'

하라간을 곁눈질하는 클레이아의 눈에 사랑과 존경의 빛이 듬뿍 담겼다.

군나르는 생각했다.

'거참! 전에도 느꼈던 것이지만 이 아이가 하라간을 무척 사모하는가 보구나. 허허허허! 이만하면 되었다. 남편을 그렇게 충심으로 섬기고 자손을 씀풍씀풍 낳아 준다면 내 너에게 더 이상 바랄 것이 없지.'

클레이아를 보는 군나르의 눈빛이 한결 부드러워졌다.

제2화
여왕의 강신

Chapter 1

하라간은 군나르의 방에서 완전히 벗어날 때까지 클레이
아의 손을 놓지 않았다.

클레이아도 하라간의 손에 적극적으로 매달렸다. 하라간
의 손을 놓으면 당장 다리에 힘이 풀려 주저앉을 것 같았기
때문이다. 클레이아에게 있어서 하라간의 손은 목숨을 지
탱하는 동아줄이나 다름없었다.

물론 이 절박한 이유가 아니더라도 클레이아는 하라간의
손을 놓고 싶지 않았다.

'손이 참 따뜻해.'

클레이아는 다시 한 번 하라간을 곁눈질했다.

보면 볼수록 하라간은 아름다웠다. 일단 한번 시선을 주면 도저히 눈을 뗄 수 없는 마력이 하라간에게는 있었다.

'이 아름다운 분이 내 남편이라니, 햐아 신기해라. 난 아직도 꿈을 꾸는 것 같아.'

달콤한 상상에 젖은 클레이아가 하라간의 손아귀에 잡힌 자신의 손가락을 꼼지락거렸다.

"왜 그러시오?"

하라간이 클레이아를 돌아보았다.

클레이아가 배시시 웃었다.

"그냥요."

"그냥?"

"네. 그냥요. 그냥, 그냥…… 하라간 님이 좋아서요. 헤헤헤!"

클레이아의 목소리는 점점 작아져서 마지막 말은 잘 들리지도 않았다. 그래도 하라간의 귀에는 충분히 전달되었다.

"허!"

하라간은 순간적으로 말문이 막혔다.

갑작스레 고백을 한 것이 부끄러운 듯 클레이아가 고개를 푹 숙였다. 그녀의 얼굴뿐 아니라 목덜미까지 빨갛게 달아올랐다.

"허어!"

하라간은 끝내 입을 다물지 못했다.

오후가 되자 클레이아는 잠시 자리를 비웠다. 왕실 법도
에 대한 교육을 받기 위해서였다. 하라간은 방에 홀로 남아
유리창 밖을 굽어보았다.

발밑에 펼쳐진 마이림의 정원은 정말 별세상처럼 아름다
웠다. 하지만 하라간의 눈에는 그 풍경이 들어오지 않았다.

하라간은 곰곰이 생각에 잠겼다.

늘 그의 곁을 지키는 친위대.

통치를 위해 필요한 환관 조직 게브.

타국에 대한 첩보 공작을 위해 하라간이 직접 창설한 풀
문(Full Moon: 보름달).

하라간은 머릿속으로 이 세 조직을 만지작거렸다.

이 가운데 친위대는 하라간의 곁에서 한시도 떼어 놓을
수 없는 조직이었다. 물론 친위대원 가운데 일부는 풀문에
도 소속되어 대외 활동을 겸하지만, 대부분의 친위대원들
은 24시간 하라간의 곁을 지키도록 되어 있었다.

어려서부터 하라간과 함께 크며 보필해 온 이 친위대원

들이야말로 장차 군나르 왕국을 이끌 동량이 될 것이다.

"친위대는 함부로 움직일 수 없어. 녀석들을 움직이면 곧 내가 움직인다는 뜻이니까 말이야."

하라간은 고개를 좌우로 가로저었다.

이어서 하라간은 게브를 떠올렸다.

사실 게브만큼 쓸모가 많은 조직도 드물었다. 하지만 안타깝게도 게브의 환관들은 지금 마이림의 외궁 조직을 추적하느라 바빴다. 게브의 두뇌인 5호가 직접 나서서 군나르 왕국 전체를 샅샅이 훑고 수상한 자들을 솎아 내는 중이었다.

"게브는 더 이상 여력이 없지."

하라간은 마음속에서 게브를 지웠다.

이어서 하라간이 떠올린 조직은 풀문.

지난달 중순 하라간의 밀명을 받은 풀문 조직원들은 토브욘 왕국에 침투했다. 그들은 치밀한 작전을 세워 토브욘의 적자 데인을 납치하는 데 성공했다.

지난 몇십 년간 수세에 몰렸던 군나르 왕국이 모처럼 공세로 돌아서는 순간이었다. 하라간은 이 순간이 온 것을 진심으로 기뻐했다. 그리고 그 포상으로 풀문 조직원들에게 100일간의 달콤한 휴가를 하사했다.

"휴가가 끝나려면 아직 50일은 더 있어야지? 거참!"

하라간은 부하들의 휴가를 취소할 정도로 못된 상관이
아니었다. 그래도 아쉬운 마음에 혀를 찰 수밖에 없었다.

"쯧쯧쯧! 이리 빼고 저리 빼니 당장 쓸 사람이 없네."

하라간은 인재에 목이 말랐다.

물론 이 인재 결핍은 하라간이 군나르에게 도움을 청하
면 당장 해결될 문제였다. 군나르는 하라간이 원하면 누구
든 내어 줄 것이다. 심지어 최측근인 호위대장 무무도 하라
간에게 보내 줄 사람이 바로 군나르였다.

하지만 그건 하라간이 원치 않았다.

"할아버님에 대한 경비가 소홀해져선 안 돼."

결국 다른 방법을 찾아야 했다.

하라간은 시체를 왕궁에 들여와 민치를 대량으로 만들어
낼까 고민했다. 민치는 오직 하라간의 뜻대로만 움직이는
체세포 같은 마물이라 사용하기 편했다.

대신 민치는 뇌가 없어 복잡한 작전에 투입하기 어려웠
다. 지금 하라간이 고민하는 바는 어쌔신에 대한 추적을 누
구에게 전담시키느냐 하는 문제였다.

"왕국 내부 문제와 토브욘 왕국에 대한 처리는 계획대
로 진행되고 있지만, 어쌔신에 대한 추적은 진도가 너무 느
려."

하라간은 군나르 왕국을 위협할 만한 요소로 세 가지를

꼽았다.

첫째, 마이림이 세운 암세포 조직.

둘째, 북해의 토브욘 왕국.

셋째, 정체불명의 어쌔신 무리.

이 가운데 마이림의 내궁 조직은 하라간이 거의 괴멸시켰다. 이어서 외궁 조직도 해체가 진행 중이었다.

토브욘 왕국엔 최근에 크게 한 방 먹여서 속이 시원했다. 더불어서 하라간은 군나르 왕국에 침투한 토브욘의 첩자들도 대부분 색출해 내었다. 불의 마녀 올가와 외궁 8호를 통해 첩자 명단을 확보한 덕분이었다.

"게다가 타워의 현자를 포로로 붙잡았으니 앞으로 일이 더 잘 풀릴 거야."

하라간은 포로로 잡은 카티 현자와 그녀의 제자 실보플레를 머릿속에 떠올렸다.

앞의 두 가지는 차근차근 해결이 되고 있는데, 어쌔신 무리는 여전히 골치가 아팠다.

'대체 그놈들은 어디서 왔지? 남부에서 보낸 자들일까?'

'놈들의 목적은?'

'솔샤르의 힘을 봉인해 버리는 그 푸른 돌의 정체는?'

'어쌔신들이 부운 성에 풀어 놓았던 변종 마물은 과연 어떻게 만들어 내었을까?'

어쌔신들에게 묻고 싶은 질문은 수도 없이 많았다. 그러나 아쉽게도 이런 의문들이 하나도 풀리지 않았다. 저 지독한 어쌔신은 게브의 환관들이 개발해 낸 수백 가지 고문을 당하고도 아무런 정보를 흘리지 않았다. 칼리프의 뇌 조작을 통해서도 얻어 낸 것이 별로 없었다. 그저 '벨커스'라는 정체 모를 단어만 하나 건졌을 뿐이다.

"끄으응!"

하라간은 투명한 유리창에 머리를 기댔다.

과거 루잉 백작은 온몸으로 직접 부딪쳐서 문제를 해결하는 타입이었다. 루잉은 사자왕 메로베가 시킨 일이면 그 어떤 어려움이 있어도 반드시 돌파해 내었다. 싸움터를 가리지도 않았다. 왕이 원하면 어느 곳이든 뛰어들어 정면 승부를 보았다.

그런데 지금 하라간은 왕궁에 발이 묶였다. 여기서 도저히 밖으로 치고 나갈 수가 없었다. 지위가 너무 높은 탓이었다.

"쯧쯧쯧!"

하라간이 강하게 혀를 찼다. 이럴 땐 군주의 후계자라는 자리가 꽤나 불편했다. 어쌔신을 직접 쫓고 싶어도 나서지 못하니 가슴이 답답했다.

그래도 어쩔 수 없었다. 하라간은 기사와 왕세자의 몸가

짐이 다를 수밖에 없다는 사실을 망각하지 않았다. 사람은 제각기 위치가 있는 법이었다.

"나는 장차 할아버님의 뒤를 이어 이 왕국을 다스리는 군주가 될 몸! 그러니 모든 일에 일일이 내가 나설 수는 없어. 대신 유능한 신하들을 발탁해서 문제를 해결하는 습관을 들여야지. 비록 그 길이 느리고 답답해도 할 수 없지."

하라간은 스스로에게 이렇게 되뇌었다.

Chapter 2

인재에 대한 하라간의 갈증을 풀어 준 사람은 다름 아닌 칼리프였다.

"하라간 님, 기뻐하소서. 드디어 진화 실험이 성공했나이다."

오랜만에 하라간을 찾아온 칼리프는 눈물이 글썽한 눈으로 이렇게 고했다.

"뭐? 벌써?"

하라간이 벌떡 일어났다.

"꺄악!"

그 바람에 상의를 반쯤 풀어헤치고 하라간에게 무릎베개

를 대 주던 시녀가 뒤로 벌렁 나자빠졌다. 하라간은 시녀가
나동그라지거나 말거나 신경 쓰지 않았다.

"보여 줘. 당장!"

"소신을 따라오소서. 하라간 님께 연구 성과를 보여드리
겠나이다."

칼리프가 서둘러 앞장섰다.

하라간은 의복을 대충 걸치고 그 뒤를 쫓았다.

왕궁 북쪽의 정육각형 건물 지하 3층.

칼리프는 이 비밀 연구동의 6번 실험실로 하라간을 안내
했다. 이곳에 반강제로 붙잡혀서 하루 종일 진화의 비밀을
탐구하던 연구원들이 자리에서 벌떡 일어나 하라간 앞에
무릎을 꿇었다.

"하라간 님을 뵙습니다."

"응. 다들 수고가 많아."

하라간은 고개를 끄덕여 그들의 인사를 받았다.

칼리프가 하라간을 실험실 안으로 이끌었다. 어두컴컴한
실험실엔 푸른 액체가 담긴 유리관 25개가 늘어서 있었다.
이 가운데 22개의 유리관에는 발가벗은 사람들이 들어 있
었고, 나머지 3개의 관은 텅 빈 상태였다.

예전에 하라간이 방문했을 때와는 유리관의 배치가 다소
달라졌다.

칼리프가 손가락을 뻗었다.

"저 3개의 유리관 안에서 배양 중이던 실험체들이 드디어 진화에 성공했습니다."

그 말이 떨어지기 무섭게 실험실 한쪽 벽이 쿠르릉 돌아갔다. 그 속에서 3명의 남녀가 모습을 드러냈다.

"오호라!"

하라간이 눈을 반짝 빛냈다. 3명 모두 눈에 익었다.

가장 왼쪽에 서 있는 남자는 메네스!

한때 호위대 소속의 촉망 받는 무사였다가 군나르에게 죄를 짓고 외궁 5호가 된 메네스가 바로 칼리프의 첫 진화 성공작이었다.

메네스는 원래 해구 1층 레벨의 막레르와 결합했는데, 그 막레르가 놀랍게도 해구 2층에 서식하는 밀레노레르로 한 단계 진화했다.

막레르는 24개의 투창과 19개의 방패로 무장하고 머리가 4개 달린 근접 전투형 마물이었다.

이에 비해 밀레노레르는 100개의 투창과 100개의 방패로 무장하고 머리가 20개나 달린 희귀종이었다.

밀레노레르는 막레르보다 단지 투창과 방패의 수만 늘어난 것이 아니었다. 막레르가 이족 보행을 하면서 몸 주변에 19개의 방패를 위성처럼 빙글빙글 돌리고 24개의 투창을 날려서 공격하는 타입인 반면, 밀레노레르는 100개나 되는 방패와 투창을 촘촘하게 겹쳐 거대한 구체를 형성한 다음, 이 구체를 무섭게 회전시켜 적들을 통째로 갈아 버리는 전투 스타일을 지녔다.

밀레노레르의 회전 공격에 한번 걸리면 막레르 수십 마리가 덤벼도 단숨에 찢겨 나가기 일쑤였다. 그러니까 단순히 투창과 방패의 수만 늘어났다고 볼 수는 없었다.

"밀레노레르란 말이지?"

하라간이 혀로 입술을 축였다.

메네스의 옆에는 허리가 꾸부정한 꼽추 노인이 자리에 앉아 있었다.

칼리프가 노인을 가리켰다.

"이자는 외궁 4호입니다. 원래는 사특한 역적 무리의 정보를 담당하던 늙은이였는데, 이번 실험에 투입해서 제법 괜찮은 결과를 얻었습니다."

외궁 4호라는 말에 하라간은 꼽추 노인을 눈여겨보았다.

칼리프가 설명을 이었다.

"원래 이 역적의 마물은 오레곤이었습니다. 연해 3층에 속한 마물이었지요."

"오레곤이라면 신체 일부를 날려서 공격하는 마물이지?"

"그렇습니다. 신체의 일부를 분리해 주홍색 원반으로 만들어 적을 공격하는 마물입니다. 그런데 지금은 해구 1층 레벨의 막오레곤으로 진화했습니다."

"막오레곤? 오레곤과 차이가 뭐지?"

하라간이 고개를 갸웃했다. 막오레곤은 마물 도감에서도 보지 못했던 종이었다. 칼리프도 정확한 답을 내놓지는 못했다.

"하라간 님, 소신의 지식이 부족하여 막오레곤에 대해서 정확하게 설명을 드리기 힘드옵니다. 다만 이자의 현재 무력이 오레곤과는 비교도 할 수 없이 강해졌고, 그 수준이 해구 1층의 막레르와 거의 엇비슷하여 진화에 성공했다고 판단했습니다. 막오레곤이라는 이름도 소신이 감히 붙여 본 것입니다."

"흐음! 그래? 칼리프가 이름을 붙였다고?"

하라간이 고개를 끄덕였다.

외궁 4호는 폐사원 전투 당시 척추에 타격을 받고 두 다리가 잘려 앉은뱅이가 되었다. 하지만 그건 아무런 문제가 되지 않았다. 어차피 솔샤르는 본인의 신체 능력이 아니라 마물을 통해 싸우기 때문에 진화에 성공했다면 충분히 제 몫을 할 만했다.

칼리프가 마지막 세 번째 실험체를 가리켰다.

"하라간 님, 이 여인을 알아보시겠사옵니까?"

"응?"

하라간은 세 번째 실험체에게 눈을 돌렷다.

150 센티미터 정도의 작은 키에 얼굴이 앳되어 보이는 여인이 알몸으로 무표정하게 서 있었다. 안타깝게도 여인은 오른팔이 없는 외팔이었다.

"이 여자는 외궁 8호인가?"

"맞습니다. 페사원 전투 당시 한쪽 팔을 잃은 외궁 8호입니다. 그녀는 원래 토브욘의 첩자 출신인데, 소신이 진화의 실험체로 투입했다가 좋은 성과를 거두었습니다."

"외궁 8호도 4호와 마찬가지로 연해 3층 레벨이었지? 그녀는 현혹의 마물 일리아와 결합했다고 보고를 받았어."

하라간의 말에 칼리프가 손뼉을 쳤다.

"역시 하라간 님이십니다. 그런 세세한 정보까지 다 기억을 하시다니, 소신은 정말 놀랐습니다. 말씀하신 것처럼 외궁 8호는 사람의 정신을 현혹시키는 마물 일리아와 결합했습니다. 그런데 지금은 그녀의 마물이 해구 1층 레벨로 진화하여 추일리아가 되었습니다."

"추일리아?"

이 또한 마물 도감에 수록되지 않은 마물이었다.

"추일리아는 정말 희귀한 마물이라 기록된 바가 거의 없습니다. 하지만 고문서에 따르면 추일리아가 오래전 룬드 왕국에 등장한 적이 있다고 합니다."

Chapter 3

"추일리아의 특징은?"

하라간이 다시 물었다.

"일리아는 손바닥에 박힌 눈알을 통해 한 번에 한두 명씩 현혹을 시키지 않습니까?"

"그렇지."

"옛 문서에 따르면, 추일리아는 온몸에 수백 개의 마물 눈알을 동시에 열어 대규모 군중을 현혹시킬 수 있다고 기록되어 있습니다."

"뭐어? 대규모 군중을 동시에 현혹시킬 수 있다고? 그럼 파급 효과가 엄청나잖아!"

하라간이 눈을 동그랗게 떴다.

칼리프가 흐뭇하게 외궁 8호를 바라보았다.

"그렇습니다. 소신은 정말 추일리아의 쓰임새가 많을 것으로 생각하옵니다."

"그래. 나도 그럴 것 같아. 칼리프, 정말 수고가 많았어."

하라간은 칼리프의 어깨를 두드려 노고를 칭찬했다.

"허허허허허!"

칼리프도 칭찬을 기쁘게 받아들였다.

"하라간 님, 한 가지 더 보여 드릴 것이 있습니다."

"뭔데?"

하라간이 지켜보는 가운데 칼리프가 연구원에게 눈짓을 보냈다.

연구원이 줄을 잡아당기자 실험실 바닥에서 구구구구궁! 소리가 울렸다. 이윽고 다른 25개의 유리관보다 훨씬 더 크고 복잡하게 선이 연결된 유리관이 실험실 바닥에서 올라왔다.

이 유리관 속에는 눈 밑이 붉은 노파가 둥실 떠 있었다. 물론 노파는 알몸이었다.

하라간이 깜짝 놀랐다.

"응? 올가와잖아?"

하라간이 칼리프를 돌아보았다.

칼리프가 고개를 주억거렸다.

"맞습니다. 소신은 최근 외궁 서열 3위, 불의 마녀 올가와를 진화 실험에 투입했습니다. 만약 그녀가 진화에 성공한다면 이건 정말 큰 사건이 될 것입니다."

올가와는 작년 10월 폐사원 전투에서 남편인 마프가 죽자 정신적 충격을 받아 폐인이 되었다. 칼리프는 백치가 된 올가와를 진화 실험에 투입했다.

게브의 환관들에게 포로로 잡혔을 당시 올가와의 수준은 해구 2층 레벨!

칼리프의 실험체들을 통틀어 올가와가 가장 거물급이었다. 그런데 만약 올가와가 진화에 성공한다면?

그럼 그 수준은 무려 해구 3층 레벨이 될 것이다.

"허어! 그게 가능하단 말이야? 군주급의 마물을 인위적으로 만들어 낼 수 있다고?"

하라간이 칼리프에게 가능성을 물었다.

칼리프가 솔직하게 대답했다.

"아직 소신은 확답을 드릴 수 없습니다. 솔직히 소신은 메네스를 막레르에서 밀레노레르로 진화시킨 것도 거의 기적에 가깝다고 생각합니다. 그런데 감히 해구 3층 레벨이라니요? 절대 쉽지 않은 일이 될 것입니다. 하지만!"

칼리프는 여기서 말을 잠시 끊었다. 그러곤 두 주먹을 불끈 움켜쥐었다.

"하지만 소신은 한번 도전해 보고 싶습니다. 이 엄청난 일에 소신의 모든 정열과 노력을 쏟아붓고 싶습니다."

늙은 학자의 두 눈이 뜨거운 열기로 타올랐다. 광기라고 불러도 좋을 만큼 칼리프의 눈빛은 강렬하게 이글거렸다.

하라간이 씨익 웃었다.

"좋아! 필요한 것이 있으면 무엇이든 말해. 내가 적극적으로 밀어줄 테니까 올가와를 한번 해구 3층 레벨로 진화시켜 보라고. 만약 이번에 실패하더라도 절대 포기하지 마. 내가 토브욘 왕국을 침공해서라도 해구 2층 레벨의 실험체를 대량으로 공급해 줄 테니까 끝까지 연구해 보라고."

하라간의 말은 그냥 하는 소리가 아니었다. 하라간은 만약 칼리프가 필요하다고 한다면 전쟁을 일으켜서라도 실험체를 대량으로 공급할 마음을 먹었다. 그 와중에 피가 흐르고 희생이 뒤따라도 하라간은 개의치 않았다. 하라간의 사고는 무언가 중요한 것이 결여되어 있었다. 순간적으로 하라간의 눈이 투명하게 변했다가 다시 빠르게 제 색깔을 찾았다.

그 섬뜩한 눈빛의 변화를 칼리프는 알아차리지 못했다. 늙은 대학사는 그저 하라간의 두터운 신임에 감격할 뿐이었다.

"크흐흑, 하라간 님. 이렇게 소신을 굳게 믿어 주시다니요. 이 늙은이, 목숨을 바쳐 이번 임무를 해낼 것이옵니다. 크흐흑!"

칼리프는 하라간 앞에 엎드려 눈물을 뚝뚝 흘렸다.

3명의 실험체가 무표정하게 그 모습을 지켜보았다.

하라간은 칼리프가 만들어 낸 실험체를 친궁으로 데려갔다.

외궁 4호.

외궁 5호.

외궁 8호.

진화에 성공한 세 실험체가 하라간 앞에 일렬로 늘어섰다. 하라간은 실험체들에게 "각자의 마물을 꺼내 보라."는 명령을 내리지 않았다. 굳이 그런 번거로운 짓을 하지 않아도 하라간은 '간파의 권능'으로 마정석 속 마물의 모습을 훤히 꿰뚫어 보았다.

외궁 5호 메네스와 결합한 밀레노레르는 탄탄한 전사를 연상시켜 보기에 좋았다. 꼽추 노인 외궁 4호와 결합한 막오레곤은 공격과 방어의 균형이 적절하다는 느낌이 들었다. 게다가 막오레곤은 기습 공격에 탁월할 듯했다. 외팔이 마녀 외궁 8호와 결합한 추일리아도 환각과 최면에 능해 다양한 첩보 분야에 쓸모가 많았다.

하라간의 입가에 만족스러운 웃음이 걸렸다.

"괜찮군. 칼리프가 제대로 한 건 해 줬어."

반면 세 실험체는 여전히 무표정했다. 이들은 칼리프의 뇌 조작을 통해 감정을 잃어버렸다. 인성도 삭제되었다.

이들에게 남은 것은 오로지 왕실에 대한 충성심뿐!

아니, 엄밀하게 말해서 세 실험체의 뇌에 새겨진 것은 왕실에 대한 충성심이 아니었다. 그들의 뇌는 오직 군나르와 하라간만 섬기도록 조작되었다.

그렇다고 해서 세 실험체가 백치로 변한 것은 또 아니었다. 단지 그들의 판단력과 의지력, 사고력, 유추 능력 등이 정상인보다 조금 떨어졌을 뿐이다. 물론 지능도 좀 저하되었다.

대신 뇌 조작을 받은 실험체들은 감정이 사라지고 그 자리에 지독한 충성심만 남았다. 칼리프는 정교한 뇌세포 변형과 기억 조작을 통해 이런 비인간적인 변화를 이끌어 내었다.

"너희들은 이제부터 EoM이다."

하라간은 세 실험체에게 미리 생각해 두었던 이름을 붙여 주었다.

"넷."

메네스를 비롯한 세 실험체들은 아무런 반문도 없이 그 이름을 받아들였다. EoM이 뭘 의미하는지 질문도 없었다.

하라간이 대신 답을 주었다.

"희미한 달빛 한 점 볼 수 없는 캄캄한 밤! 그믐(End of the Month)을 의미하는 EoM이 바로 너희들의 상징이 될 거야."

"넷."

"비록 지금은 너희들이 소수 정예로 단출하게 출범하지만, 차츰 EoM의 숫자도 늘어나게 될 거야. 칼리프가 너희의 동료들을 계속해서 만들어 낼 테니까."

"넷."

"자! 그럼 지금부터 너희에게 첫 번째 임무를 내리겠다."

하라간이 손가락을 딱 치자 환관 2명이 시뻘건 고깃덩이를 내왔다. 끔찍할 정도로 잘 다져진 고깃덩이의 정체는 놀랍게도 살아 있는 사람이었다.

하라간은 눈알이 하나 뽑히고, 온몸의 피부는 다 벗겨지고, 뼈의 절반이 잘게 부서지고, 근육과 힘줄이 뽑혀서 가닥가닥 꼬이고, 두개골의 4분의 1이 절개되어 뇌에 침이 빼곡히 꽂힌 이 끔찍한 고깃덩이를 손가락으로 가리켰다.

"이 죄수는 사막 도시 키얄에서 나를 암살하려 시도한 어쌔신이다."

그 말이 떨어지기 무섭게 메네스를 포함한 세 실험체의 눈가가 벌겋게 달아올랐다.

"감힛!"

"크으윽!"

"이런 찢어 죽일!"

하라간에 대한 충성심으로 똘똘 뭉친 메네스 일행은 바

닥에 축 늘어져 있는 어쌔신을 당장에라도 찢어 죽일 것처럼 노려보았다.

하라간은 그들의 반응이 마음에 들었다.

"그러니 너희가 이자의 배후를 찾아라. 이자가 어떤 단체에 소속되어 있는지, 그 뿌리가 무엇인지 낱낱이 밝혀내."

"넷!"

"감히 하라간 님을 해하려 했던 역적 무리를 반드시 찾아내어 뿌리까지 박살 내겠습니다."

EoM 3명이 우렁차게 대답했다.

Chapter 4

하라간은 EoM에 두 사람을 더 투입했다.

타워의 현자 카티

카티의 제자 실보플레

이 2명이 하라간의 협박에 의해 강제로 EoM에 배속되었다.

EoM과 같이 야심 차게 새로 만든 첩보 조직에 적국의 포로를 투입하는 것은 하라간에게도 큰 모험이었다. 하라간이 카티와 실보플레를 포로로 붙잡은 것이 고작 일주일 전. 이 짧은 시간에 카티와 실보플레를 회유하여 아군으로 만들기란 불가능했다.

유일한 방법은 칼리프의 뇌 조작뿐.

하지만 뇌 조작은 실패 확률이 꽤 높았다. 부작용도 커서 뇌 조작을 시술받은 사람의 지능이 저하되는 것도 문제였다. 하라간은 카티와 실보플레가 바보가 되는 것을 원치 않았다. 그는 어떻게든 이 뛰어난 마법사들을 잘 구슬려서 군나르 왕국의 전력으로 삼고 싶었다.

'우리 군나르 왕국의 약점은 마법이야. 어떻게든 마법 분야를 보강해야 해.'

하라간은 절실하게 마법 보강을 갈망했다.

그 와중에 토브욘의 대마법사가 저절로 손에 들어왔다. 그것도 그냥 대마법사가 아니라 토브욘 왕국을 통틀어서 네 손가락 안에 꼽히는 현자였다.

'이런 보물의 뇌를 망가뜨릴 수는 없지.'

하라간은 카티와 실보플레를 보물로 여겼다.

그렇다고 이 두 마법사에게 쩔쩔매면서 아양을 떨고 환심을 살 생각은 또 없었다.

'이 기회에 한번 타이밍 독을 써 보자.'

최근 하라간은 군나르와 함께 새로운 독을 여러 종 만들어 내었다. 이 독들은 사람을 단숨에 죽이지는 못하지만, 대신 죽는 것보다 더 지독한 고통을 안겨 주는 특이한 독이었다. 게다가 이 독들은 평소엔 활동하지 않다가 딱 정해진 시각에만 독 기운을 일으켰다.

그래서 붙인 이름이 타이밍 독.

하라간은 2명의 포로에게 신기술을 써먹어 보았다.

효과는 기대 이상!

평생 굴복이라고는 모르던 현자 카티가 하라간의 독에 무릎을 꿇었다. 카티는 하라간 앞에 발작하듯 드러누운 뒤, 온몸을 거칠게 비틀었다. 온몸의 모든 구멍 속으로 벌레가 파고들어 갉아 대는 듯한 이 고통은 카티가 도저히 감내하지 못할 수준이었다. 카티는 상상을 초월하는 고통에 비명도 지르지 못하고 나뒹굴었다.

하라간이 조용히 중얼거렸다.

"카티, 지금 네가 겪는 이 고통을 네 제자도 겪고 있다."

"끄억!"

카티가 두 눈을 부릅떴다.

사랑하는 실보플레가 이 끔찍한 고통을 겪는다고 생각하자 카티는 참을 수가 없었다.

"그러니 굴복해라. 네가 아니라 네 제자를 위해서."

카티의 귓가에 하라간의 음성이 파고들었다.

처음에 카티는 이를 악물고 버티려고 생각했다. 아마 실보플레만 아니었다면 카티는 실제로 이 끔찍한 지옥을 버텨 냈을지도 모른다.

하지만 실보플레가 결국 카티의 발목을 붙잡았다.

"굴복을 할 생각이 있으면 고개를 끄덕여라. 그럼 너와 네 제자를 해독시켜 주마."

하라간의 말이 떨어지기 무섭게 카티는 고개를 마구 끄덕였다.

하라간이 카티에게 다가와 그녀의 이마를 손으로 잡았다. 하라간의 손에 어린 녹색의 빛무리가 카티의 이마 속으로 스며들었다.

그러자 거짓말처럼 고통이 사라졌다.

일반적으로 독에 중독되면 후유증이 크게 마련인데, 이 신비로운 독은 후유증도 없었다. 카티는 벌떡 일어나 하라간을 무섭게 노려보았다.

하라간이 카티의 뺨을 툭툭 두드렸다.

"분한가?"

"크윽!"

"분하겠지. 하지만 명심해라. 지금 너와 실보플레는 군나르 님께서 만드신 특수한 독에 중독되었다. 그러니 한 달에 한 번 꼬박꼬박 나를 찾아와야 해. 30일 간격으로 발작하는 그 독을 해독할 수 있는 사람은 세상에 단 2명. 군나르 님과 나뿐이다."

"크윽!"

"그러니 한 달 간격으로 나를 찾아와라. 그렇지 않으면 너와 실보플레는 조금 전에 네가 겪었던 그 고통을 겪으며 죽게 될 것이야. 무려 3년에 걸쳐서 천천히! 온몸이 돌처럼 굳고, 신체의 모든 구멍으로부터 피를 쏟으면서 아주 천천히 죽어."

"크으윽!"

카티가 입술을 꽉 깨물었다.

하라간이 카티의 뺨을 한 번 더 건드렸다.

"세상 그 어디에도 해독 방법은 없다. 그 어떤 마법사도, 그 어떤 신관도 이 독을 풀어 주지는 못해. 그저 견뎌야 한다. 무려 3년이라는 시간을! 1,000일이 넘는 그 긴 시간을 고통 속에 몸부림치다 죽는 거다. 네가! 그리고 사랑하는 네 제자 실보플레가."

"으으으!"

카티의 등에 소름이 쫙 돋았다.

차라리 단숨에 죽는 것이 낫지, 조금 전의 그 극악무도한 고통을 1,000일 동안 견딜 자신은 없었다. 목숨보다 사랑하는 제자에게 그런 고통을 안겨 줄 수도 없었다.

하라간이 카티의 턱을 손으로 잡았다.

"그게 싫으면 내 말을 들어. 그럼 너와 실보플레는 아무런 고통도 받지 않는다. 군나르 왕궁 내에서 자유롭게 돌아다닐 수도 있고, 가끔씩 실보플레를 만날 수도 있다."

"정말입니까? 정말 실보플레를 만나게 해 줄 겁니까?"

카티가 즉각 반응을 보였다.

하라간이 힘차게 고개를 주억거렸다.

"물론이다. 나 하라간은 결코 거짓말을 하지 않는다. 한 달에 한 번. 네 몸속에 깃든 독이 발작을 하기 전날에 나를 찾아와라. 그럼 실보플레를 만날 수 있을 것이다."

"아!"

"물론 그 대신 내 말을 잘 들어야겠지. 추운 토브욘 왕국은 이제 잊어버리고, 이 땅을 다스리시는 위대하신 분을 섬겨야겠지."

하라간의 속삭임에 카티가 부르르 몸을 떨었다. 하지만 하라간의 뜻을 거부하지는 못했다. 카티는 '제자를 위해서.'라는 생각으로 가만히 고개를 끄덕였다.

실보플레의 경우도 마찬가지.

단 한 번도 겪어 보지 못한 어마어마한 통증에 실보플레는 반쯤 미쳐 버릴 뻔했다. 그때 하라간이 달콤하게 속삭였다.

"굴복해라. 그럼 너와 네 스승이 겪는 이 고통은 사라질 것이다."

"으어어어!"

처음에 실보플레는 약혼자 그룬드를 떠올리며 버티려고 했다. 하지만 스승님이 지금 이 고통을 겪고 계시다는 말에 결국 마음의 빗장이 풀렸다. 실보플레는 눈물, 콧물, 침이 범벅된 얼굴로 고개를 끄덕일 수밖에 없었다.

Chapter 5

하라간이 머릿속에서 구상한 그림이 비로소 뼈대를 갖추었다.

첫 번째 조직인 친위대원들은 장차 왕국의 동량이 되어 하라간을 양지에서 보필할 것이다.

두 번째 조직인 호위대는 장차 하라간의 경호를 맡아 왕궁을 든든하게 지킬 것이다.

세 번째 조직인 게브의 환관들은 하라간의 칼이 되어 왕국을 안정시키고, 고위 대신들을 감찰하며, 음지에서 하라간을 보필할 것이다.

네 번째 조직인 풀문은 하라간의 숨겨진 비수가 되어 타국에 대한 첩보 활동에 전념할 것이다. 게브가 왕국 내부를 향한 칼이라면, 풀문은 왕국 바깥쪽을 겨냥한 비수였다.

다섯 번째 조직인 EoM은 위 4개 조직과 별개로 움직이며, 가장 파괴적이고 가장 포악한 임무를 맡아 해결한다.

하라간이 구상한 5개 조직 가운데 4개는 이미 하라간의 손에 들어왔다. 오직 호위대만이 아직 남아 있는데, 이것 또한 조만간 군나르로부터 물려받을 예정이었다. 지금 하라간은 게브를 움직여 마이림의 외궁 조직을 정리하는 중이었고, 풀문을 가동해 토브욘 왕국에 크게 한 방 먹여 주었으며, EoM에게 어쎄신의 추적을 맡겼다. 모든 사안들이 톱니바퀴의 이빨이 맞물려 돌아가듯이 매끄럽게 진행되었다.

하라간은 단지 검술에만 재능이 있는 것이 아니었다. 그는 루잉 백작이던 시절부터 부하들을 키우고 군사 조직을 양성하는 데 빼어난 능력을 보여 왔다. 전술과 전략에도 능통해 루잉이 한번 전쟁터에 나서면 패하는 법이 없었다. 덕분에 루잉이 키워 낸 드뷔시 기사단, 달리 레드 라이온(Red Lion: 붉은 사자)이라는 애칭으로 불리는 기사단은 카롤 왕국 최강이라는 수식어를 단 한 차례도 놓치지 않았다. 비록 지금은 그 레드 라이온 기사단이 보투르 후작에게 넘어갔지만 말이다.

하라간이 EoM을 신설하고 그들에게 첫 임무를 하달하는 그 시각, 남부 연합의 7개 왕국 가운데 하나인 마고 왕국에서는 엄청난 이변이 벌어지는 중이었다.

현재 마고 왕국을 다스리는 군주는 페펭 마고였다.

페펭은 왕국의 군주인 동시에 남부 전체를 통틀어 몇 손가락 안에 꼽히는 뛰어난 마법사로 유명했다. 40년 전 페펭이 처음 왕위를 물려받았을 때 마고의 백성들은 페펭이 장차 마고 왕국을 남부 연합의 중추에 올려놓을 거라고 믿었다.

페펭의 능력은 그만큼 뛰어났다.

하지만 믿음은 곧 실망으로 변했다.

마법에 미친 페펭은 군주의 임무를 아무렇게나 내팽개쳤다. 그러곤 왕궁 지하 연구실에 홀로 처박혀 온종일 마법 연구에만 매달렸다.

어쩌면 이것은 당연한 일이었다. 당시 페펭은 놀랍게도 마나의 벽 2단계에 올라선 상태였다. 남부 연합을 다 뒤져도 페펭의 나이에 이 높은 경지에 올라선 마법사는 없었다. 남부 연합 최강의 마법사라 칭송을 받는 샤를르 위그 대제도 페펭의 나이에는 마나의 벽 2단계에 도달하지 못했다.

페펭은 샤를르 위그 대제를 뛰어넘겠다는 일념 아래 국사도 팽개치고 마법에만 몰두했다.

자연히 페펭의 부인이 남편을 대신하여 왕국을 다스릴 수밖에 없었다.

안타깝게도 왕비의 행정 능력은 그리 신통치 않았다. 귀도 얇아 아랫사람들의 말에 잘 휘둘렸다. 마고 왕국의 대신들은 얼마 지나지 않아 몇 개의 당파로 나뉘어 권력 투쟁에 돌입했다. 대신들이 권력만 탐하자 왕국 전체가 폭풍에 휘말린 조각배처럼 이리저리 흔들렸다.

일부 뜻 있는 신하들이 페펭을 찾아가 국사를 돌보라고 간언했다.

페펭은 꿈쩍하지 않았다.

'마나의 벽 3단계!'

페펭의 머릿속에는 오로지 이 한 단어만 박혀 있을 뿐이었다. 페펭은 마나의 벽 3단계에 올라서기 전까지는 통치고 뭐고 다 때려치우고 오로지 마법에만 전념할 생각이었다.

계속되는 노력! 노력!

하지만 페펭의 꿈은 쉽사리 이루어지지 않았다. 20세의 나이에 마나의 벽 1단계와 2단계를 차례로 돌파한 이 천재 마법사는 40년이 지난 지금까지도 3단계에 올라서지 못했다. 그저 무수한 좌절만 거듭할 뿐이었다.

그 지독한 절망감이 페펭의 정신을 망가뜨렸다.

끝도 없이 되풀이되는 실패가 페펭의 사고를 무너뜨렸다.

마고 왕궁 깊숙한 지하 실험실에서 페펭은 마침내 '금단의 서'에 손을 대었다.

누가, 언제, 무슨 이유로 이 책을 작성했는지 모를 금단의 서! 시커먼 표지에 으스스한 해골이 그려진 수상한 마법서!

머리카락을 산발한 페펭이 부들부들 떨리는 손으로 금단의 서를 열었다. 광기에 물든 페펭의 두 눈은 용암처럼 벌겋게 백열되었다.

페펭은 벌써 열흘째 물 한 모금 마시지 않았다. 씻지도 않았다. 꼬질꼬질 때가 낀 페펭의 손가락이 금단의 서를 빠르게 넘겼다. 퀭하게 들어간 페펭의 눈이 금단의 서에 그려진 문자와 그림들을 신속하게 훑었다.

금단의 서에 적힌 문자는 이 시대의 것이 아니었다.

뛰어난 마법사들도 읽기 힘든 고대의 문자.

"ΩΪΨΦΘΛΞΞ , ΩΪΫ, ΩΪΫ, ΩΪΫ."

놀랍게도 페펭은 그 오래된 옛 문자를 거침없이 읽어 내려갔다.

페펭이 문자를 읊을 때마다 낡은 마법 책은 검은 연기를 뭉클뭉클 피워 올렸다. 얼마 지나지 않아 페펭의 온몸이 검은 연기에 휩싸였다. 페펭뿐 아니라 실험실 전체가 연기로 뒤덮였다.

램프가 팍 꺼졌다.

지하 실험실은 빛 한 점 들지 않아 램프가 꺼지면 한 치 앞도 볼 수 없었다.

그런데도 페펭은 거침없이 문자를 읽었다. 그는 지금 주변이 깜깜하다는 사실도 인지하지 못했다. 페펭의 붉은 눈이 점차 칠흑으로 물들었다. 페펭의 호흡도 점점 거칠어졌다.

"ΩΪΨΦΘΛΞΞ , ΩΪΫ, ΩΪΫ, ΩΪΫ."

페펭은 같은 내용을 반복해서 읽고, 또 읽었다.

페펭의 마나가 크게 부풀어 올라 페펭의 몸 주변을 빙글빙글 돌았다. 금단의 서에서 흘러나온 검은 연기가 그 마나와 뒤섞여 페펭의 몸을 한 바퀴 돌고 나서 페펭의 코로 다시 스며들었다. 페펭의 눈은 더더욱 검게 물들었다.

페펭의 눈에는 보이지 않지만, 지금 마고 왕궁의 상공엔 시커먼 먹구름이 모여들었다. 해를 가린 두꺼운 먹구름은 페펭이 서 있는 곳을 중심으로 나선형으로 빙글빙글 회전했다. 먹구름 사이로 우르릉! 우르릉! 우렛소리가 들렸다.

"이게 무슨 일이지?"

"으으윽!"

첨탑에서 경비를 서던 병사들이 겁을 내었다. 사방이 갑자기 컴컴해지고 먹구름이 소용돌이를 치는 것을 보니 여간 수상한 것이 아니었다.

"엄마! 나 무서워."

왕궁에서 일을 하는 시녀들도 한곳에 모여 와들와들 떨었다.

페펭은 그것도 모르고 계속해서 금단의 서를 읊었다.

그러던 한 순간이었다.

"크왁!"

페펭이 갑자기 피를 게웠다. 검붉은 색깔의 핏속엔 페펭의 내장이 토막토막 끊겨서 섞여 나왔다.

"우웩! 우워억!"

페펭은 무릎을 꿇고 입에서 쏟아지는 피를 두 손으로 받쳤다. 비로소 제정신이 든 페펭은 겁이 덜컥 났다.

하지만 아무리 막으려고 해도 피의 역류가 멈추지 않았다. 쉴 새 없이 입에서 게워지는 핏물이 페펭의 무릎을 뜨끈하게 적셨다. 머리로 역류하여 몰린 피는 페펭의 눈알을 터뜨렸다.

"끄왁!"

장님이 된 순간 페펭은 찢어져라 비명을 질렀다.

마나의 벽 2단계를 돌파하면서 얻은 페펭의 방대한 마나가 미친 듯이 페펭의 몸속을 돌아다니며 모든 피를 다 짜내 몸 밖으로 내보냈다.

"끄, 끄억! 살려 줘!"

페펭이 앙상한 손으로 벽을 더듬었다. 회색의 벽은 페펭의 피로 인해 시뻘겋게 물들었다.

하지만 그것도 한때뿐.

핏물이 모두 빠져나간 페펭의 손가락은 이내 푸스슥 흩어졌다. 그저 페펭의 손톱이 벽에 반쯤 박혀 남았을 뿐이다.

Chapter 6

"끄어어억!"

마침내 페펭의 입에서 마지막 한 방울의 피가 튀어나왔다. 페펭의 몸 주변을 휘돌던 마나가 그 한 방울의 피 속으로 쭈와악—! 몰려들었다.

허공에 동그란 구체가 떠올랐다. 페펭의 피로 이루어진 구였다. 금단의 서에서 흘러나온 검은 연기가 그 속에 뒤섞여 구체의 색깔을 검게 물들였다.

단단하게 뭉친 구체는 실험실 천장을 그대로 뚫고 위로 솟구쳤다.

콰루루루루—

마고 왕궁 상공에 모인 먹구름은 한층 더 빠르게 회전했다. 페펭의 피와 마나가 집약된 구체가 바닥과 천장을 차례로 뚫고 튀어 나가 왕궁 상공으로 떠오르더니, 한 바퀴 크게 선회했다. 구체에 뒤섞인 끔찍한 사념이 드넓은 왕궁 전체를 빠르게 스캔했다.

사념이 찾는 대상은 초경을 막 흘린 소녀!

마침내 그 대상이 선택되었다.

성인 엄지손톱 크기의 구체는 다시 한 번 벽을 뚫고 일직선으로 날아가 소녀의 가슴에 파고들었다. 봉긋하게 부푼 가슴에 조그만 상처를 남기고 들어가 심장에 콰악!

"꺅!"

소녀가 입을 쩍 벌렸다.

소녀의 심장 속에서 검은 구체가 탁 풀어지면서 엄청난 양의 피를 만들어 내었다. 페펭의 집약된 피와 마나, 그리고 금단의 서의 기운이 하나로 뭉쳐서 만들어 낸 막대한 기운이 소녀의 심장으로부터 뭉텅뭉텅 풀려나왔다.

후두두두—!

이건 차라리 혈관 속에 야생마 수천 마리를 풀어 놓은 기분이었다.

와라라라라라라라—!

이건 차라리 핏줄 속에 뱀 수만 마리를 풀어 놓은 것 같았다.

"끄악! 꺄! 꺽! 껙!"

소녀의 몸이 허공 2 미터 높이로 붕 떠올랐다. 그 상태에서 소녀는 온몸을 격렬하게 떨었다. 허리가 갑자기 직각으로 접히고 무릎이 평소와 반대 방향으로 구부러졌다.

"공주님!"

"아아악! 이걸 어째!"

소녀의 곁을 지키던 중년 여인 2명이 비명을 질렀다. 그녀들은 소녀를 향해 기를 쓰고 손을 뻗었다. 허공에 둥실 떠올라 경련하는 소녀를 붙잡아 침대에 끌어 눕히기 위함이었다.

하지만 평범한 여인네들이 붙잡기엔 소녀의 몸짓이 너무 격렬했다.

"끄악! 꺄! 꺽! 껙! 끄아악! 깩!"

소녀는 점점 더 강렬한 비명을 질렀다. 그러면서 소녀의 팔이 거꾸로 꺾였다. 소녀의 다리가 180도 각도로 찢어졌다.

그렇게 10분 넘게 허공에서 발광을 하던 소녀가 마침내 땅에 스르륵 내려왔다.

온갖 기괴한 각도로 꺾이던 소녀의 몸은 언제 그랬냐는 듯이 정상으로 돌아왔다. 대신 소녀의 등을 뚫고 풍성하고 하얀 깃털이 가득한 날개가 돋아나 있었다.

날개의 개수는 총 18장!

아홉 쌍의 날개를 퍼덕이며 바닥에 내려선 소녀가 유모들을 향해 두 손을 가볍게 내밀었다.

"공주님! 공주님!"

"아이고! 이게 무슨 일입니까?"

젖먹이 때부터 소녀를 맡아 키운 유모들이 황급히 소녀에게 다가섰다.

그 순간 유모들의 두개골 위쪽이 쩍 열렸다. 그러곤 유모들의 뇌수와 피가 허공으로 쭈와악! 압착되어 뿜어지더니 소녀의 하얀 손 위에 모여들었다.

피와 뇌수는 소녀의 손바닥 위에서 빙글빙글 회전하면서 뭉쳐 조그만 구체로 변했다. 소녀는 새끼손톱 크기의 붉은 구체 2개를 입에 탁 털어 넣었다.

온몸의 정혈을 모두 빼앗긴 유모들이 빈 껍데기만 남아 후두둑 바닥에 떨어졌다.

그 끔찍한 모습을 보면서 소녀는 귀엽게 고개를 까딱였

다. 그다음 고개를 왼쪽, 오른쪽으로 한 번씩 꺾었다. 양쪽 어깨도 빙글 돌려 풀어 주었다. 발목과 무릎도, 허리도 한 번씩 돌려 보았다.

아홉 쌍의 하얀 날개가 퍼덕이자 소녀의 몸이 허공으로 가볍게 떠올랐다. 소녀는 가만히 창가로 다가섰다.

첨탑의 창문 아래 마고 왕궁의 전경이 탁 트여 내려다보였다.

"여기가 하찮은 인간들의 세상인가?"

소녀의 성대가 여린 음성을 만들어 내었다.

소녀는 신기하다는 듯이 왕궁 풍경을 굽어보았다.

"정말 하찮군. 정말 하찮아. 이 하찮은 것들을 데리고 마해의 마물들과 싸울 생각을 하니 머리가 다 아프군."

인형처럼 예쁘게 생긴 소녀의 입에서 연신 하찮다는 말이 흘러나왔다. 소녀는 나른한 눈으로 창밖을 내다보다가 다시 하늘로 시선을 돌렸다.

왕궁 첨탑 위에선 시커먼 먹구름이 폭풍처럼 회전하는 중이었다. 시커먼 구름 사이로 언뜻언뜻 푸른빛이 일렁였다. 그때마다 우르릉! 우르릉! 굉음이 울렸다.

소녀는 하늘을 향해 두 손을 꼭 모았다.

"그래도 이것이 천신의 뜻이시라면 받들 수밖에! 만물을 아우르시는 천신이시여, 저는 이제부터 천계 여섯 신장들

의 보필을 받아 저 흉악한 마해 마물들의 씨를 말리고 마해 가장 밑바닥에 웅크리고 있는 마신의 심장에 성스러운 창을 꽂을 것이옵니다. 천신께서는 부디 소녀가 저 무시무시한 마신을 상대할 수 있도록 힘과 용기, 그리고 지혜를 내려 주시옵소서."

후오오옹!

기도가 끝나기 무섭게 소녀의 오른손에 기다란 은빛 창이 돋아났다. 몸통이 긴 드래곤이 창대를 한 바퀴 휘감은 듯 정교하게 조각된 은창이었다. 은창의 길이는 소녀의 키보다 두 배 이상 컸다.

이 은창이 바로 천계의 삼신기(三神器) 가운데 첫 번째인 '힘'이었다.

쑤와아앙!

이어서 소녀의 왼손 팔뚝에 휘황하게 빛나는 사각의 금빛 방패가 돋아났다. 몸을 웅크린 드래곤이 정교하게 조각된 이 금방패는 소녀의 상반신을 모두 가릴 정도의 크기였다.

이 금방패가 바로 삼신기 가운데 두 번째인 '용기'였다.

샤라랑~

마지막으로 소녀의 머리에 붉은 왕관(티아러)이 돋아나 영롱한 빛을 뿌렸다. 이 적왕관이 바로 마지막 삼신기인

'지혜'였다.

천신의 신력이 깃든 삼신기, 즉 힘과 용기, 지혜를 장착한 뒤, 소녀는 다시 지상을 내려다보았다.

소녀의 입에서 한마디가 덧붙여졌다.

"그리고 부디 저 하찮은 인간 나부랭이들이 제 발목을 잡지 않고, 온전히 제 도구가 되어 마해의 마물들을 치워 버리는 용도로 사용될 수 있도록 은총을 내려 주소서. 물론 그 과정에서 도구가 망가져도 소녀는 별 상관없사옵니다. 꺄하하하하!"

발랄(?)하게 기도를 마친 뒤 소녀는 아홉 쌍의 날개를 접으며 등을 돌렸다.

소녀가 손가락을 까딱하자 커다란 전신 거울이 휘익 날아와 소녀 앞에 정지했다. 소녀는 거울에 자신의 모습을 비춰 보았다.

살짝 웨이브진 찰랑찰랑한 금발.

보석을 뿌려 놓은 듯 영롱한 푸른 눈.

160 센티미터의 키.

봉긋 솟아오르기 시작한 가슴.

살이 살짝 오른 엉덩이와 잘록한 허리.

소녀는 거울에 비친 자신의 모습을 이리저리 살펴보았다. 그러다 뭐가 마음에 들지 않았는지 눈을 찌푸렸다.

소녀가 손을 뻗자 콰앙! 벽이 무너지면서 벽 건너편에 있던 호위병이 그대로 딸려 왔다. 소녀는 호위병의 목덜미를 손으로 꽉 잡아 뜯었다.

"꾸웩!"

호위병은 비명도 제대로 지르지 못하고 죽었다. 바닥에 고꾸라진 호위병의 목에서 피가 흥건히 흘러나왔다.

소녀는 손가락에 피를 듬뿍 묻혀 자신의 입술 위에 톡톡 두드렸다. 다소 창백하던 입술에 선혈이 묻자 묘한 분위기가 풍겼다.

"그럭저럭 괜찮네."

소녀는 거울을 보고 생긋 웃었다.

"하찮은 몸뚱어리치고는 제법 쓸 만해. 꺄하하하하!"

소녀가 활짝 웃었다. 그녀의 볼에 팬 보조개가 깜찍하고 귀여웠다.

소녀의 이름은 마리앙 마고.

이 날 페펭 마고의 딸 마리앙에게 천계의 여왕이 강신했다.

같은 시각.

꽈릉! 꽈릉! 꽝! 꽝! 꽝! 꽝!

세상 곳곳에 굵은 벼락이 떨어졌다. 이 벼락들은 천계 여섯 신장의 강림을 알리는 신호탄이었다.

　빛의 영광을 드러내는 플라비우스!

　어둠을 상징하는 막센!

　동쪽 하늘을 다스리는 브렌누스!

　서쪽 하늘에 군림하는 도릭스!

　남쪽 하늘의 폭군 바투스!

　북쪽 하늘의 지배자 수키우스!

　천계의 여섯 신장들은 약속이라도 한 것처럼 동시에 모습을 드러내었다.

제3화
예지몽

Chapter 1

북부 최강국인 아르네 왕국 수도.

오드 아르네 솔샤르가 다스리는 이 강대국의 수도 한복판엔 대리석으로 만든 건축물이 우뚝 솟아 있었다. 오드 아르네의 왕궁과 1 킬로미터의 거리를 두고 마주한 이 팔각형 건축물이 생츄어리(Sanctuary), 즉 성전이었다.

지금으로부터 800여 년 전, 최초의 솔샤르이자 북부의 신인인 욘 아르네는 바로 이 자리에서 키르샤의 위풍당당한 모습을 드러내었다. 또한 바로 이 자리에서 수많은 추종자들이 지켜보는 가운데 여러 장의 날개를 활짝 펴고 하늘로 훨훨 날아갔다.

욘 아르네의 추종자들은 이 기적의 장소를 생츄어리라 칭송했다. 그러곤 그 위에 대규모 건축물을 짓고 종교적 거점으로 삼았다.

사실 생츄어리는 한 개의 건물이 아니었다. 직사각형 형태의 궁전 8개를 빙 둘러놓아, 하늘에서 내려다보면 팔각형으로 보일 뿐이었다. 각 건물 사이는 일직선의 회랑으로 이어졌다. 생츄어리의 8개 건물엔 8명의 종교 지도자들이 나누어 살았다. 이들은 '법주'라는 칭호로 불리었으며, 한 사람의 법주 당 4명의 종교 재판관과 100명의 집행자를 두었다.

법주 8명.

종교 재판관 32명.

집행자 800명.

이들을 다 합쳐 봤자 고작 840명이었다. 어마어마하게 커다란 건물 크기에 비해서 실제 생츄어리의 인적 규모는 이해하기 힘들 정도로 작은 셈이었다.

하지만 북부의 그 누구도 생츄어리를 무시하지 못했다.

생츄어리의 법주들은 간단한 편지 한 장만으로 아르네 왕국의 막강한 군대를 자유롭게 움직일 수 있기 때문이다.

아르네의 군주 오드는 생츄어리의 권위를 충분히 존중해 주었다. 생츄어리의 재판관들이 내린 판결 결과에 대해서도 가능한 반대 의견을 내지 않았다. 군주의 적극적인 지지 덕분에 생츄어리는 아르네 왕국뿐 아니라 북부의 모든 왕국에 상당한 영향력을 끼쳤다.

또 한 가지.

생츄어리의 무력도 무시하기 힘들었다. 비록 800명밖에 되지 않지만, 생츄어리의 집행자들은 개개인이 모두 뛰어난 솔샤르였다. 만약 생츄어리에서 작정하고 공격을 퍼부으면 북부의 왕국들도 제법 피해를 볼 수밖에 없었다.

대리석 기둥 사이로 은은하게 햇볕이 스며드는 오후.

낡은 로브를 걸친 사내가 대리석 기둥이 만들어 낸 그늘을 따라 걸음을 재촉했다. 귀에서 자란 털이 목 언저리까지 북슬북슬하게 늘어지고, 길게 뻗은 눈썹이 둥근 곡선을 그리며 뺨까지 도달한 이 사내는 생츄어리의 여덟 법주 가운데 한 명인 율트였다.

"후우!"

한참을 걸어 옆 건물에 도착한 율트는 가벼운 한숨과 함께 건물 안으로 들어갔다. 오늘따라 그의 얼굴이 창백해 보였다.

"법주님!"

건물 입구를 지키던 집행자들이 율트를 보자마자 오른손

손바닥으로 이마를 가리고 고개를 푹 숙였다.

집행자들은 하나같이 낡은 회색 로브를 입었으며, 머리카락을 빡빡 밀었다. 또한 그들은 인두로 이마를 지져서 사람의 눈알 모양을 그려 넣은 상태였다.

이마에 문신한 이 제3의 눈이야말로 '부릅뜬 눈으로 인간 세상을 살펴 신인의 뜻을 왜곡하는 파탄자를 탐색하고 징계한다.'라는 생츄어리의 이념을 드러내는 징표였다. 집행자들은 제3의 눈을 통해 북부인들을 관찰하고 또 탐색했다.

단, 법주들을 만날 때면 집행자들은 손으로 제3의 눈을 가려 경외를 표현했다. 생츄어리에서 법주들은 '신인의 뜻을 가장 잘 받들어 감시를 받지 않아도 되는 자'를 의미했다. 법주를 제외한 다른 사람들은—심지어 32명의 종교 재판관들까지도—집행자의 감시를 피할 수 없었다.

서로가 서로를 감시한다는 것은, 다시 말해서 생츄어리가 위아래 서열이 엄격하게 구분되는 수직 체계가 아니라는 반증이었다. 생츄어리는 840명 개개인이 각자의 위치에서 각자의 역할을 수행하는 수평적 구조였다.

생츄어리 안에서 여덟 법주들은 신인의 뜻을 헤아려 법을 세웠다. 이는 입법에 해당했다.

32명의 종교 재판관 법주들이 만든 법에 따라 죄의 무겁고 가벼움을 판단했다. 사법 기능을 한다고 보면 되었다.

마지막으로 800명의 집행자들은 법을 실제로 행했다. 이름 그대로 집행의 의미였다.

입법과 사법과 집행의 균형이 잡힌 이 삼각 체제야말로 생츄어리의 뼈대라고 할 수 있었다. 물론 종교 집단이다 보니 이 세 가지 가운데 가장 중요한 것은 입법, 즉 살아서 드래곤이 되신 신인의 뜻을 헤아려 법을 세우는 일이었다.

생츄어리의 입법 과정은 단순했다.

8명의 법주 가운데 한 명이 예지몽을 꾸면, 그는 다른 법주들과 꿈 내용을 의논했다. 이때 절반 이상의 법주가 꿈의 해석에 동의하면, 이것은 생츄어리의 정식 신탁으로 등록되었다. 그리고 800명의 집행자들이 이 신탁을 받들어 실행에 옮겼다.

건물 8층.

대리석으로 만든 나선형 계단을 따라 건물 꼭대기 층까지 올라온 윰트는 동료 법주의 집무실로 들어갔다. 그러곤 자신이 꾼 꿈에 대해 털어놓기 시작했다.

윰트의 동료는 희한하게도 생김새가 윰트와 똑같았다. 적당히 비슷하게 생긴 것이 아니라, 틀에 넣어 찍어 낸 것처럼 완벽하게 동일했다. 코는 매부리에, 귓구멍에서 자란 털이 목덜미까지 늘어진 것도 같았고, 눈썹이 둥글게 휘어

뺨까지 늘어진 것도 닮았다. 눈 색깔과 키도 완벽하게 일치했다.

비단 이 2명만 외모가 같은 것이 아니었다. 생츄어리의 법주 8명은 모두 똑같이 생겼다. 잘 모르는 사람이 보면 여덟 쌍둥이로 오해할 만했다.

실제로 법주들은 쌍둥이가 아니었다. 모두 아버지가 다르고 어머니도 달랐다. 태어난 날짜도 모두 제각각이었다.

그런데도 신기하게 생김새가 같았다.

그뿐만이 아니었다. 법주들은 이름도 하나로 통일해서 사용했다.

8명의 법주 모두 윰트.

그들은 동료를 '윰트'라고 불렀고, 자신도 윰트라고 칭했다.

"윰트, 내가 꾼 꿈 좀 해석해 주게."

헐레벌떡 이 건물을 찾아온 법주가 말문을 열었다.

커다란 책상 앞에 앉아서 방문자를 맞은 또 다른 법주가 고개를 가로저었다.

"아니, 아니. 그 전에 자네가 먼저 내 꿈 좀 해석해 주게. 내가 조금 전 단잠에 빠졌다가 아주 이상한 꿈을 꾸었거든."

"그래? 나도 낮잠을 자다가 괴상한 꿈을 꾸어서 여기에 달려왔는데?"

"혹시, 자네가 꾼 꿈이 등에 날개가 달린 족속들에 대한 것인가?"

"맞아! 신인의 존재를 부정하는 그 음흉한 족속들에 대한 꿈이라네. 아주 기분이 더러워서 내 곧장 자네에게 달려왔지."

방문자 융트가 엄지와 검지로 눈썹 끝을 잡아당기며 대답했다.

또 다른 융트가 심각하게 얼굴을 찌푸렸다.

"거참! 나도 조금 전에 그 음흉한 족속들의 꿈을 꾸었는데? 온 세상이 하얀 깃털이 달린 날개로 뒤덮이고, 머리에 불타오르는 왕관을 쓴 자가 이곳 생츄어리를 공격하는 악몽이었어."

"뭣? 내 꿈과 똑같잖아!"

방문자 융트가 눈을 동그랗게 떴다.

그때 또 다른 법주가 집무실 문을 벌컥 열고 들어왔다. 이 세 번째 법주는 등장과 동시에 고성을 꽥 질렀다.

"우왁! 우왁! 자네들 여기 있었구먼. 내가 조금 전에 무시무시한 악몽을 꾸어서 달려왔거든. 내 생애에 이토록 저주스럽고 치욕적인 악몽은 처음이었어. 자네들이 내 예지몽을 듣고 한번 해석을 해 주게."

그 말에 두 윰트가 서로를 바라보았다.

"혹시!"

"설마!"

두 윰트는 휘둥그레진 눈으로 세 번째 방문자를 응시했다.

Chapter 2

음산하게 찌푸려진 하늘이 새하얀 날개로 뒤덮였다. 날개에서 흩뿌려진 깃털이 화라락 세상에 퍼져 나와 온 천지를 가득 메웠다.

휘날리는 깃털 사이로 불타오르는 왕관이 떠올랐다. 용암처럼 이글거리는 왕관은 하늘 저 높은 곳에 고정되어 빙글빙글 회전했다.

왕관 아래에 어렴풋이 존재가 모습을 드러내었다. 난무하는 깃털에 가려서 존재의 모습이 잘 보이지는 않았다. 하지만 왕관 아래 구불구불한 금발이 길게 늘어진 것 같았다.

불타는 왕관이 하늘 한복판에 떠서 세상을 비추자 마정석들이 제 기능을 멈췄다. 솔샤르들은 마물과 결합하지 못했다.

"아아악!"

"신인이시여!"

당황한 솔샤르들이 여기저기서 비명을 질렀다. 일부 솔샤르들은 두 손을 모아 신인께 도움을 청했다.

하지만 한번 굳어진 마정석은 꿈쩍도 안 했다. 마정석을 통해 결합된 마물들도 힘을 잃고 잠에 빠졌다.

퍼덕이는 날개가 사방에서 날아와 솔샤르들을 공격했다. 솔샤르들은 비참할 정도로 무기력했다. 아르네 왕국의 수도가 불바다가 되고, 곳곳에 솔샤르들의 시체가 쌓여 갔다.

"꺄하하하하! 꺄하하하하하!"

불타는 왕관으로부터 듣기 싫은 웃음소리가 터졌다.

와르르, 건물이 무너졌다. 콰콰콰쾅! 도로가 파괴되었다. 하얀 날개는 신인의 백성들을 무자비하게 도륙했다. 땅이 뒤틀리고 강이 범람했다. 허공엔 폭풍이 불었다. 길거리에 흐르는 피가 하수구로 모여서 콸콸콸 격류를 이루었다.

이 끔찍한 공격이 마침내 성전, 즉 생츄어리를 겨냥했다.

불타는 왕관이 생츄어리 바로 위에 날아와 자리를 잡았다. 하늘이 쩌어억 입을 벌렸다. 그 시커먼 구멍으로부터 은빛 섬광이 8개가 작렬했다. 눈부신 섬광은 단단한 생츄어리의 벽과 지붕을 단숨에 으깨버렸다.

화아악!

휘황하게 터진 빛무리 속에서 생츄어리는 부스러기처럼 흩어졌다.

생츄어리의 집행자들이 제3의 눈을 개방한 뒤 불타는 왕관에 달려들었다.

안타깝게도 그 공격이 적에게 닿지 않았다. 아무리 창을 던지고 활을 쏘아도 저 까마득한 상공 한복판에 고정된 왕관에 미치지 못했다.

하얀 날개가 사방에서 날아와 집행자들을 거꾸러뜨렸다. 800명의 집행자들이 차례차례 피를 뿜으며 주저앉았다.

하얀 날개들은 집행자를 낚아채 하늘 높이 끌고 가서는, 그 높은 곳에서 집행자의 팔다리를 잡아 뜯었다. 비명과 함께 허공에서 피의 비가 내렸다.

"피신하십시오!"

"마해를 열어 몸을 피하십시오!"

살아남은 집행자들이 법주들을 보호했다. 여덟 법주들은 신인의 축복을 통해 얻은 마법의 힘으로 마해를 열었다.

땅이 쩍 갈라졌다. 세상에 벼락이 쏟아졌다. 갈라진 땅속으로부터 검푸른 바닷물이 차올랐다.

휘류류류류—

무섭게 회전하는 마해로부터 껍질이 단단한 포르키스들이 집게발을 딱딱거리며 나타났다. 법주들은 황급히 마해에 입수했다.

"꺄하하하하! 꺄하하하하하하!"

불타는 왕관으로부터 패악한 웃음소리가 다시 터졌다.

하얀 날개가 더 많이 나타났다. 온 허공을 가득 메운 날
개들은 놀랍게도 마해에 직접 뛰어들어 포르키스를 낚아챘
다.

하늘로 휙 딸려 올라간 포르키스가 와드득 으깨져 가루
가 되었다.

하늘이 다시 쩌억! 열렸다.

그 시커먼 구멍으로부터 은빛 섬광이 미친 듯이 쏟아졌
다.

투확! 투확! 투확!

은빛 섬광은 마해 얕은 바다를 그대로 뚫고 해구까지 퍽
퍽 파고들었다. 섬광이 작렬할 때마다 마해에 커다란 구멍
이 뚫렸다. 마해가 몸살을 앓았다.

하얀 날개들이 그 구멍 속으로 뛰어들어 마해의 마물들
을 낚아챘다.

바다 깊은 곳으로부터 막레르가 딸려 올라왔다. 온몸에
방패를 위성처럼 두르고, 투창을 곤두세운 막레르는 하얀
날개와 맞부딪치며 열심히 싸웠다.

"꺄하하하하!"

붉은 왕관이 다시 웃음을 터뜨렸다.

막레르가 손으로 귀를 틀어막고 괴로워했다. 그사이 날개들이 달려들어 막레르의 방어막을 뚫고 상처를 입혔다.

마해에서 커다란 눈알이 떠올랐다. 환각을 일으키는 일리아의 등장이었다.

하지만 불타는 왕관이 강한 빛을 토하자 일리아가 만들어 낸 환각은 파도에 부딪친 모래성처럼 스르륵 사라졌다.

불의 마물 셀쿠크가 나타나 채찍을 휘둘렀다. 불로 이루어진 시뻘건 채찍이 허공을 붉게 태웠다. 하얀 날개들이 화염을 피해 뒤로 물러섰다.

그 즉시 어마어마한 크기의 손바닥이 허공에 등장했다. 하얀 뼈로 이루어진 손바닥이었다. 이 괴상한 손바닥은 불의 채찍을 무시하고 그대로 내려와 셀쿠크를 짓뭉개 버렸다. 그다음 마해 속으로 첨벙 들어가 마구 휘저었다.

마해에 격랑이 일었다. 집채보다 더 큰 파도가 마구 몰아쳤다.

연해의 마물들이 떼죽음을 당했다. 마물들의 시체가 둥둥 떠올랐다.

꾸어어어엉—

피에 젖은 마해 속에서 귀청을 찢는 굉음이 울렸다. 이윽고 커다란 괴물체가 마해 깊숙한 곳에서 부상했다.

불덩이 같은 3개의 눈!

비늘에 뒤덮인 기다란 목!

쩍 벌어진 아가리!

배의 닻을 닮은 거대한 발톱!

먹잇감들의 피 냄새를 맡은 강력한 마물, 키르샤가 마해
저 깊은 심해저에서 부상하여 포효한 것이다.

"꺄하하하하!"

불타는 왕관이 한층 더 거칠게 웃었다.

사방에서 거대한 뼈의 손이 나타나 키르샤를 붙잡았다.

키르샤는 3개의 눈을 횃불처럼 밝히더니 아가리를 쩍 벌
려 적들을 공격했다.

이건 시작에 불과했다. 마해 깊숙한 곳에서 또 다른 키르
샤가 떠올랐다. 7개나 되는 기다란 목을 꾸불텅 움직이며
떠오른 키르샤는 하늘 한복판에 걸린 왕관을 향해 일곱 색
깔의 침을 쏘았다.

하늘에선 은빛 섬광이 무수히 낙하했다.

키르샤의 공격과 은빛 섬광이 서로 맞부딪쳐 폭발이 일
었다. 온 하늘을 뒤덮은 날개와 키르샤의 발톱이 마주 충돌
했다. 사방에 불똥이 튀었다.

폭풍우가 치는 마해에서 거대한 물소를 닮은 존재가 떠
올랐다. 등에 50개의 벌리스터를 장착한 이 초거대 마물의

정체는 쥬빌덴스!

이 마물은 키르샤와 동급이었다.

새로운 마물의 등장에 전쟁은 더 격렬해졌다.

불타는 왕관이 마침내 빙글빙글 회전하면서 하강했다. 시뻘건 염화가 하늘을 활활 태웠다. 왕관의 힘에 밀린 키르샤들이 사방으로 흩어졌다. 왕관의 위세에 눌린 쥬빌덴스가 마물 화살을 난사하며 뒷걸음질 쳤다.

그 와중에 생츄어리는 완전히 붕괴했다. 종교 재판관 가운데 스물여섯이 죽었다. 800명의 집행자들도 대부분 흙으로 돌아갔다. 생츄어리 정중앙에 세워진 신인의 신상이 와르르 허물어졌다. 키르샤의 위풍당당한 모습을 조각한 100미터 크기의 신상이었는데, 하얀 뼈가 후려치자 한 방에 박살 났다.

"안 돼! 크흐윽! 안 돼!"

"아아아악! 신인이시여!"

법주들이 머리카락을 쥐어뜯었다.

"꺄하하하하하!"

불타는 왕관에서 들리는 웃음소리는 점점 더 기승을 부렸다.

그 날, 북부의 영광은 처참하게 짓밟혔다. 신인을 추종하는 북부의 아홉 왕국이 차례로 붕괴했다. 법주들이 피눈물

을 흘리며 지켜보는 가운데 성전이 무너지고 신전이 폐허
로 변했다.

Chapter 3

결코 되새기고 싶지 않은 꿈!

처절한 악몽!

낮잠을 자다가 악몽을 꾼 융트가 허겁지겁 동료를 찾아
와 꿈의 해석을 부탁했다. 한데 동료도 마침 똑같은 꿈을
꾼 상태였다.

서로 꿈 이야기를 나누며 놀라던 와중에 세 번째 동료가
두 법주를 찾아왔다. 이 세 번째 법주도 똑같은 악몽을 꾸
고는 헐레벌떡 이리로 달려온 것이다.

놀라움은 거기서 끝나지 않았다. 매부리코에 귀에 털이
길게 자라고 눈썹이 축 늘어진 법주 2명이 추가로 방문했
다.

"엉? 자네들 왜 여기에 모여 있어?"

"혹시 자네들도 꿈을 꾼 것 아냐?"

새로 등장한 2명의 법주가 동시에 물었다. 그러자 한자
리에 모여 심각하게 의논 중이던 3명의 법주가 곧바로 맞

받아쳤다.

"하얀 날개와 불타는 왕관이 등장하는 악몽 말인가?"

"그 악몽이라면 우리도 꾸었지."

"우리 3명 모두 똑같은 꿈을 꾸었다고."

두 방문자가 깜짝 놀랐다. 꿈 내용이 너무나 똑같아서였다.

"뭐라고? 자네들도 그 꿈을 꾸었어?"

"그게 정말이야?"

법주들 사이에 잠시 침묵이 흘렀다.

이제 상황은 분명해졌다. 이건 보통의 예지몽이 아니었다. 가까운 장래에 무언가 심상치 않은 일이 벌어질 것 같았다. 5명의 표정이 심각하게 굳었다.

"이거 잘하면 또 누군가 들이닥치겠군."

다섯 법주 가운데 한 명이 이렇게 뇌까렸다.

얼마 지나지 않아 그 말이 실현되었다. 여섯 번째 법주가 호들갑을 떨며 등장했다.

"으아아아! 이봐. 나 꿈꿨어. 지독한 악몽을 꾸었다고."

다섯 법주들이 서로를 마주 보며 고개를 끄덕였다.

그리고 잠시 후에는 나머지 법주 2명이 나타났다.

오랜만에 8명의 법주가 한자리에 모였다. 서로에게 간섭하지 않고 개별적으로 활동하는 법주들이 이렇게 한자리에 모이는 것은 흔치 않은 일이었다.

신인께서 이 땅에 태어나신 축일.

신인께서 키르샤임을 드러내신 이적일.

신인께서 하늘로 올라가신 귀천일.

이 3일을 제외하면 8명의 법주 전원이 한자리에 모인 적
이 없었다. 그런데 범상치 않은 예지몽이 여덟 법주들을 한
자리로 불러 모은 것이다.

"아무래도 신탁을 내릴 수밖에 없어. 우리 여덟 사람이
모두 동일한 꿈을 꾸었으니 이것은 틀림없는 신탁이야."

중앙에 앉은 법주가 심각하게 말했다.

맨 처음 이 방을 찾아온 법주가 되물었다.

"뭐라고 신탁을 내릴 건데? 조만간 불타는 왕관과 새하
얀 날개가 쳐들어올 것이니 대비를 해라? 이렇게?"

지난 800년간 생츄어리는 이런 애매모호한 신탁을 내린
적이 없었다. 생츄어리의 법주들이 내리는 신탁은 늘 명확
했다.

종교적으로 의미가 있는 예법의 변경.

이단 심판.

새로운 축일의 지정.

기존 군주의 소멸.

새로운 군주의 탄생.

주로 이런 내용들이 신탁이 되어 북부의 아홉 왕국에 뿌려졌다. 예를 들어 생츄어리에서 "북부의 토브욘 왕국에서 누가 새 군주가 될 것이다."라고 신탁을 내리면, 한 달 이내에 그 신탁이 실제로 실현되었다. 법주들의 예지몽은 그만큼 정확했다.

그런데 이번 예지몽은 어떻게 해석을 해야 좋을지 애매모호했다.

"난 못 하겠네. 자네들은 어떨지 몰라도 나는 내가 꾼 악몽을 명확하게 해석해서 신탁으로 내릴 자신이 없다고. 불타는 왕관이 쳐들어올 것이니 대비해라? 이게 무슨 신탁이야? 이런 어정쩡한 신탁을 내렸다간 생츄어리의 명성에 누가 될 게야. 북부의 그 어떤 군주가 이 신탁을 듣고 우리를 비웃지 않겠느냐고."

법주 가운데 한 명이 솔직한 심정을 고백했다.

다들 그 의견에 동의했다.

"휴우우, 자네 말이 맞아. 나도 자신 없어."

"나도."

"내 평생 이처럼 어려운 예지몽은 처음이야."

"어디 어렵기만 한가? 이번처럼 끔찍한 예지몽을 꾸었던 적도 없지."

법주들은 한목소리를 내었다.

오직 한 명이 반문했을 뿐이다.

"그럼 어쩔 거야? 우리들 모두가 동일한 예지몽을 꾸었는데, 이걸 무시하고 신탁을 내리지 말자고? 그러다 진짜로 큰일이 터지면?"

"컥!"

"그건 안 되지."

법주들의 가장 중요한 임무는 예지몽을 잘 해석하여 세상에 신탁을 내리고 그에 맞는 새로운 종교법을 만드는 일이었다. 신인께서 맡기신 그 중대한 임무를 소홀히 할 수는 없었다. 한참의 고민 끝에 법주 한 명이 중재안을 내놓았다.

"그럼 이건 어때? 정식으로 신탁을 내리지는 않는 거지. 우리도 해석하지 못하는 예지몽을 신탁으로 내릴 수는 없잖아?"

"정식 신탁이 아니면, 뭘 어쩌자고?"

동료 법주들이 귀를 쫑긋 세웠다.

의견을 낸 법주가 말을 이었다.

"정식 신탁은 백성들에게까지 공표되는 거잖아? 그런데 이번 악몽을 세상에 까발렸다간 불필요한 혼란만 가져올 뿐이거든. 그러니까 정식 신탁으로 공표하지 말자고. 대신 북부의 아홉 군주님들에게만 우리가 꾼 예지몽을 귀띔하는 거지."

"아홉 군주님들에게만?"

"그래. 그분들로 하여금 미래의 환란에 대비하도록 유도하자는 것이 내 의견이라네. 어떤가?"

법주의 말에 동료들이 무릎을 쳤다.

"오호라!"

"그거 묘수네. 그거 묘수야."

거기에 한 명이 말을 보탰다.

"아홉 군주님들뿐 아니라 재판관과 집행자들에게도 이 사실을 알려야겠지?"

"맞아. 생츄어리 내부에도 이 예지몽을 공유해야 해."

법주들이 모두 찬성했다. 여덟 쌍둥이라고 해도 믿을 만큼 똑같이 생긴 법주들이 동시에 고개를 끄덕이자 무척 일사불란해 보였다.

이제 할 일이 정해졌다. 여덟 법주들은 부랴부랴 엉덩이를 털고 일어났다.

"허어! 이거 세상이 어찌 되려고!"

자리를 뜨기 전 법주 한 명이 이렇게 한탄했다.

그러자 여기저기서 기도 소리가 터져 나왔다.

"자비로우신 신인이시여, 부디 우리 솔샤르들을 돌보아 주소서. 북부의 백성들을 지켜 주소서."

"신인이시여! 부디 저희를 지켜 주소서."

그 날 오후.

생츄어리 건물 정중앙에서 떠오른 푸른빛이 북부의 아홉 왕국으로 퍼져 나갔다.

과거 아르네의 군주 오드는 하얀빛을 보내 북부의 군주들에게 의사를 전달했다. 생츄어리의 법주들은 푸른빛으로 의사소통을 했다.

Chapter 4

깊은 밤.

8명의 법주들은 새로운 꿈을 꾸었다.

이번 꿈은 어제 꾸었던 것보다 더 생생했다. 마해의 마물들이 떼죽음을 당하고, 온 천지에 하얀 깃털이 휘날리는 가운데 거대한 존재가 지상에서 일어났다.

고오오웅!

신화 속 거인처럼 거대한 존재는 몸을 우뚝 세워 하늘 한복판에 고정된 불타는 왕관을 머리에 썼다. 그 까마득한 높이를 올려다보는 법주들은 아득한 현기증을 느꼈다.

존재의 머리 위에서 왕관이 염화를 내뿜으며 빙글빙글 회전했다. 뜨거운 정화의 불길이 폭우처럼 쏟아져 솔샤르들을 불태웠다.

"으아악!"

"아아아! 살려 줘!"

사방에서 비명이 난무했다.

8명의 법주들은 그 모습을 보면서 무기력하게 머리카락을 쥐어뜯었다.

왕관을 쓴 거대한 존재가 손을 뻗었다. 눈부시게 하얀 손이 검푸른 마해로 첨벙 들어갔다. 이윽고 키르샤 한 마리가 그 손에 딸려 올라왔다.

꾸아아앙!

눈이 3개 달린 키르샤는 공포에 질려 포효했다. 하지만 아무리 발버둥 쳐도 거대한 손아귀로부터 벗어날 수 없었다. 왕관을 쓴 존재가 키르샤를 입으로 가져갔다.

"아, 안 돼!"

법주들이 비명을 질렀다. 그들은 곧이어 벌어질 끔찍한 장면을 감당할 자신이 없었다. 그래서 두 눈을 질끈 감았다.

차라리 귀까지 막았어야 했다.

콰득! 소름 끼치는 소리가 들리고, 후두둑 피의 비가 쏟아졌다. 법주들은 와들와들 떨면서 실눈을 떴다.

왕관을 쓴 거대한 존재가 키르샤를 반쯤 뜯어먹은 뒤, 나머지 잔해물을 입에 욱여넣는 중이었다. 분홍빛 입술 사이로 오드득오드득 뼈를 분쇄하는 소리가 들렸다.

"으아아! 키르샤를 잡아먹었어!"

"아아악! 아아아악!"

법주들이 야단법석을 피웠다.

북부에서 키르샤는 신(神)이었다. 살아서 드래곤이 되신 신인께서 바로 키르샤이기 때문이다. 그런데 왕관을 쓴 존재는 그런 키르샤가 단숨에 잡아먹혔다.

신이 죽었다!

상상도 할 수 없는 신성 모독이 일어났다.

"으아아!"

법주들은 온통 패닉에 사로잡혔다. 그들은 현 상황에 당황하여 무엇을 어떻게 대응해야 할지 막막했다. 그저 머리에 불타는 왕관을 쓰고 키르샤를 잡아먹은 저 끔찍한 존재가 너무나 저주스럽고 두려울 뿐이었다.

그때 변화가 시작되었다.

츄와악—!

들끓어 오르는 마해 저 밑바닥에서 머리가 12개가 달린 거대한 키르샤가 솟구쳤다. 이 키르샤는 조금 전 무기력하게 잡아먹힌 키르샤와는 완전히 다른 존재였다. 조금 전 먹이가 된 키르샤는 머리부터 꼬리까지 길이가 고작 100 미터 남짓이었다. 하나 지금 등장한 열두 머리 카르샤는 발톱 하나의 크기만도 수십 미터가 넘었다. 펄럭거리는 날개는 무려 20장이었고, 몸 전체를 한눈에 파악하기 어려울 정도로 거대했다.

이게 끝이 아니었다.

쿵쿵쿵 지축이 뒤흔들렸다. 마해 저 밑바닥 심해저로부터 꾸역꾸역 걸어 올라온 거대한 괴생명체가 그 압도적인 모습을 드러냈다.

어마어마하게 커서 한눈에 다 보이지도 않는 괴생명체는 세상을 한 바퀴 휘감을 법한 긴 코를 꾸불텅 움직였다.

마치 코끼리가 코를 휘저어서 하루살이 떼를 쫓아내는 듯한 동작.

그 가벼운 휘두름 한 방에 온 하늘을 뒤덮은 하얀 날개들이 우수수 낙하했다.

그사이 12개의 머리를 가진 키르샤가 왕관을 쓴 존재와 맞부딪쳤다.

정화의 화염이 사방으로 튀었다. 녹색의 독액이 뚝뚝 흘러 대지를 녹였다. 어마어마한 포효에 산이 흔들리고 강물이 증발했다.

이제 본격적인 전쟁이 시작되었다. 마해 깊숙한 곳에 웅크리고 있던 초거대 마물들이 속속 등장하여 전투에 개입했다.

하얀 날개 군단도 마물 군단에 맞서 맹렬히 싸웠다. 하늘이 쩌억 열렸다. 빛의 기둥이 투화학! 쏟아졌다. 불타는 왕관은 한층 더 빠르게 회전했다. 새하얀 깃털이 우수수 휘날렸다.

이에 대응이라도 하듯이 검푸른 마해가 쩌어억 아가리를 벌렸다. 검은 물살을 헤치며 우르르 쏟아져 나오는 마물들은 이제까지 북부의 그 어떤 솔샤르들도 만나 보지 못했던 어마어마한 강자들이었다. 심해저 깊은 곳에서 기어 올라온 강력한 마물들이 솔샤르들과 결합하여 하나둘 그 존재감을 드러내었다. 전열을 정비한 마물 군단은 하얀 날개 군단에 맞서 하늘과 대지, 그리고 마해의 해수면 위에서 피 튀기는 전쟁을 벌였다.

그 모습이 마치 세상의 마지막 날을 맞아 천계와 마계가 대접전을 벌이는 것 같았다.

"아아아!"

8명의 법주들이 부르르 몸서리를 쳤다.

그때였다.

[솔샤르 후보자들을 더 투입하라!]

법주들의 뇌리에 둔중한 음성이 울렸다.

"오오오! 신인이시여!"

8명의 법주들이 동시에 무릎을 꿇었다.

지금 법주들의 뇌에 울린 목소리는 분명 신인의 것이었다. 100살에도 채 미치지 못하는 법주들이 어떻게 800년 전 모습을 감춘 신인의 목소리를 구별할 수 있는지는 의문이었으나, 법주들의 마음에 확신이 섰다.

'이건 분명 신인의 음성이시다.'

'신인께서 우리에게 명을 내리시는 게야.'

8명의 법주들은 가슴에 손을 꼭 모으고 뇌에서 울리는 음성을 경청했다.

다시 음성이 울렸다.

[솔샤르 후보자들을 대거 마해에 투입하라. 우리가 너희의 몸을 통해 현신하여 대적자들과 맞설 것이다.]

"오오오, 신인이시여! 그리하겠나이다."

"저희들이 신규 솔샤르 후보자들을 마해에 들여보내 마물 군단의 현신을 준비하겠나이다."

"으흐흑! 내가 신인의 음성을 들었어. 신인께서 내게 직접 말씀을 내려 주셨다고!"

법주들이 땅에 엎드려 오열했다. 신의 음성을 직접 듣게 되다니, 법주들은 가슴이 벅차올라 터질 것만 같았다.

그 시점에서 꿈이 깼다. 8명 모두 동일하게 벌어진 일이었다.

"으악!"

"허억! 허억! 허어억!"

법주들은 비명과 함께 일어나 거칠게 숨을 몰아쉬었다. 침대보는 법주들이 흘린 땀으로 흥건했다. 법주들의 뺨에는 아직까지 눈물자국이 남아 있었다.

"법주님!"

"무슨 일이십니까?"

비명에 놀란 집행자들이 침실 밖에서 문을 두드렸다.

법주들은 아무런 대꾸도 하지 않았다. 그저 침대 위에 무릎을 꿇고 살아서 드래곤이 되신 신인께 감사의 기도를 올릴 뿐이었다.

Chapter 5

이른 아침, 8명의 법주들이 다시 한자리에 모였다. 신인께서 직접 내리신 신탁을 세상에 전달하기 위함이었다.

법주들의 의견은 둘로 갈렸다.

"이번처럼 확실한 예지몽도 없어. 그러니 당연히 신탁으로 내려 북부의 모든 백성에게 알려야지."

이것이 신탁 찬성파의 주장이었다. 법주들 가운데 3명이 이 주장에 동의했다.

반론도 만만치 않았다.

"그건 안 되지. 만약 이 신탁을 백성들 전체에게 공표한다면, 어제 꾼 예지몽도 모두에게 알려야 하잖아? 그럼 혼란만 가중될 뿐이야."

"맞아. 쓸데없는 혼란만 일으키지."

"차라리 이번에도 아홉 군주들께만 귀띔을 하는 것이 좋을 것 같아. 마해가 다시 열릴 것이니 급하게 추가 성인식을 열어 달라고 귀띔을 하면 되잖아."

다른 3명이 이렇게 반대했다.

2명은 중립을 지켰다.

결국 신탁 찬성파 3명, 반대파 3명, 그리고 중립이 2명이었다. 양측의 주장이 팽팽하여 결론이 쉽게 나지 않았다.

"추가 성인식이라니! 말도 안 돼. 이건 무려 800년 동안 단 한 차례도 없던 이례적인 일이라고. 그런 중대 사태가 벌어졌으면 뭔가 그럴듯한 설명이 있어야 하잖아. 생츄어리로부터 중요한 신탁이 내려왔다던가, 이런 게 있어야 하는데 밑도 끝도 없이 성인식을 추가한다? 이게 말이 돼?"

찬성파 법주들은 이런 논리로 신탁을 주장했다.

"왜 말이 안 돼? 아홉 군주님들의 권위로 성인식을 추가한다고 공표하면 그만이지. 이게 무슨 문제가 되겠어?"

반대파도 주장을 굽히지 않았다.

결국 중립인 2명이 의논하여 결정했다.

"북부 전체에 큰 혼란을 가져올 수 있으므로 신탁은 내리지 않는다. 다만 아홉 군주님들께 예지몽의 내용을 자세히 설명한다."

이것이 중립 법주들이 내린 결론이었다.

5대 3.

결국 신탁은 내리지 않기로 했다. 대신 오후 1시경에 생츄어리 상공에서 푸른빛 9개가 떠올랐다. 이 빛들은 북부 아홉 왕국의 수도를 향해 빠르게 날아갔다.

그중 하나가 군나르 왕국 수도로 향했다.

나른한 오후.

"하라간 님! 하라간 님!"

대머리 환관이 호들갑을 떨며 하라간을 찾았다.

"무슨 일이냐?"

따뜻한 차와 함께 오후 햇살을 즐기던 하라간이 눈을 찌푸렸다.

환관이 헉헉 숨을 몰아쉬었다.

"헥헥헥! 하라간 님! 웃전에서 전갈이 왔습니다. 위대하시고 또 위대하신 분께서 급하게 들라고 하십니다."

"할아버님께서?"

하라간이 고개를 갸웃했다.

하라간은 오늘 오전에 웃전에 들어 군나르와 함께 독에 대한 견해를 나누고 마물을 공유하는 훈련을 했다. 그런데 불과 몇 시간 만에 다시 찾는다니, 이해가 되지 않았다.

"웃전에 무슨 일이 생겼느냐?"

"그런 것 같지는 않사옵니다. 수석 환관으로부터 아무런 언질도 듣지 못했사옵니다."

대머리 환관이 고개를 가로저었다.

"그래?"

하라간이 찻잔을 내려놓고 자리에서 일어났다.

"할아버님께서 찾으신다니 일단 가 볼 수밖에."

"네이. 바로 준비를 하겠나이다."

대머리 환관이 기다렸다는 듯이 의관과 가마를 대령했다.

하라간을 맞는 군나르의 표정은 자못 심각했다.

하라간이 바짝 다가앉았다.

"무슨 일이십니까?"

"으으음."

군나르는 선뜻 용건을 꺼내지 않았다. 하라간이 자리에 착석한 뒤에도 군나르는 한동안 입을 다물었다.

하라간은 묵묵히 기다렸다.

한참 만에 군나르가 말문을 열었다.

"하라간."

"말씀하십시오."

"조금 전 성전에서 연락이 왔느니라."

"어제도 성전 법주들의 연락을 받지 않으셨습니까? 그들이 북부가 불타오르는 악몽을 꾸었다지요? 그런데 오늘 또 연락이 왔습니까?"

오늘 아침 군나르는 하라간에게 법주들의 예지몽에 대해 알려 주었다. 하늘에 불타는 왕관이 떠오르고, 하얀 날개가 세상을 뒤덮어 솔샤르들을 도륙한다는 예지몽이었다.

아침에 군나르로부터 이 이야기를 들었을 때 하라간은 대수롭지 않게 한 귀로 흘렸다. 하라간은 꿈이나 점성술, 그리고 미신에 의존하는 사람이 아니었다. 그는 오로지 자신의 실력만 믿었다.

'불타는 왕관? 하얀 날개? 그딴 게 다 뭐야? 그런 잡것들이 쳐들어오면 모조리 베어 버리면 그만이지.'

하라간은 이렇게 편하게 생각했다.

군나르도 하라간의 속마음을 읽었다. 사실 군나르도 하라간과 비슷한 심정이었다.

'허허허! 성전에서 괜한 야단법석을 피우는 게지.'

오늘 아침까지만 해도 군나르는 법주들의 예지몽을 이렇게 폄하했다.

그런데 오후가 되자 상황이 달라졌다.

"어제에 이어서 법주들이 새로운 예지몽을 꾸었다는구나."

"또요? 이번엔 어떤 예지몽입니까?"

군나르는 손으로 수염을 쓸면서 대답했다.

"글쎄? 뭐랄까? 이번엔 마해의 반격이라고나 할까?"

"호오! 마해의 반격이라고요?"

나른하던 하라간의 눈동자가 반짝 빛났다.

군나르는 웃음소리와 함께 고개를 끄덕였다.

"허허허허. 그래, 마해의 반격!"

Chapter 6

"법주들이 꾼 지난번 예지몽은 솔샤르가 일방적으로 학살을 당하는 악몽이었지. 그런데 이번에는 희망적이더구나."

군나르는 심해저의 마물들이 대거 등장하여 불타는 왕관에 맞서 싸우는 장면을 설명해 주었다.

"허허! 머리가 12개 달린 초대형 키르샤가 등장해서 불타는 왕관과 맞서 싸웠다지? 코끼리를 닮은 어마어마한 크기의 마물도 선보였다고 하고. 허허허! 마해 도감에도 나오지 않는 그런 초대형 마물들이라니! 허허허!"

군나르는 어이없다는 듯이 웃었다.

하지만 하라간의 표정은 딱 굳었다.

'12개의 머리를 가진 키르샤? 코끼리를 닮은 초거대 마물? 이건 내 꿈에 나왔던 마물들이잖아?'

하라간은 더 이상 법주들의 꿈을 허투루 흘릴 수 없었다.

"그래서요? 그 뒤는 어찌 되었답니까?"

하라간의 재촉에 군나르가 설명을 계속했다.

"험험! 법주들의 말에 따르면, 마해의 마물들과 하얀 날개 족속들이 본격전인 대전쟁에 돌입했다고 하더라. 그때 법주들의 뇌리에 신인의 음성이 들렸다더군. 신규 솔샤르 후보들을 대거 마해에 투입하라. 그럼 우리가 너희 솔샤르들의 몸을 빌려 현신해 대적자들과 맞서 싸우겠다. 신인께서 이렇게 말씀하셨다더구나."

"성인식을 다시 개최하라고요? 올해의 성인식은 이미 끝났지 않습니까? 그런데 솔샤르 후보자들을 다시 뽑아서 마해에 투입하라고요?"

추가 성인식!

지난 800년간 이런 신탁이 내려온 적은 없었다. 군나르가 하라간의 의견을 물었다.

"하라간, 네 생각은 어떠하냐? 신인의 말씀이라니 그냥 무시할 수는 없겠지? 아무래도 내년에 치를 성인식을 올해로 앞당겨야겠지?"

"음!"

하라간은 잠시 고개를 숙였다. 그러곤 짧게 고개를 끄덕였다.

"당연히 추가 성인식을 준비해야겠지요. 그런데 말입니다, 혹시⋯⋯."

하라간이 뜸을 들였다.

군나르가 하라간을 재촉했다.

"무언가 마음에 걸리는 것이 있느냐? 뭐든 개의치 말고 말해 보거라."

"혹시 신탁이 진짜라면 어떻게 합니까?"

"뭐? 으하하하! 당연히 신탁이 진짜겠지. 생츄어리의 법주들이 고지식하고 답답한 면이 있기는 하다만, 거짓된 신탁으로 군주들을 기만할 잡배들은 아니니라. 이 할아비는 법주들의 신탁을 믿는다. 암! 믿고말고."

군나르의 믿음은 굳건했다.

그러자 하라간의 표정이 갑자기 스산하게 물들었다.

"역시 그렇지요? 신탁이 진짜겠지요?"

"왜 그러느냐? 뭔가 마음에 걸리는 것이 있느냐?"

군나르의 눈이 의문을 품었다.

하라간은 군나르를 향해 상체를 수그려 속삭였다.

"할아버님. 신탁이 진실이라면 말입니다, 이건 아주 중요한 사건입니다."

"왜? 고작 성인식이 앞당겨지는 것뿐인데?"

군나르가 고개를 갸우뚱했다.

"아닙니다. 이번 성인식은 보통의 성인식과는 차원이 다릅니다. 신인께서 직접 말씀하셨다지요? 솔샤르 후보자들을 마해에 들여보내라. 그러면 우리가 그들의 몸을 빌려 현신해 대적자들과 싸우겠노라. 이리 말씀하셨다지요?"

"난 그리 들었다."

"그렇다면 이번 성인식에서 결합할 마물들은 연해나 해구 수준이 아닐 것입니다. 최소한 심해저의 키르샤! 혹은 그 이상이 분명합니다."

딴은 그러했다. 법주들의 신탁이 진짜라면 이번 성인식은 보통 사건이 아니었다.

"으읏?"

생각지도 못한 충격에 군나르가 잇새로 신음을 흘렸다.

"허어! 이거 곰곰이 생각해 보니 네 말이 맞구나. 허어어!"

군나르의 입에서 탄식이 새어 나왔다. 게다가 신인께서는 "내가 현신한다."고 표현하지 않았다. "우리가 너희의 몸을 빌려 현신한다."고 신탁을 내렸다. 다시 말해서 신인과 비슷한 수준의 엄청난 마물들이 대거 세상에 등장한다는 의미였다.

이건 기존의 질서가 몽땅 허물어지는 충격적인 사태였다. 지난 800년간 북부의 아홉 군주들이 구축한 질서와 안정이 이번 성인식에 의해 단번에 깨져 나갈 것이다. 군나르가 주먹을 꽉 말아쥐었다.

"하라간, 이거 큰일이구나!"

가장 먼저 군나르의 머릿속에 떠오른 단어는 '경쟁자'였다.

'만약 이번 성인식을 통해 키르샤 수준의 솔샤르가 대거 등장한다면? 이건 엄청난 경쟁자들이 등장한다는 소리잖아.'

군나르는 머리가 핑그르르 도는 느낌이었다.

반면 하라간의 반응은 달랐다.

"할아버님, 이건 기회입니다."

"기회라고?"

"그렇습니다. 이번 기회에 우리 군나르 왕국이 강력한 솔샤르들을 대거 탄생시켜야 합니다. 북부의 타 왕국을 압도할 정도로 말입니다."

"하라간, 그러다가 기존 질서가 무너질 수도 있어. 네 위치가 흔들릴 수도 있고."

군나르는 하라간을 걱정했다. 자신의 권력이 허물어질까 봐 걱정하는 것이 아니라, 하라간에게 경쟁자가 생길까 봐 우려하는 것이었다.

남들이 옹졸하다고 비웃어도 좋았다. 군나르는 하라간을 위해서라면 옹졸하다는 오명을 들어도 상관없었다.

"할아버님."

하라간이 군나르의 손을 꼭 잡았다.

"그런 걱정 마십시오. 저는 그 어떤 솔샤르의 등장도 두려워하지 않습니다. 그리고 이럴 때 써먹으려고 타이밍 독을 만든 것이 아닙니까? 이번에 성인식에 투입할 후보자들에게 미리 타이밍 독을 먹여 놓으면 그만이지요. 그들은 감히 할아버님과 제 통제에서 벗어나지 못할 겁니다."

하라간은 한 치의 망설임도 없이 타이밍 독의 사용을 주장했다. 독을 써서 사람을 통제하는 것은 좋은 군주가 선택할 방법은 아니었다. 하지만 하라간은 독을 쓰는 데 아무런 거리낌이 없었다. 하라간이 좋은 군주가 아니기 때문이다. 하라간은 성군이 될 재목이 아니었다. 오히려 냉혹하고 무서운 폭군이 될 가능성이 컸다.

"으음! 타이밍 독! 그게 있었지."

군나르도 선뜻 고개를 끄덕였다. 군나르의 성향도 배려심 넘치는 성군과는 거리가 멀었다.

하라간이 빠르게 말했다.

"할아버님, 지금 이 순간부터 우리 군나르 왕국은 두 가지를 준비해야 합니다."

군나르가 침을 꿀꺽 삼켰다.

"그게 무어냐?"

"첫째는 질 좋은 마정석입니다."

하라간이 손가락 하나를 폈다.

그 즉시 군나르가 무릎을 쳤다.

"그렇지! 마정석의 확보가 무엇보다 중요하지."

키르샤 수준의 어마어마한 마물과 결합하려면 최소한 S급 이상의 최고급 마정석이 필요했다. B급이나 C급의 어쭙잖은 마정석으로는 강력한 마물에게 충분한 에너지를 공급하기 불가능했다. 설령 운이 좋아 심해저 레벨의 마물과 결합한다고 하더라도 마물의 힘을 제대로 끌어 쓸 수 없었다.

결국 군나르 왕국이 이번 기회를 제대로 잡으려면 S급

이상, 그게 불가능하면 최소한 A급 이상의 마정석을 대거 확보할 필요가 있었다.

하라간은 바로 이 점을 지적했다.

군나르가 물었다.

"하면 두 번째는 무엇이냐? 우리 왕국이 무엇을 준비해야 하지?"

"두 번째는……."

하라간이 말을 잠시 멈추고 하얀 이를 드러냈다.

그 웃음이 너무나 섬뜩하여 군나르는 자신도 모르게 등에 소름이 돋았다.

하라간이 단호히 말을 이었다.

"침략 전쟁을 준비해야 합니다."

마른하늘에 날벼락이 떨어지는 소리에 군나르가 깜짝 놀랐다.

Chapter 7

"어억! 침략 전쟁!"

군나르의 입에서 쇳소리가 났다.

하라간은 적극적으로 군나르를 설득했다.

"할아버님, 질 좋은 마정석을 빠르게 확보하려면 이 수밖에 없습니다. 기습적으로 타국을 공격해서 최고급 마정석을 빼앗아야지요. 마정석 광산도 적극적으로 확보해야 하고요."

"으으읏!"

지난 수십 년간 군나르 왕국은 타국을 침략한 적이 없었다. 귀한 혈통을 지키기 위해 수비적으로 국정을 운영하다 보니 '타국 침략'이라는 단어는 꿈도 꾸지 못했다.

생소한 단어가 주는 충격이 군나르의 가슴에 둔중한 파문을 만들었다. 군나르가 가늘게 떨리는 목소리로 되물었다.

"침략을 하잔 말이냐? 전쟁을 일으켜서 마정석을 빼앗자고?"

"할아버님, 이리저리 재고 망설일 시간이 없습니다. 마해가 열리고 성인식이 추가로 시작되기 전에 일을 끝내야 합니다. 제가 앞장서겠습니다. 마정석을 대량으로 확보하여 강한 솔샤르들을 대량으로 키워 내겠습니다. 이건 신인께서 우리 군나르 왕국에게 내려 준 기회입니다. 우리가 오롯이 독차지해야 할 은총입니다."

하라간의 눈이 집념으로 휘황찬란하게 타올랐다.

"할아버님, 저를 믿어 주십시오. 저는 반드시 우리 군나르 왕국을 북부 최강의 자리에 올려놓을 것입니다. 그 누구도 감히 할아버님의 기휘를 범하지 못하도록! 그 어떤 자도 할아버님께 불측한 마음을 먹지 못하도록 만들 것입니다."

"그, 그래!"

군나르는 하라간의 웅변에 홀린 듯이 빨려 들어갔다.

군나르와 하라간이 머리를 맞댔다.

"가장 좋은 곳은 토레입니다."

하라간이 지도에서 토레 왕국을 짚었다. 토레 북부의 대수림은 최상급 마정석을 캐낼 수 있는 자원의 보고였다.

군나르가 난감한 표정을 지었다.

"하지만 토레 왕국은 우리의 오랜 우방이니라. 네 가슴에 박혀 있는 SS급 마정석도 토레가 선물한 것이고."

"할아버님의 말씀이 옳습니다. 마정석 확보도 중요하지만 신의를 저버릴 수는 없지요."

하라간도 군나르의 말에 동의했다. 비록 하라간이 군나르를 위해서라면 무슨 짓이든 서슴지 않고 저지를 사람이지만, 그래도 인간이기를 포기한 말종은 아니었다. 하라간의 손이 지도 위의 다른 장소를 지목했다.

"하면 이곳은 어떻습니까?"

"스벤센 왕국의 산악 지대?"

군나르 왕국 남쪽에 위치한 스벤센 왕국은 전 국토의 절반 이상이 산악으로 이루어진 곳이었다. 스벤센도 영토 곳곳에서 마정석이 발굴되었다. 토레 왕국의 대수림에 비해 마정석의 품질은 다소 떨어지지만, 산출량 자체만 놓고 보면 스벤센이 한 수 위였다.

군나르가 침을 꿀꺽 삼켰다.

"스벤센 왕국의 마정석을 확보할 수 있다면 좋지. 그 무식한 거인 놈들에게 마정석이라니! 쯧쯧쯧! 마정석이 아깝다."

하라간의 설득에 넘어간 군나르는 노골적으로 욕심을 부렸다.

하라간은 한술 더 떴다.

"게다가 스벤센 왕국은 침략할 명분도 있습니다. 올 3월에 그곳과 군사적 충돌 직전까지 가지 않았습니까? 그 일에 대한 꾸짖음을 지금 주어야죠."

올 3월, 하라간은 대규모 군대를 이끌고 남쪽 국경으로 남하했었다. 스벤센 왕국과 전쟁을 벌이기 위해서였다.

하지만 오드 아르네 솔샤르의 중재로 인해 전쟁이 멈췄다. 하라간은 아쉽게 입맛만 다시고 돌아설 수밖에 없었다.

"그렇지. 그 사건으로 인해 네 명성에 흠집이 생겼지."

군나르가 못마땅하다는 듯이 입술을 씰룩였다. 당시 군

나르는 오드의 체면을 세워 주느라 하라간에게 회군 명령을 내렸다. 그 탓에 하라간은 공을 세울 기회를 잃었을 뿐 아니라 남부의 토후들로부터 망신만 당했다. 군나르는 그 점이 못내 미안했다.

"할아비가 정말 미안하구나."

하라간은 개의치 않았다.

"아닙니다. 오히려 잘되었습니다. 그 일을 핑계로 스벤센 왕국을 공략하고 마정석을 빼앗아 오면 그만이지요. 물론 우리의 정체가 스벤센 녀석들에게 들키지 않으면 더 좋겠지만요."

"허허! 그럼 이제 목표가 정해진 것이냐?"

"제 생각엔 일단 스벤센 왕국이 가장 좋은 타겟 같습니다. 북부의 토브욘 왕국도 군침이 돌기는 한데, 토브욘의 마정석은 북해 바다 밑에서 채취되는 터라, 그곳까지 점령하려면 시간이 너무 오래 걸릴 것 같거든요."

"으음. 그렇지. 할아비도 스벤센 왕국이 가장 적합해 보이는구나. 그럼 세세한 작전은 네가 짜 보련?"

군나르는 하라간에게 공을 세울 기회를 적극적으로 주기로 마음먹었다. 그는 더 이상 하라간을 온실 속의 화초처럼 보호할 생각이 없었다. 그러기엔 하라간이 너무 강했다. 하라간의 능력이 아까웠다.

'오냐! 하라간, 네 능력을 마음껏 펼쳐 보거라. 뒷감당은 모두 이 할아비에게 맡기고, 네 무한한 능력을 한껏 펼쳐 봐. 이번엔 오드 님이 중재에 나서더라도 이 할아비가 차단하마. 모든 욕과 원망은 내가 들을 터이니, 너는 훨훨 날아올라라. 저 높은 창공으로 훨훨!'

하라간을 바라보는 군나르의 눈빛이 따뜻하게 물들었다.

하라간도 군나르의 마음을 알아차렸다.

"반드시! 반드시 할아버님의 기대에 부응할 것입니다."

하라간은 군나르의 손을 꼭 붙잡았다.

"오냐! 오냐! 기특한 내 새끼."

군나르가 주름진 손으로 하라간의 손등을 두드렸다.

웃전에서 물러 나온 하라간은 곧바로 라티파를 찾았다.

"라티파! 라티파!"

"하라간 님, 찾아계시옵니까?"

천재 소녀 라티파가 곧장 달려와 하라간 앞에 무릎을 꿇었다. 레다를 비롯한 다른 친위대원들도 라티파와 함께 달려왔다.

"이리 와서 이 지도 좀 봐."

하라간은 라티파를 지도 앞으로 이끌었다.

하라간의 설명을 들은 라티파는 깜짝 놀라 입을 다물지

못했다.

"지금 혹시 침략…… 이라고 하셨습니까?"

"허걱!"

다른 친위대원들도 눈이 휘둥그레지기는 마찬가지였다.

하라간이 라티파의 어깨를 툭 쳤다.

"뭘 그렇게 놀라? 시간이 별로 없어. 빨리 작전을 수립해야 한다고."

"네넷!"

라티파는 정신이 번쩍 들었다.

하라간이 상황 설명을 보탰다.

"조금 전에도 말했지만 이번 침략은 기습적으로 이루어져야 해. 말 많은 대신들을 불러 놓고 이리저리 따지고 잴 시간이 없다고. 그러니까 라티파가 책임져."

"네에? 저 말입니까?"

"그래. 작전의 시작부터 끝까지 라티파가 책임을 지라고. 군사를 얼마나 동원할 것인지, 어떤 병력을 움직일 것인지, 전쟁의 명분은 어떻게 만들고, 사후 처리는 어찌할 것인지, 이 모든 것을 라티파가 구상해 봐. 나는 라티파가 짠 작전대로 움직일 테니까."

하라간은 라티파에게 막중한 임무를 주었다. 이건 지금까지 그녀가 계획해 온 그 어떤 작전보다 더 규모가 크고 중요했다.

그런데 희한하게도 걱정보다 기대가 더 컸다.

'하라간 님께서 나를 이렇게까지 믿어 주시다니! 아아아!'

라티파는 짜릿한 전율을 느꼈다.

그와 동시에 결의도 한층 강하게 다졌다.

'밤을 새워서라도 머리를 쥐어짜야 해. 그래서 최고의 작전 계획을 수립해야지. 나의 하라간 님을 실망시켜 드릴 수는 없어.'

천재 소녀 라티파는 속으로 이렇게 중얼거렸다. 그러다 자신도 모르게 튀어나온 '나의 하라간 님'이라는 단어에 꽂혀서 얼굴이 시뻘게졌다. 라티파는 악마적 두뇌와 순수한 소녀 감성을 동시에 지닌 여자였다.

Chapter 8

그 날부터 라티파는 작전 수립에 돌입했다. 그녀는 오전 시간의 대부분을 스벤센 왕국의 지형 파악에 투자했고, 오후엔 스벤센 군 병력 배치를 따졌다.

작전명 모래바람은 그렇게 탄생했다.

"모래바람이라고? 이름이 괜찮네. 계속 설명해 봐."

하라간이 손가락으로 턱을 조몰락거렸다.

라티파는 지휘봉으로 지도를 짚었다.

"올여름 모래바람은 우리 군나르 왕국에서 시작하여 바다를 건너 스벤센 서부 산악 지대로 불 예정입니다."

의외의 선택에 하라간이 고개를 들었다.

"모래바람이 바다를 관통한다고?"

"네. 그렇습니다."

"하지만 우리 군나르 왕국은 스벤센에 비해 해상 전력이 밀리는데?"

하라간이 눈을 찌푸렸다. 북부의 아홉 왕국 가운데 해상 전투에 가장 능한 곳은 에룬이었다. 그다음으로 토브욘과 스벤센, 그리고 요르겐 왕국이 손꼽혔다.

군나르 왕국은 비록 바다에 접해 있기는 하지만 스벤센에 비해 해군 전력이 열세였다. 하라간은 이 점을 우려했다.

"아군 군단장 가운데 서부 군단장 모올이 해전에 능하기는 하지. 하지만 모올이 함대를 남하시키면 스벤센의 함대도 곧장 대응할 거야."

"모올 군단장은 이번 작전에 동원하지 않습니다. 서부 군단 자체를 작전에 넣지 않았습니다."

라티파의 대답은 단호했다. 이 또한 무척 파격적인 선택이었다.

"엉? 우리 왕국의 유일한 해군이 서부 군단이잖아. 그런데 작전에서 뺐어?"

"네."

"그럼 어쩌려고?"

하라간의 질문에 라티파가 지휘봉으로 지도 한 곳을 콕 찍었다.

"여기 라가시를 이용할 겁니다."

"라가시?"

라가시는 군나르 왕국 남부 가장 하단부에 형성된 중급 규모의 도시였다. 군나르 왕국 수도에서 해안선을 따라 남하하면 반달 모양으로 둥글게 휘어진 만이 나오는데, 라가시는 바로 이 끝자락에 숨어 있었다.

라가시의 인구는 70만 안팎.

도시의 주 수입원은 교역.

군나르 왕국 국경 지대에 인접한 라가시는 남부 곡창 지대에서 생산되는 풍부한 곡식을 스벤센 왕국에 판매하고, 스벤센의 광석을 수입해 군나르 왕국에 퍼뜨리는 역할을 했다. 덕분에 라가시 항에는 하루에도 수백 척이 넘는 배들이 드나들었다.

"지리적으로는 라가시 항을 이용하는 작전이 좋은 것 같아. 하지만 문제도 있어. 라가시의 곡물선을 타고 스벤센으로 침투한다고 치자. 그런데 곡물선은 전투선에 비해 느리잖아? 중간에 발각이라도 당하면 바로 침몰당할 수 있다고."

하라간의 지적이 옳았다. 라가시에서 출발한 곡물선은 스벤센 항구에 입항하기 전에 스벤센 해군으로부터 일일이 검사를 받았다. 대규모 병력을 곡물선에 숨겨 들어가기엔 무리였다.

그렇다고 소수 정예만 침투시키는 것도 곤란했다. 마정석 광산 여러 개를 점령하고 최고 등급의 마정석을 확보하려면 대규모 파병이 필요했다.

라티파가 답을 했다.

"곡물선이 아니라 상단의 광물 수입선을 타고 적국에 들어갈 것입니다. 30명에서 40명 사이의 소수 정예만 상단으로 위장하여 침투시키면 충분히 성공할 수 있습니다."

"고작 그 병력으로 뭘 하게?"

"그 소수 정예가 스벤센 왕국 서부 산악 지대에 위치한 마정석 광산에 접근해 대규모 포탈을 설치할 것입니다."

"뭣? 대규모 포탈?"

하라간의 동공이 크게 확장되었다.

대규모 포탈이라니!

지금까지 군나르 왕국은 대규모 포탈을 통해 병력을 이동시켜 본 유례가 없었다. 마법에 젬병이었기 때문이다.

하지만 최근 룬드 왕국의 적극적인 지원을 받아 대규모 포탈 실험에 성공했다. 비밀리에 실행된 이 실험 결과를 보고 받은 사람은 그리 많지 않았다. 군나르와 하라간, 칼리프 정도만 포탈 실험에 대해서 알고 있었다.

물론 라티파도 하라간을 통해 포탈 실험에 대해서 전해들었다.

라티파는 바로 이것을 작전에 이용했다.

"스벤센 왕국은 이번 기습 작전을 전혀 예상치 못할 것입니다. 우리가 대규모 포탈을 열 수 있을 것이라고는 생각지도 않을 테니까요."

"호오오! 그건 그렇지."

하라간이 고개를 주억거렸다.

라티파가 작전 계획을 계속 설명했다.

"저는 이번 모래바람 작전에 투입할 병력을 중앙군과 북부군에서 차출하도록 계획을 세웠습니다. 중앙군 20,000명을 북상시킨 다음, 북부군 예비 사단 60,000명과 합류시킬 예정입니다. 우리가 병력을 북쪽으로 움직이면 분명 토브욘 왕국이 긴장할 겁니다. 반면 남쪽의 스벤센 왕국은 긴장이 스르륵 풀리겠지요."

하라간이 눈을 반짝 빛냈다.

"그런데 그게 속임수다? 북쪽으로 병력을 이동하는 척한 다음, 대규모 포탈을 통해 기습적으로 스벤센 서부 산악 지대를 점령한다?"

"그렇습니다. 중앙군과 북부군에서 차출한 80,000 대군이 갑자기 적진 한복판에 나타나면 적들은 크게 당황할 것입니다."

"흐으음!"

이건 꽤 괜찮은 작전 같았다. 하라간의 입가에 흡족한 미소가 떠올랐다.

"좋아. 그럼 북부 군단장 온바를 불러야겠군. 그 전에, 초반에 침투할 병력은 어디서 차출하지? 상인으로 위장하여 대규모 포탈을 설치할 핵심 정예병 말이야."

이번 작전의 성패는 바로 이 정예병들에게 달렸다. 정예병들이 마정석 광산 가까이에 포탈을 무사히 설치하면 전쟁은 승리할 것이다. 만약 정예병들이 사전에 발각되어 포탈 설치에 실패하면 하라간의 계획은 실패로 돌아간다.

라티파가 손가락 4개를 들었다. 그다음 하나씩 접으며 대답했다.

"첫째, 풀문을 투입할 것입니다."

풀문은 하라간이 설립한 비밀 첩보 조직이었다. 하라간 과 라티파가 조직의 머리 역할을 맡았고, 하라간의 둘째 외 삼촌인 페피가 행동대장, 게브 8호와 그라낙, 뭄파르, 우세 르가 행동대원으로 임명되었다. 풀문은 최근 토브욘 왕국 의 적자 데인을 납치하는 데 성공했다.

비록 지금 풀문 조직원들이 휴가 중이기는 하나, 이런 중 요한 일이 발생했으니 휴가를 취소할 수밖에 없었다.

하라간이 고개를 끄덕였다.

"풀문이라면 믿을 수 있지. 그럼 두 번째는?"

Chapter 9

하라간이 두 번째 조직에 대해 물었다.

라티파는 조심스레 하라간의 눈치를 보았다.

"저기…… 최근에 하라간 님께서 제게 말씀해 주신 조직 이 있지 않습니까?"

이번 작전을 계획하면서 하라간은 라티파에게 EoM이라 는 신규 조직을 넌지시 알려 주었다. 라티파는 EoM도 작전 에 투입했다.

"음! 풀문과 EoM을 동시에 투입한다?"

하라간이 잠시 침묵했다. 그러다 흔쾌히 허락했다.

"휴우! 그래. 이번 작전이 중요하니 그쯤은 해 줘야지. 허어어! 이거 어째 숨겨 놓았던 밑천이 탈탈 털리는 기분인걸. 허어! 참!"

하라간은 이렇게 너스레를 떨었다. 솔직히 말해서 하라간은 애써 설립한 비밀 조직을 이렇게 세상에 까발리는 것이 마뜩잖았다. 그러나 어쩔 수 없다고 판단했다. 최고급 마정석 확보가 그만큼 절실한 까닭이었다.

하라간은 EoM에 내려놓았던 명령도 취소하기로 마음먹었다. 지금은 어쌔신을 추적하는 것보다 마정석 확보가 더 중요했다.

"그럼 세 번째는 뭐지?"

하라간이 물었다.

라티파가 즉각 대답했다.

"셋째, 저는 페피 님께 부탁하여 실제 남부의 상인들 가운데 충성심이 강한 자들을 10명 안팎으로 선별할 생각입니다. 비록 이 상인들이 무력에 보탬이 되지는 않겠지만, 작전 성공을 위해서는 그들이 꼭 필요합니다."

하라간도 라티파의 의견에 동의했다.

"맞아. 스벤센 왕국 깊숙이 침투하려면 진짜 상인들을 끼워 넣어야지. 그래야 적들을 속일 수 있지. 그다음 마지막은?”

“마지막은 하라간 님께서 알고 계실 것이라 생각합니
다.”

라티파는 엉뚱한 말로 대답을 대신했다.

하라간이 손가락으로 자기 자신을 가리켰다.

“엉? 내가 알고 있다고? 뭐지? 어엉? 설마…… 나?”

한동안 고개를 갸웃거리던 하라간은 한순간 손뼉을 딱
쳤다.

“설마 나를 투입한다고? 그래?”

라티파가 재빨리 도리질을 했다.

“소녀가 어찌 하라간 님의 투입 여부를 결정하겠나이까?
단지 제 짐작에 하라간 님께서 이번 작전에 직접 참여하실
것이란 예감이 들었습니다. 그리고 하라간 님께서 움직이
시면 저희 친위대도 함께 동행할 것 아니겠습니까? 그래서
저는 감히 하라간 님과 친위대를 네 번째 조직으로 상정했
습니다. 만약 제 생각이 무례했다면 용서해 주십시오.”

“흐으음! 무례한 것은 아니지. 내가 모든 작전권을 라티
파에게 위임했으니 충분히 이런 계획을 세워도 돼.”

“감사합니다.”

“그리고 또 한 가지. 라티파가 내 마음을 족집게처럼 정
확하게 짚었어. 그래. 나도 이 전쟁에 직접 뛰어들 생각이

야. 지금까지는 내 신분 때문에 자제를 했었고, 앞으로도 직접 전쟁에 뛰어드는 일은 가급적 지양하겠지만, 그래도 이번 작전만큼은 내가 직접 움직일 생각이었다고. 그만큼 이번 일이 중요하니까."

하라간은 솔직하게 속마음을 털어놓았다. 한편으로는 '라티파가 정말 예리하고 직감이 뛰어나구나!' 라고 감탄했다.

하라간이 순순히 받아들이자 라티파도 마음을 놓았다.

'휴우! 역시 하라간 님께선 옹졸하지 않으셔!'

솔직히 라티파는 많이 고민했다. 역사적 교훈들을 되짚어 보면 부하가 상관의 속마음을 훤히 읽어 내는 것은 그리 좋은 일이 아니었다. 대부분의 상관들은 이런 족집게 부하들을 경계하고, 질투했으며, 심지어 죽이기까지 했다. 자신의 속이 읽히는 것이 싫기 때문이다. 너무 과하게 똑똑한 부하가 부담스럽기 때문이다.

라티파도 그냥 하라간에게 "풀문, EoM, 그리고 상인 일부를 적진에 투입할 것입니다. 이렇게 세 조직의 투입을 계획했습니다."라고 말해도 되었다.

그럼 하라간이 스스로 "나도 직접 작전에 참여할 테다. 그러니 라티파, 내 자리를 만들어 놔."라고 명령했을 것이다.

이상과 같이 대화를 이끌어 나가는 것이 라티파의 입장에서 한결 수월하고 마음 편했다.

그런데도 라티파는 자신의 속마음을 솔직하게 밝혔다. 하라간에게 눈곱만큼의 거짓말도 하기 싫어서였다. 라티파는 본인의 진짜 모습을 온전히 하라간에게 드러낸 다음, 하라간의 평가를 받고 싶었다.

그 마음이 적중했다.

'역시 하라간 님은 큰 그릇이셔. 나를 온전히 담아 주실 수 있는 큰 그릇! 하라간 님은 옹졸하게 부하를 질투하는 그런 분이 아니시라고.'

하라간을 곁눈질하는 라티파의 눈이 몽롱하게 풀렸다. 라티파는 시간이 갈수록 점점 더 하라간에게 빠져들었다.

라티파가 작성한 명단이 정식 서류로 꾸며져 하라간에게 올라갔다.

1. 작전명 : 모래바람

2. 차출 대상자 :

— 라티파, 레다, 융, 테티, 네페르 (이상 친위대 5명)

— 페피, 게브 8호, 그라낙, 뭄파르, 우세르 (이상

풀문 5명)

　　— 메네스, 외궁 4호, 외궁 8호, 카티, 실보플레
(이상 EoM 5명)

　　— 페피가 추천한 남부의 상인 15명

　모래바람의 성공을 위해 이상 30명에 대한 차출
승인을 요청합니다.

　　작전 기안 담당자 : 라티파

　하라간은 서류에 승인 서명을 하여 라티파에게 내주었
다.

　파충류와 교감을 하는 뚱보 소년 우세르는 원래 친위대
원인 동시에 풀문의 조직원이었다. 그런데 라티파는 우세
르의 이름을 풀문에 넣었다. 5명씩 딱딱 숫자가 맞는 것이
라티파의 취향이기 때문이다.

　서류에는 30명으로 기안이 되었지만, 사실은 이보다 2명
이 많은 32명이 투입되었다.

　하라간.

　아이다.

　하라간은 자신을 포함한 2명을 작전에 추가 투입했다.

　"특히 아이다가 중요하지. 그녀가 꼭 필요해."

　룬드 왕국의 아홉 번째 공주인 아이다는 대규모 공간 이

동 포탈 설치를 위해 꼭 필요한 인재였다. 여기에 더해서 토브욘 왕국의 현자 카티, 마법 소녀 실보플레가 힘을 합쳐야 팔만 대군이 이동하는 대규모 포탈을 열 수 있었다.

"그리고 그 3명을 제대로 부리려면 내가 꼭 참석해야 해."

잉그리드의 딸 아이다는 하라간에게 인질로 잡힌 처지였다.

토브욘의 현자 카티도 최근 하라간에게 포로로 잡혔다.

카티의 제자 실보플레도 마찬가지 신세.

그러니까 이 세 사람은 군나르 왕국에 대한 충성심이 거의 바닥이었다. 아이다는 잉그리드의 명령이 아니었다면 이미 룬드 왕국으로 도망쳤을 사람이고, 카티와 실보플레도 하라간의 독에 제압당하지 않았다면 자결을 했을 사람들이었다.

카티가 울며 겨자 먹기로 하라간의 명령을 따르는 이유?

사랑하는 제자 실보플레 때문이었다.

'내가 자결을 해 버리면 실보플레는 이 포악무도한 사막의 무뢰배들에게 온갖 비참한 꼴을 당하다가 죽게 될 게야. 실보플레를 그렇게 만들 수는 없어.'

카티는 이 생각 때문에 하라간에게 굴복했다.

실보플레도 다를 바 없었다.

'만약 내가 콱 죽어 버리면? 그럼 스승님은 어떻게 되지? 안 돼! 스승님은 나 때문에 포로로 잡히신 거야. 그런 분께 더 이상의 고통을 안겨 드릴 수는 없어. 스승님께서 이 수모를 당하시는 것은 모두 다 나 때문이야. 내가 남자 보는 눈이 없어서 스승님을 망쳤어. 이 바보! 바보! 흐흐흑!'

실보플레는 자신의 가슴을 쥐어뜯으며 자책했다. 그리고 스승 카티를 위해 하라간에게 무릎을 꿇었다.

하라간은 카티와 실보플레에게 타이밍 독을 투여했다. 한발 더 나가 두 사람을 따로 격리 수용했다. 그렇게 서로 떨어뜨려 놓아야 부리기 쉽기 때문이었다.

원래 하라간은 카티와 실보플레를 영원히 격리한 채 마음껏 부려 먹을 생각이었다. 서로를 극진히 위하는 두 사람이라면 얼마든지 부려 먹을 수 있었다.

그런데 모래바람 작전의 성공을 위해서는 카티와 실보플레가 모두 필요했다. 대규모 공간 이동 포탈을 여는 것은 결코 만만한 일이 아니었다. 아이다, 카티, 실보플레. 이렇게 3명의 마법사가 힘을 합쳐야 성공 가능성이 높았다.

"그러니까 더더욱 내가 가야 해. 내가 없으면 카티와 실보플레가 함께 도망쳐 버릴 수 있어. 아니면 둘이 동반 자살을 할 수도 있고."

하라간은 애써 잡은 물고기를 그렇게 쉽게 놓아주고 싶지 않았다. 놓아주기는커녕 앞으로 영원히 곁에 두고서 골수까지 쪽쪽 빨아먹겠다는 것이 하라간의 의도였다.

Chapter 10

페피는 남부의 토후들을 여럿 만났다. 주로 광물을 수입하여 판매하는 토후들이었다.

페피는 이 가운데 왕실에 대한 충성심이 높은 토후 한 명을 골라 하라간에게 소개했다. 은밀하게 왕궁에 초청된 토후는 하라간을 알현하자 감격에 겨워 울음을 토했다.

"하라간 님! 크흐흑! 하라간 님! 신이 이렇게 하라간 님을 직접 뵐 수 있다니, 가슴이 벅차 참을 수가 없사옵니다. 크흐흐흑!"

토후의 울음은 거짓 같지는 않았다.

하라간은 손수 토후의 손을 붙잡아 일으켰다. 그러곤 그를 위해 연회를 베풀어 주고 좋은 술과 음식을 대접했다.

하라간의 환대에 감격한 토후는 "하라간 님을 위해서라면 제 목숨이라도 바치겠나이다."를 연발하며 펑펑 울었다.

그 날 토후가 직접 작성한 상인 명단이 하라간의 손에 전달되었다. 상인들 개개인이 스벤센 왕국에 끈이 있고, 입이 무거우며, 스벤센 광산을 잘 아는 자들이었다.

그 수가 15명에 달했다.

하라간의 명을 받은 토후는 32명 규모의 상단을 구성했다.

토후가 직접 선별한 상인 15명이 주축.

여기에 정체를 숨긴 하라간 일행 추가.

이렇게 급조된 상단이 깃발을 내걸고 배를 빌렸다. 토후는 자신의 재산 가운데 일부를 허물어 상단에 두둑하게 투자했다.

핑곗거리는 많았다.

"올겨울 은값이 폭등할 것을 예상하여 미리 은괴를 사놓고자 한다."

이것이 토후가 내세운 명분이었다.

토후로부터 자금을 지원받은 상단은 곧 배를 준비하여 스벤센 왕국으로 출항할 준비를 마쳤다. 안전한 상행을 위해 용병도 12명을 고용했다.

얼굴에 문신을 새긴 게브 8호.

활의 명수 그라낙.

북부 군단장 온바를 닮아 인상이 날카로운 뭄파르.

뚱보 소년 우세르.

차가운 얼굴의 메네스.

인상이 고약한 외궁 4호.

체격이 건장한 융.

사내답게 생긴 테티.

이렇게 8명은 아무리 꾸며도 상인의 느낌이 나지 않았다. 하여 상단을 호위하는 용병으로 위장했다.

하라간은 여기에 여자 용병 4명을 더했다.

창을 포기 못 하는 레다.

얼굴 표정이 딱딱하게 굳은 카티와 실보플레.

외팔이인 외궁 8호.

이들 네 사람도 어쩔 수 없이 용병으로 신분을 세탁했다. 늘 생글생글 웃는 상인과는 거리가 먼 탓이었다.

하라간은 경험을 쌓기 위해 상단에 참여한 애송이 귀족으로 설정했다. 라가시 항구 일대엔 하라간이 토후가 낳은 막내아들로 소개되었다.

라티파와 네페르, 아이다도 토후가 붙여 준 귀족 여자로 알려졌다.

문제는 외모.

라티파와 네페르, 아이다는 멀리서 보아도 눈이 번쩍 뜨이는 미녀들이었다. 이런 미인들이 상단에 동행하면 사람들의 눈에 띄어 좋지 않았다.

하라간은 한술 더 떴다. 그 눈부신 외모는 광물을 수입하려는 상인과는 도저히 어울리지 않았다.

"이건 아닌 것 같습니다. 하라간 님께서 이 상태로 상단에 참여하시면 괜히 불필요한 주목을 받게 됩니다."

라티파가 고개를 설레설레 저었다.

"그럼 어떻게 하지?"

하라간의 물음에 아이다가 답을 내놓았다.

아이다는 마법 약품 몇 가지와 간단한 환각 마법으로 하라간의 외모를 평범하게 바꿔 놓았다. 이어서 나머지 세 여인의 빼어난 용모도 조금 망가뜨렸다.

7월 10일.

라가시 항을 출발한 배가 얕은 해안가를 따라 남하해 스벤센 해역으로 들어섰다.

뱃머리에는 토후의 깃발이 걸려 힘차게 펄럭였다. 이 깃발은 상단의 소유자가 누구인지를 알리는 표식이었다.

배가 국경을 넘자 스벤센 왕국의 전투선이 빠르게 접근했다.

뿌우우―

날카로운 고동 소리와 함께 스벤센의 병사가 고함을 질

렀다.

"정지! 정지!"

"네. 정지합니다."

선장은 고분고분 배를 세웠다.

스벤센의 전투함에서 밧줄 여러 가닥이 휙 넘어왔다. 이어서 그 밧줄을 타고 나무판자가 하라간의 배에 연결되었다.

척척척!

스벤센의 병사 12명이 판자를 밟고 배를 갈아탔다.

그 즉시 가장 나이가 많은 상인이 병사를 맞았다.

"안녕하십니까? 제 얼굴을 기억하시지요?"

상인은 노련하게 인사를 건넸다.

스벤센은 거인족으로 이루어진 왕국이었는데, 그 탓에 병사들의 키가 대부분 220 센티미터 이상이었다. 늙은 상인은 그 큰 병사들을 올려다보며 허리를 굽실거렸다.

선임 병사가 상인의 얼굴을 알아보았다.

"음. 아는 얼굴이군."

"헤헤헤. 그렇지요. 이 늙은이는 양국을 자주 오가고 있습죠. 오늘도 검문을 잘 부탁드립니다."

"통행증."

선임 병사가 손을 내밀었다.

상인은 털이 북슬북슬한 병사의 손 위에 양피지로 만든 통행증을 올려놓았다. 물론 통행증 아래엔 배가 불룩한 돈 주머니가 몰래 숨겨져 있었다.

　"허험!"

　선임 병사는 재빨리 돈주머니를 품에 넣고는 통행증을 펼쳤다. 가장 먼저 나온 이름은 라간이었다. 선임 병사는 앞에서부터 이름을 읊었다.

　"토후의 자제 라간, 조카딸 티파, 페르, 이다. 이거 이름들이 좀 낯설구먼."

　선임 병사가 고개를 갸웃거렸다.

　늙은 상인이 손사래를 쳤다.

　"아이고. 그게 무슨 소리십니까? 다들 귀하신 성함들이십니다."

스벤센 침공

Chapter 1

"라간 님, 티파 님, 페르 님, 이다 님. 이 얼마나 고귀한 성함들입니까? 귀족께 그리 말씀하시면 곤란합니다."

늙은 상인이 적극적으로 항의했다.

스벤센 왕국의 선임 병사가 코웃음을 쳤다.

"흥! 그들이 너희 군나르 상인들에게나 귀족이지, 어디 내게도 귀족이더냐? 잡소리 말고 어서 그 귀족들을 내 앞에 불러와라."

"네, 네."

늙은 상인이 대답을 하는 사이, 다른 상인들이 하라간의 선실 문을 두드렸다.

하라간은 라티파, 네페르, 아이다와 함께 갑판으로 올라
왔다.

"무슨 일이냐?"

하라간이 다소 거만하게 물었다.

늙은 상인이 하라간에게 허리를 굽실거렸다.

"라간 공자님, 여기 이분은 스벤센 왕국의 해상관문을
지키시는 용사님이십니다."

"허허험!"

상인이 과하게 치켜세우자 스벤센의 선임 병사가 민망한
듯 헛기침을 흘렸다.

라간이 선임 병사를 향해 가볍게 악수를 청했다.

"그러시군. 나는 라간이오. 그리고 여기는 내 사촌인 티
파, 페르, 그리고 이다요."

귀족은 오만한 족속들이었다. 그런 귀족이 일반 병사들
에게 직접 악수를 청하는 경우는 드물었다. 스벤센의 선임
병사는 약간 감동을 받았다.

상인에게 뒷돈도 받았겠다, 귀족과 악수도 했겠다, 마음
이 스르륵 풀어진 선임 병사는 검문 절차를 빠르게 진행했
다.

우선 양피지에 그려진 하라간과 라티파, 네페르, 아이다
의 얼굴을 일일이 확인하고, 이어서 상인과 용병들의 얼굴

도 꼼꼼하게 대조했다.

이 양피지는 군나르 왕국 항구에서 발행하는 통행증이었는데, 만약 신분이 거짓으로 기재되면 양국 간 분쟁이 생길 정도로 중요한 서류였다.

"총 32명. 모두 이상 없음."

선임 병사는 양피지에 도장을 탕탕 찍어 주었다.

그사이 스벤센의 병사들이 배를 샅샅이 뒤져 혹시 숨어 있는 자가 없는지 검색했다. 통행증을 소지한 선장과 선원들 외에 수상한 사람은 없었다.

"깨끗합니다."

병사 한 명이 선임 병사에게 보고했다.

마침내 선임 병사의 허가가 떨어졌다.

"좋아. 통과!"

"고맙습니다, 용사님."

늙은 상인이 모두를 대표하여 허리를 꾸벅 숙였다.

스벤센의 병사들이 판자를 다시 건너 전투선으로 물러났다. 그러자 선장이 바로 지휘에 나섰다.

"노를 저어라."

하라간을 태운 배가 다시 이동을 시작했다. 서부 해안의 거친 바닷물이 뱃전에 온몸으로 부딪쳐 하얗게 부서져 나갔다. 배는 물살을 헤치며 힘차게 전진했다. 스벤센의 전투선은 사선 방향으로 빠르게 멀어졌다.

　이튿날인 7월 11일 새벽.

　하라간 일행은 스벤센 왕국 서북부의 항구 도시인 님루드에 도착했다.

　님루드는 인구 50만이 조금 넘는 중급 규모의 도시였다. 지리적 여건상 님루드와 라가시는 관계가 깊었다. 라가시 항에서 출발한 배는 대부분 님루드 항에 도착하여 곡식을 내려놓았고, 님루드에서 출발한 배는 라가시에 철물과 목재를 하선했다.

　"우리 상단이 거래를 마치고 돌아올 동안 이곳 님루드 항에 머물고 계쇼."

　늙은 상인은 선장에게 당부했다. 물론 선장과 선원들이 님루드에 머물 비용도 미리 지불했다.

　선장은 이런 일이 익숙한 듯 사람 좋게 웃었다.

　"허허허! 물론입니다. 여기서 꼼짝 않고 기다릴 터이니, 마음 푹 놓고 거래를 다녀오십시오."

　항구의 담당관에서 통행증을 검사 맡은 뒤, 상인들은 님루드 항구 인근의 시장에서 말을 빌렸다. 그들은 이곳 스벤센 왕국과 오랫동안 교역을 해 온 터라 뭐든 척척이었다.

　"역시 상인들과 함께 오기 잘했군."

하라간이 라티파의 귀에 이렇게 속삭였다.

"네에."

하라간의 숨결이 귀를 간질이자 라티파가 발가락을 꼼지락거렸다.

말 32필을 빌린 하라간 일행은 큰길을 따라 빠르게 이동했다.

"이 길을 따라 계속 가면 철광산이 하나 나옵니다. 제가 주로 거래를 하는 곳입죠."

늙은 상인이 하라간에게 설명을 했다. 상인들은 하라간 일행의 정확한 정체를 알지 못했다. 그저 토후로부터 하라간 일행이 중요한 귀빈들이라는 귀띔만 들었을 뿐이다.

하라간이 상인의 말을 받았다.

"그 철광산을 지나쳐서 계속 가면 은을 캐는 광산이 나온다지?"

"그렇습니다. 철광산에서 반나절을 더 달리면 이 일대에서 가장 큰 은광산을 만나게 됩니다."

"그래."

하라간은 은광산이 목표가 아니었다. 은광산 바로 옆 동쪽 계곡이 하라간이 노리는 군사적 요충지였다.

스벤센 왕국 서북부 산악 지대는 지형이 험하기로 유명했다. 이 거친 산악은 서쪽 바다를 향해서는 비교적 완만하게 트여 있지만, 동쪽으로는 가파른 절벽의 연속이었다. 스벤센 왕국은 이 절벽 사이의 계곡을 따라 아슬아슬한 산악 도로를 하나 뚫어 놓았는데, 이 도로가 산악 지대의 광산들과 스벤센의 주요 도시를 연결하는 유일한 통로였다. 만약 이 길목이 막히면 산악 지대 남쪽으로 빙 돌아 우회하거나 바다로 나가서 한참을 돌아오는 수밖에 없었다.

"그 계곡에 대규모 공간 이동 포탈을 설치한 다음, 아군 병력을 불러와 길목을 막아야 합니다. 이 좁은 길목만 꽉 틀어막으면 서부 산악 지대의 광산을 장악할 수 있습니다."

배를 타기 전, 라티파는 지도를 펼쳐 놓고 하라간에게 이렇게 주장했다.

하라간도 그 말에 동의했다.

"좋아. 일 차로 계곡을 막는다. 이어서 산악 지대의 마정석 광산 다섯 곳을 모두 접수해야지."

"하라간 님께서 마정석 광산을 침공하면 스벤센의 거인 족들이 곧 군대를 편성하여 달려올 것입니다. 이때 일부 병력은 계곡과 길목을 막고, 일부 병력은 이쪽 평야에 몸을 숨기고 있다가 스벤센 군대의 배후를 칠 생각입니다."

"그 또한 좋은 계략이다. 마정석 광산이 털리면 스벤센 녀석들이 흥분해서 달려들겠지. 아군 병력이 그리 많지 않을 것으로 여기고 정예 기마대를 먼저 파병할 거야. 그럼 우리는 계곡 입구를 틀어막고 농성을 하는 척하다가 놈들을 포위해서 몰살시킨다."

"1차 파병이 실패하면 스벤센에서 2차로 대규모 군단을 투입할 것입니다."

"이곳은 입구가 좁아서 대규모 군단이 투입되기 쉽지 않아. 얼마든지 싸우면서 버틸 수 있어. 그리고 그사이 마정석을 탈탈 터는 거지."

하라간과 라티파는 죽이 척척 맞았다.

라티파가 지도에서 스벤센 왕국 남서쪽을 지목했다.

"제 생각에 스벤센의 2차 파병 병력은 주로 이곳 니네베에서 차출될 것입니다."

"니네베?"

"네. 니네베는 인구 500만이 넘는 대도시입니다. 스벤센 왕국 제2의 수도이기도 하지요."

"우리를 공격하기 위해 니네베의 병력이 출동할 것이다?"

"그렇습니다. 거기에 더해서 스벤센의 해군도 동시에 움직일 것입니다. 우리를 동쪽과 서쪽에서 연합 공격하여 말살하려고 들 것입니다. 저는 그때를 노려야 한다고 생각합니다."

라티파가 주먹을 불끈 쥐었다.

"무엇을 노려?"

"병력을 몰래 남하시켜 니네베를 공격하는 것입니다."

"저 먼 남쪽까지 원정을 가자고? 이유는?"

"니네베에 마정석을 보관하는 금고가 있습니다. 이곳 마정석 광산에서 캐낸 원석들 가운데 품질이 좋은 것들을 니네베로 보내 그곳에서 가다듬는다고 들었습니다."

라티파는 그동안 스벤센 왕국에 대해 많은 것을 조사했다.

"오호! 그럼 거기를 꼭 털어야겠군."

"그렇습니다. 어쩌면 산악 지대 광산 다섯 곳을 턴 양보다 니네베에서 탈취한 마정석이 더 많을 수도 있습니다."

라티파가 자신 있게 대답했다.

하라간도 덩달아 신이 났다.

"좋았어. 어디 한번 탈탈 털어 보자고."

Chapter 2

말을 달리는 중에 하라간은 주변 지형을 세심하게 살폈다. 머릿속에 암기한 지도와 비교하면서 지형을 관찰하자 하라간의 뇌에 입체적인 그림이 그려졌다.

상단은 길 중간에 멈춰서 두 번 식사를 했다. 길가에서 밤도 한 번 지샜다. 다행히 스벤센 왕국은 치안이 좋은 편이었다. 야숙을 해도 도둑이나 강도를 만나지는 않았다.

대신 철광산을 지나칠 때 또 한 번 검문검색을 당했다.

이번에도 늙은 상인이 나서서 기름칠을 했다. 상인은 이곳 철광산에 자주 드나드는 터라 경비병들과 안면이 있었다. 덩치가 산만 한 거인 경비병들은 늙은 상인이 찔러 주는 돈주머니를 받고는 기분 좋게 웃었다.

"으허허! 그래, 이번엔 철광석이 아니라 은 덩어리를 구매하고 싶다고?"

경비병의 질문에 늙은 상인이 고개를 빠르게 끄덕였다.

"그렇습니다, 용사님. 저희 왕국에 은이 많이 필요할 것 같아 한번 거래를 해 보려고 합니다."

"은광산까지 가려면 반나절은 더 걸릴 텐데? 말들이 지친 것 같은데 괜찮은가?"

"괜찮습니다. 뭐, 말들이 힘이 빠지면 중간에 쉬어 가지요. 헤헤헤!"

늙은 상인은 스벤센의 경비병들과 이런저런 잡담을 나눴다.

그사이 통행증 검사가 모두 완료되었다.

"통과!"

굵은 목소리와 함께 목책 문이 열렸다.

두두두두—

하라간 일행은 다시 말을 달려 철광산 남쪽 길로 빠졌다.

라티파가 입수한 지도는 정확했다. 철광산 남쪽으로 우회하여 반나절을 달리자 은광산이 나왔다. 하라간 일행은 광산 앞에서 한 번 더 통행증 검사를 받았다.

이번엔 40대의 비교적 젊은 상인이 앞장섰다. 그는 이곳에서 은을 몇 번 거래한 적이 있었다.

"통과!"

상인들 덕분에 통행증 검사를 무사히 마쳤다. 경계소를 지나친 하라간 일행은 광산 방향으로 말을 몰았다.

이제부터가 중요했다. 하라간의 일행 32명 가운데 상인 10명은 전투에 도움이 되지 않았다. 하라간이 상인들을 한자리에 불러 모았다.

하라간의 부하들이 상인들을 빙 둘러쌌다.

"왜 이러십니까? 으으!"

갑작스러운 분위기 전환에 상인들이 벌벌 떨었다.

하라간이 최대한 온화하게 말했다.

"그렇게 떨 것 없다. 이번 작전이 성공하고 나면 너희는 고국에 돌아가 큰 상을 받게 될 것이다."

"자, 작전이라니요? 대체 무슨 일이 벌어지는 것입니까요?"

늙은 상인이 벌벌 떨면서도 꼬박꼬박 질문했다.

"쓰읍! 어디서 감힛!"

융이 인상을 팍 썼다.

하라간이 손을 들어 융을 말렸다.

"그만."

"넵! 죄송합니다."

융이 절도 있게 물러났다.

하라간이 상인들을 부드럽게 달랬다.

"자세한 것은 말해 줄 수 없구나. 하지만 너희들에게 해가 가지는 않을 것이니라. 너희는 지금부터 내가 하는 말만 따르면 된다. 우리는 은광산으로 가지 않는다. 광산 동쪽으로 빠져서 계곡에 들어갈 것이다."

"흡! 그 계곡은!"

이곳 광산과 거래를 했던 40대 상인이 손으로 자신의 입을 틀어막았다. 상인은 광산 동쪽 계곡이 의미하는 바를 어렴풋이 짐작했다.

"쓰읍!"

융이 40대 상인을 향해 한 번 더 눈을 부라렸다.

"헙!"

찔끔 놀란 상인이 거북이처럼 목을 움츠렸다.

하라간이 말을 이었다.

"계곡 일대에 배치된 스벤센 병력을 걱정하는 거겠지? 하지만 안심해라. 그들은 빠르게 제거될 것이고, 곧 포탈이 열릴 것이다."

"포탈이라굽쇼?"

포탈이라는 말에 상인들이 눈을 동그랗게 떴다. 군나르 왕국이 포탈 제작에 취약하다는 사실을 상인들도 잘 알았다.

하라간이 선심 쓰듯 말했다.

"포탈이 열리면 너희들은 그걸 통해 군나르 왕국으로 돌아가면 된다. 이곳에서 벌어질 뒷일은 생각하지 마라. 포탈을 타고 귀국하면 그곳에서 너희를 맞아 주는 이가 있을 것이다."

하라간이 포탈을 여는 이유는 아군 병력을 이곳 스벤센 왕국으로 빠르게 이동시키기 위함이었다. 하지만 상인들의 귀에는 "내가 너희들의 목숨을 귀히 여겨 포탈을 열어 줄 것이니 그걸 이용해서 안전하게 고국으로 돌아가라."라고 말하는 것처럼 들렸다.

늙은 상인이 가장 먼저 무릎을 꿇었다.

"아이고, 공자님. 고맙습니다. 중요한 나랏일을 하시는 와중에 우리 같은 상인들의 목숨을 이리 배려해 주시다니요. 정말 감사합니다."

늙은 상인은 역시 나이를 먹은 만큼 눈치도 빨랐다.

다른 상인들도 앞다투어 하라간에게 무릎을 꿇었다.

"공자님, 고맙습니다."

"저희 목숨을 살려 주셔서 고맙습니다."

"그래, 그래."

하라간은 굳이 상인들의 오해를 풀어 주지 않았다.

그 장면을 보면서 라티파는 생긋 웃었다.

'역시 하라간 님이셔.'

반면 아이다는 어이가 없었다.

'컥! 역시 이 인간은 보통내기가 아니야. 제 욕심을 위해서 군사 이동용 포탈을 열면서 마치 백성들을 위해 주는 척하다니! 으으으!'

한편 실보플레는 하라간의 의도를 오해했다.

'뭐지? 저 남자가 나를 이곳에 끌고 온 이유가 이것 때문이었나? 자신의 백성들을 안전하게 지키기 위해서 나를 데려온 거야?'

실보플레는 이번 작전에 대해서 자세한 설명을 듣지 못했다. 그녀와 스승이 힘을 합쳐 대규모 공간 이동 포탈을 설치해야 된다는 사실도 몰랐다. 이곳에서 조만간 전쟁이 발발할 것이라는 점은 더더욱 알지 못했다. 실보플레는 그저 오랜만에 카티 스승님을 만나서 가슴이 뭉클할 뿐이었다. 그런 와중에 무작정 배를 타고 끌려왔는데 여기는 또 어디인가 싶어 어리둥절했다.

Chapter 3

하라간 일행은 광산 근처 으슥한 곳에 말을 버렸다. 그다음 신속하게 비탈길을 타고 올라가 동쪽 계곡으로 진입했다.

호위대 출신의 그라낙이 선두에 섰다. 그라낙은 활 솜씨가 뛰어나고 무술에 능해 선두를 맡기에 부족함이 없었다. 과거 토브욘 왕국에 침투해 데인을 납치할 때도 그라낙의 활약이 눈부셨다.

그보다 한발 앞서 우세르가 능력을 발휘했다. 우세르는 비록 선두에 서지는 않았지만, 그와 교감을 하는 파충류들이 그라낙보다 앞서 계곡으로 전진하며 적 초병들의 배치를 파악했다.

그라낙 오른편 뒤쪽엔 뭄파르가 섰다.

뭄파르는 북부 군단장 온바의 사생아였다. 온바가 몰래 낳은 자식이라 세상에 드러내지 못하고 키웠는데, 하라간이 뭄파르의 뛰어남을 간파하고 강제로 풀문 조직에 넣어 버렸다.

처음에 거부감을 느꼈던 뭄파르도 지금은 풀문의 조직원이 된 것을 만족스럽게 생각했다.

'어차피 난 떳떳하게 출세할 수 없어. 남들이 보는 앞에서 온바 님을 아버지라고 부르기도 어렵고, 첩자 출신의 어머니를 공개할 수도 없다고. 그러느니 차라리 풀문과 같은 비밀 조직에서 활동하는 편이 더 나아. 그러다 공을 세워서 하라간 님의 눈에 들면 내게도 더 큰 길이 열릴 거야.'

뭄파르는 어린 나이답지 않게 조숙했다. 그는 오늘 전투에서 공을 세워 하라간의 눈에 들기를 원했다.

사사사삭!

흑표범의 그것처럼 탄력 넘치는 뭄파르의 근육이 빠르게 수축과 이완을 반복했다. 뭄파르는 선두의 그라낙을 바짝 따라붙으며 뒤를 받쳤다.

한편 그라낙의 왼편 뒤쪽은 게브 8호의 차지였다. 그라낙이 호위대의 미래라면, 게브 8호는 게브의 차세대 주자였다.

'내가 그라낙 같은 애송이보다 뒤처질 수는 없지. 하라간 님께서 지켜보시는 중요한 전투야. 다른 건 몰라도 호위대보다는 우리 게브가 더 큰 공을 세워야 해.'

게브 8호가 달리는 중에 목을 좌우로 꺾었다. 그의 목뼈에서 우두둑우두둑 소리가 났다. 게브 8호의 눈 밑에 새겨진 붉은 별 문신이 오늘따라 유난히 밝은 빛을 뿌렸다.

페피는 선두의 3명보다 30 미터쯤 뒤떨어진 곳에서 뒤를 따랐다. 페피는 선두 3명의 속도를 조절하고 방향을 잡는 역할을 맡았다. 페피의 바로 옆에서 우세르가 판단에 도움을 주었다.

"이제 곧 적 초병들과 마주칠 거예요."

파충류를 통해 적진을 미리 파악한 우세르가 이렇게 속삭였다.

"알았다."

그 즉시 페피가 사람의 귀로는 들을 수 없는 고주파수의 초음파를 냈다.

페피의 신호를 받은 그라낙이 자세를 한껏 낮추고 속도를 줄였다. 그라낙을 뒤따르던 뭄파르와 게브 8호도 덩달아 속도를 늦췄다.

페피보다 20 미터 후방엔 하라간이 위치했다. 하라간은 그리 빠르게 움직이지 않았다. 한가하게 산책을 나온 사람처럼 뒷짐을 지고 걸었다.

그런데도 페피와의 거리가 멀어지지 않았다. 가파른 산비탈을 오를 때도 하라간의 여유로운 자세는 흐트러지지 않았다.

하라간의 옆에는 주로 여자들이 자리했다.

왼쪽에 라티파, 오른쪽에 네페르.

라티파 옆에는 아이다와 실보플레가 있었고, 네페르의 곁에는 외궁 8호와 카티가 바짝 달라붙었다. 아이다와 실보플레는 손목에 가느다란 끈이 연결되어 있었는데, 이것은 아이다로 하여금 실보플레를 감시하라는 의미였다.

마찬가지로 외궁 8호와 카티의 손목도 가느다란 끈으로 연결되었다.

외궁 8호는 토브욘 왕국 출신의 첩자.

카티는 토브욘 왕국 타워의 현자.

서로 말이 통할 것 같은 두 사람이었지만, 세뇌를 당한 외궁 8호는 무표정하게 발걸음만 재촉할 뿐이었다.

"쳇! 쳇!"

아이다는 연신 입술을 삐쭉이며 하라간과 발걸음을 맞췄다. 그녀는 지금 벌어지는 상황이 마뜩잖았다.

'내가 왜 군나르 왕국과 스벤센 왕국 사이에 벌어지는 전쟁에 끼어들어야 하는데? 내가 왜?'

하지만 아이다는 감히 이런 불평을 입 밖으로 내뱉지는 못했다. 하라간과 잉그리드가 두렵기 때문이었다.

카티도 내심 불만이 많았다.

'나를 이렇게 방치하다니!'

카티는 타워의 4대 현자 가운데 하나였다. 다시 말해서 토브욘 왕국에서 열 손가락 안에 꼽히는 강자 중의 강자였다. 보통 이런 강자를 포박할 때는 마나의 흐름을 방해하는 구속 장치를 몸에 달고, 수십 명의 전사와 마법사들이 주변을 에워싸는 것이 정상이었다.

'그런데 고작 이 가느다란 끈 하나야? 내 마나를 구속하지도 않고, 그냥 이렇게 자유롭게 풀어 놓아도 돼?'

하라간이 너무 자신을 방치하는 것 같아 카티는 자존심이 상했다. 심지어 하라간은 실보플레도 그냥 끈 하나로 묶어 두기만 했다.

'전투가 벌어졌을 때 내가 실보플레를 데리고 도망치기라도 하면 어쩌려고? 내게 먹인 독을 그만큼 믿는다는 소린가? 하지만 난 대마법사라고. 어지간한 독은 마법으로 해독할 수 있어. 설령 내가 해독하지 못하더라도 토브욘 왕국엔 나를 해독해 줄 능력자들이 있다고! 그런데 왜? 도대체 왜?'

하라간이 너무 무방비로 방치해 놓아서 카티는 오히려 더 불안했다.

'하라간! 대체 어떤 함정을 파 놓은 것이냐? 혹시 나를 시험하는 것이더냐?'

카티는 힐끗힐끗 하라간을 노려보았다.

그때마다 카티는 가슴이 두근거렸다.

'이런 미친!'

카티는 하라간 또래의 소년을 손자로 두어도 이상하지 않을 고령의 나이었다. 더군다나 카티는 마법에 미쳐 평생 남자에게 눈길 한 번 주지 않던 사람이었다. 그런 카티가 하라간의 비현실적인 외모를 접하고는 눈을 떼지 못했다. 물론 카티가 하라간을 이성으로 느끼는 것은 아니었다. 단지 하라간의 미모에 대한 동경 비슷한 감정이었다.

'아아! 미치겠다.'

카티는 고개를 가로저었다.

하라간의 뒤에는 메네스와 외궁 4호가 자리했다. EoM 소속의 두 사람은 무표정한 인형 같았다. 뇌 조작의 후유증 때문이었다.

한참 앞에서 달리던 게브 8호가 힐끗 뒤를 돌아보았다. 게브 8호는 유난히 메네스를 신경 썼다. 사실 게브 8호는 애송이인 그라낙보다 메네스에게 훨씬 더 강렬한 라이벌 의식을 느꼈다.

'메네스!'

반면 메네스는 게브 8호에게 눈길조차 주지 않았다. 메네스의 눈은 오로지 하라간의 등에만 고정되었다.

하라간이 속한 중간 그룹으로부터 50미터 후방.

상인들이 헉헉 진땀을 흘리며 산비탈을 탔다.

'이곳에서 곧 전투가 벌어질 게야.'

'뒤처져서 낙오되면 안 돼. 빨리 가서 포탈로 들어가야 살 수 있어.'

상인들의 뇌리엔 오직 이 생각뿐이었다. 그들은 젖 먹던 힘까지 쥐어짜서 죽기 살기로 달렸다.

친위대 소속 레다와 융, 테티가 가장 후방에서 상인들을 챙겼다. 이들 3명은 상인들을 보호하는 보호자인 동시에, 혹시 모를 이탈자를 방지하기 위한 감시자였다.

"자자, 조금만 더 힘을 냅니다."

"그래야 여러분이 살 수 있습니다."

삼지창을 든 융과 샴쉬르로 무장한 테티가 상인들을 격려했다.

레다는 융과 테티를 뒤따르면서 주변을 살폈다. 하라간은 레다에게 후방을 지키는 중요한 임무를 맡겼다.

레다의 성미에는 그리 맞지 않는 임무였다. 레다는 선두에 서서 적들과 격렬하게 싸우고 싶었다.

"레다, 조급해하지 마. 이건 시작일 뿐이야. 본격적인 전쟁이 벌어지면 실컷 싸울 수 있어."

하라간은 이런 말로 레다를 위로했다.

'그래. 초병들을 해치우고 나면 곧 진짜 전쟁이 벌어질 거야. 그때 앞에 나서면 돼.'

레다도 스스로를 이렇게 달랬다.

Chapter 4

살금살금.

들고양이처럼 조용히 접근한 그라낙이 활시위에 화살을 걸었다. 하나의 시위에 걸린 화살이 무려 세 대였다.

퓨풋!

공기를 가르며 날아간 세 발의 화살이 스벤센 왕국 초병들의 목에 꽂혔다.

"컥!"

"큽!"

적 초병은 2명.

그나락이 쏜 화살 가운데 한 발은 초병의 목을 뚫고 뒷덜미로 빠져나왔다. 초병은 비명도 제대로 지르지 못하고 고꾸라졌다.

두 번째 화살은 동료 초병의 목에 정확히 명중했다. 이어서 세 번째 화살이 이 초병의 손등에 콱 틀어박혔다.

초병의 손에는 종이 하나 들려 있었는데, 이 종에 땅에 떨어져 요란한 소리를 내면 일을 망치는 셈이었다. 그래서 그라낙은 세 번째 화살로 초병의 손과 종 손잡이를 꿰뚫어 하나로 고정시켜 버렸다. 덕분에 종이 땅에 떨어지지 않았다.

목과 손에 화살이 박힌 초병이 털썩 무릎을 꿇었다. 그가 땅바닥에 쓰러지기 전에 뭄파르가 바람처럼 달려가 칼로 목줄을 끊어 주었다. 물론 종은 소리 나지 않게 조용히 빼놓았다.

그사이 그라낙은 초소를 지나 계곡 아래로 내려갔다. 게브 8호가 그 뒤를 바짝 쫓았다. 뭄파르도 칼을 옆구리에 차고 다시 움직였다.

우세르가 파충류를 통해 두 번째 초소의 위치를 알려 주었다. 이건 수풀 속에 은폐된 초소라 눈에 잘 띄지도 않았다. 하지만 스르륵 바닥을 기어 다니는 뱀의 감각까지 피할 수는 없었다.

우세르의 귀띔에 페피가 고주파 신호를 발산했다.

그라낙이 그 신호를 알아듣고 두 번째 초소로 접근했다.

마침 스벤센 왕국의 초병 한 명이 주변을 감시 중이었다. 이 초병은 은폐된 초소 안에 숨어서 눈만 내놓고 밖을 관찰했다.

'잘 걸렸다.'

그라낙은 초소로부터 60 미터 떨어진 나무 뒤까지 살금

살금 접근했다. 그다음 기습적으로 화살을 날렸다. 그것도 그냥 날린 것이 아니라 활시위를 잔뜩 꼬아 회전력을 먹여 쏘았다.

피휴우웅—

강한 회전력이 먹은 화살은 전방의 바위를 피해 곡선을 그리며 날아갔다. 땅에 낮게 깔려 날아간 화살이 감시 중이던 초병의 눈에 콱 틀어박혔다.

"아악!"

초병이 눈에 박힌 화살을 두 손으로 잡고 비명을 질렀다.

"뭐야?"

"활이다! 누가 활을 쐈어."

"적이 쳐들어왔다!"

초소 안에 잠복 중이던 동료 3명이 무기를 들고 뛰쳐나왔다.

그렇게 무방비로 뛰쳐나온 것이 실수였다. 적이 쳐들어왔으면 일단 비상종부터 울렸어야 했다. 은폐 초소에서 초병들이 뛰쳐나오기 무섭게 기다렸다는 듯이 화살이 날아왔다. 동시에 쏘아진 화살 세 대가 초병 3명의 목에 파바박 틀어박혔다.

"꾸륵!"

3명의 초병들은 약속이라도 한 듯 함께 고꾸라졌다.

게브 8호가 바람처럼 비탈을 내려가 초소로 뛰어들었다. 비탈을 따라 미끄러지는 중에 게브 8호의 손이 마물의 손처럼 기괴하게 변했다. 그 손에서 쏘아진 거무튀튀한 투창이 눈에 화살을 맞은 초병의 머리통을 날렸다. 뒤이어 쏘아진 투창들이 나머지 초병들을 확인 사살했다. 게브 8호는 초소 안을 샅샅이 훑은 뒤 손짓을 했다. 이곳에 더 이상 생존자는 없다는 수신호였다.

그라낙이 다시 전진했다.

뭄파르가 그라낙의 오른쪽 후방을 맡았다.

게브 8호는 왼쪽에 자리를 잡았다.

풀문 소속의 세 전사는 빠른 속도로 초소들을 정리해 나갔다. 우세르가 풀어 놓은 뱀들이 그보다 한발 앞서 초소의 위치를 훑었다. 페피가 그 위치를 고주파로 전달하면 그라낙이 활을 쏘고 뭄파르와 게브 8호가 뒷정리를 했다.

덕분에 하라간은 적의 매복에 신경 쓸 필요가 없었다.

비탈길을 완전히 다 내려오자 동쪽 계곡을 가로막은 돌성 하나 보였다. 큰 돌을 쌓아서 만든 조그만 성채였다. 크기로 짐작건대 저 성채 안에 대략 200에서 300여 명의 스벤센 병사들이 주둔 중일 것 같았다.

이번엔 그라낙 대신 뭄파르와 게브 8호가 움직였다.

뭄파르가 땅에 엎드려 성채 오른쪽으로 슬며시 접근했

다.

게브 8호도 자세를 낮추고 성채 왼쪽을 노렸다.

그들이 성벽 50 미터 앞까지 접근하자 그라낙이 활을 들었다. 그라낙과 게브 8호가 서로 눈짓을 했다. 그라낙과 뭄파르도 시선을 나눴다. 셋은 속으로 숫자를 셌다.

'하나, 둘, 셋!'

셋이라는 숫자가 머릿속에 튀어나옴과 동시에 그라낙이 활시위를 놓았다.

퓨퓨퓻!

한 번에 쏘아진 화살 4대가 일직선으로 날아갔다. 돌성 서문 위에서 경비 중이던 병사 4명이 동시에 목을 잡고 쓰러졌다.

그와 동시에 뭄파르가 표범처럼 도약해서 오른쪽 성벽을 타 올랐다. 게브 8호는 변형된 마물의 팔로 왼쪽 성벽을 찍고 단숨에 성벽 위로 뛰어올랐다.

"적이닷!"

성벽 위에서 고함이 들렸다.

뎅뎅뎅뎅뎅!

깨질 듯이 종이 울렸다.

왼쪽 성벽 위로 점프해 올라온 게브 8호가 어느새 막레르로 변신했다. 2개의 방패로 몸 앞을 가리고, 무려 42개의 뾰족한 투창을 곤두세운 해구 1층 레벨의 특이종 마물 막레르가 거친 포효를 터뜨렸다. 막레르의 온몸에서 쏟아진 검은 투창들이 성벽 위로 뛰어 올라오는 거인족 병사들을 그대로 관통했다.

뭄파르도 제 몫을 다했다. 뭄파르가 결합한 에비스는 연해 3층 레벨의 마물이었다. 비록 막레르보다는 뒤처지지만, 에비스의 특기인 얼음 소용돌이는 대량 살상에 적합했다.

콰득! 콰드드드득!

푸른 돌개바람이 성벽 위에 나타나 거인족 병사들을 그대로 갈아 버렸다. 얼음 가루를 풀풀 내뿜는 소용돌이에 한 번 걸리면 몸이 꽝꽝 얼어붙어 피할 수도 없었다.

"아아악!"

온몸이 갈가리 찢겨 나가는 고통에 스벤센의 병사들이 비명을 질렀다.

뭄파르는 얼음 소용돌이를 3개 연달아 만들어 낸 다음, 그 사이로 뛰어들어 칼을 휘둘렀다. 운 좋게 얼음 소용돌이를 피했던 병사들이 뭄파르의 칼에 목이 베여 주저앉았다.

좌우 성벽에 적들의 시선이 쏠리는 사이, 페피가 도착했다. 페피가 나타나자 그라낙이 자리를 비켜 주었다. 페피는 돌성 성문을 향해 양손을 뻗었다.

스르르륵!

페피의 두 손이 길게 늘어나 여러 갈래로 갈라졌다. 그 갈래 하나하나가 뱀장어의 머리 모양으로 변했다.

12개의 머리가 달린 다즈케토!

페피의 마물이 드디어 그 모습을 드러냈다. 12개의 뱀장어 머리 사이에서 푸른 스파크가 튀었다. 전하가 번쩍번쩍 뛰놀았다.

그렇게 잔뜩 집약된 전하가 페피의 팔뚝까지 푸르게 물들였다.

Chapter 5

"뚫어랏!"

페피의 고함과 함께 응축되었던 전하가 일직선으로 쏘아졌다.

쭈웅!

50 미터의 거리를 단숨에 돌파한 전하의 다발은 단단한 나무 성문을 그대로 강타했다.

빠캉! 퍼퍼펑!

요란한 소리와 함께 두꺼운 나무 성문이 박살 났다. 성문 주변엔 시커멓게 그을음이 생겼다. 날아간 성문 사이로 전 갈을 닮은 대형 마물이 사사삭 파고들었다. 우세르가 결합한 마물 아이쉐아였다.

그라낙도 화살을 등에 메고 마물을 불러냈다.

그라낙의 마물은 센츄로포스!

그라낙의 팔다리는 어느새 빨판이 가득 달린 문어 다리처럼 변했다. 그 빨판에 매달린 악마의 얼굴들이 딱딱딱 이빨을 맞부딪쳤다.

우세르가 돌성 정문을 돌파할 즈음, 페피와 그라낙도 그 뒤를 따랐다.

"적이닷! 적이 쳐들어왔다."

성의 안쪽에서 굵은 고함이 터졌다.

스벤센의 병사들이 중무장을 하고 뛰쳐나왔다.

게브 8호가 그 사이로 뛰어들어 투창을 난사했다. 스벤센의 병사들의 몸에 마물 투창이 퍽퍽 꽂혔다.

"크헉!"

병사들이 투창을 두 손으로 꽉 잡고 피를 토했다. 일반 솔샤르라면 투창에 꿰뚫려 즉사했을 텐데, 거인족이라 그런지 생명이 질겼다. 스벤센 병사들은 막레르의 투창에 찔린 상태에서도 거칠게 저항했다. 거인들이 던진 두꺼운 도끼가 게브 8호에게 날아들었다.

게브 8호는 막레르의 투창을 방패로 전환해 도끼를 튕겨
냈다. 그 와중에도 막레르의 온몸에선 새로운 투창이 형성
되어 스르륵 그 모습을 드러내었다. 이렇듯 창과 방패를 자
유롭게 전환하는 것이 게브 8호의 특기였다. 일반 막레르
들은 이런 능력이 없었다.

　"여기도 있다."

　뭄파르가 성벽에서 뛰어내려 성안으로 진입했다. 뭄파르
가 손을 튕길 때마다 3미터 높이의 얼음 소용돌이가 형성
되어 지그재그로 움직였다. 거인족 병사들이 그 소용돌이
에 휘말려 피가 얼고 몸이 찢겼다.

　후방에서 치고 올라오던 거인족 병사들이 뭄파르를 향해
도끼를 던졌다.

　뭄파르는 표범처럼 빠르게 도끼를 피했다. 그러느라 얼
음 소용돌이의 소환이 다소 지연되었다.

　그때 우세르가 성안에 난입했다. 우세르의 마물 아이쉐
아는 30미터나 되는 거대한 몸뚱어리를 높이 들었다가 콰
앙! 내리찍었다. 단단한 집게발에 찍혀 거인족 병사 한 명
이 피투성이가 되었다. 전갈의 꼬리에 붙잡힌 병사는 하늘
높이 딸려 올라갔다가 몸이 둘로 찢겼다.

　"아아악!"

　후두둑 피의 비가 쏟아졌다.

그 와중에도 거인족 병사들이 계속 튀어나왔다. 집단으로 출현한 거인족 병사들을 향해 페피가 전하의 다발을 쏘았다.

쭈웅! 쩌저저적!

"크아악!"

"아악!"

전기 찜질을 당한 거인족 병사들이 단숨에 타 버려 재로 변했다. 페피는 그 상태에서 팔을 크게 휘둘렀다.

그러자 전하의 다발이 마치 전기 채찍처럼 변해서 사방을 후려쳤다. 시퍼렇게 불똥이 튀었다. 그 채찍에 스치면 벽돌도 시커멓게 탔다. 사람은 말할 것도 없었다.

그라낙은 빨판을 이용해 성벽을 타고 이동했다. 다리 100개가 달린 거대한 문어가 성벽에 달라붙어 이동하는 것처럼 스르륵!

그렇게 적들의 머리 위로 접근한 그라낙이 문어 다리를 뻗어 거인족 병사들의 목을 휘감았다.

"커억! 커허헉!"

목이 졸린 병사들이 발버둥을 쳤다. 그라낙의 문어 다리는 단지 목만 조르는 것이 아니었다. 다리에 박힌 빨판들로부터 악마의 아가리가 튀어나와 병사들의 피를 빨았다.

거인족 병사들이 던진 도끼는 그라낙의 문어 다리에 부

딪치자 어이없이 튕겨 나왔다. 그라낙의 문어 다리는 생고무 같았다.

풀문의 일방적인 공격은 적장의 등장과 함께 주춤했다. 이곳 돌성의 책임자는 240 센티미터의 거구에 수염을 배꼽까지 기른 노장이었다.

"이 잡놈들! 크허헝!"

성벽을 부수며 튀어나온 적장이 3 미터 크기의 핼버드를 풍차처럼 휘둘렀다. 핼버드에서 뿜어진 붉은 화염이 사방으로 튀었다.

적장의 마물은 그누크!

연해 3층 레벨의 이 마물은 용암 소환이 주특기다. 적장은 마물이 뿜어낸 뜨거운 용암을 무기에 실어 사방으로 뿌려 댔다.

불에 약한 센츄로포스가 성벽을 타고 스르륵 후퇴했다.

뭄파르가 만들어 낸 얼음 소용돌이도 용암에 맞아 사르륵 힘을 잃었다.

우세르의 마물 아이쉐아도 사사삭 뒷걸음질 쳤다.

아이쉐아는 연해 3층 레벨의 마물.

에비스도 연해 3층.

이 둘이 힘을 합치면 그누크를 거뜬히 이겨야 옳았다. 게다가 센츄로포스는 그누크보다 한 단계 위인 해구 1층 레벨의 귀족 마물이었다.

그런데도 그라낙과 뭄파르, 우세르는 적장의 공격을 피해 한발 물러섰다.

적장이 단순히 마물에 의존해서 싸우는 평범한 솔샤르였다면 그라낙과 뭄파르, 우세르가 상대 못 할 리 없었다.

그런데 적장은 단순한 솔샤르가 아니었다. 그는 평생 전쟁터를 전전하며 토레 왕국의 수인족들과 수천 번의 전투를 경험한 백전노장이었다. 적장의 무술 실력은 남부 연합의 어지간한 기사단장과 싸워도 뒤지지 않을 만큼 대단했다. 적장이 휘두르는 핼버드로부터 섬뜩한 빛이 터졌다. 그 위에 용암이 한 겹 입혀져서 공격을 하니 우세르 등이 후퇴할 수밖에 없었다.

"비켜라."

페피가 나섰다.

페피의 손에서 방출된 전하의 다발이 오른쪽부터 왼쪽으로 공간을 쫘아악 휩쓸었다. 이 전하의 채찍에 스치는 것은 무엇이든 다 소멸했다. 벽돌이 시커멓게 타 버리고, 병사들이 비명을 지르며 나뒹굴었다.

시퍼런 전하의 채찍이 날아오자 적장이 핼버드를 높이 치켜들었다.

콰창!

적장이 내리찍은 핼버드가 전하의 채찍과 정면으로 부딪쳤다. 시퍼런 불똥이 사방으로 튀었다. 시뻘건 용암이 불의 비가 되어 후두둑 떨어졌다.

"크윽!"

적장이 두어 발 후퇴했다. 적장의 온몸에선 푸른 스파크가 번쩍번쩍 뛰놀았다. 적장의 수염을 타고 핏물이 왈칵 쏟아졌다.

그가 아무리 백전노장이라고 하지만, 페피의 공격을 막기엔 역부족이었다. 페피의 마물 다즈케토는 무려 해구 2층 레벨이었다.

그때를 기다렸다는 듯이 게브 8호가 뛰어들었다. 공격에 특화된 특이종 막레르가 40개의 투창을 동시에 쏘았다.

고슴도치가 가시를 잔뜩 곤두세웠다가 한꺼번에 쏘아 내는 것처럼 투확! 투확! 투화확!

"이이익!"

적장이 핼버드를 풍차처럼 돌려 방어막을 만들었다. 시뻘건 용암이 방어막 위로 한 겹 입혀져 방어력을 더했다.

막레르의 투창이 용암의 벽을 관통했다. 그다음 핼버드마저 뚫고 들어가 적장의 몸을 찔렀다.

이건 평범한 창이 아니었다. 마물 투창이었다. 적장의 몸에 박힌 투창은 스스로 아가리를 쩍 벌린 다음, 적장의 살

속으로 파고들어 근육을 물어뜯고 피를 빨았다.

"크악! 크아악!"

적장이 악을 썼다.

"안 돼!"

"대장님!"

스벤센의 병사들이 상관을 도우려 애썼다.

그 전에 그라낙이 스르륵 움직여 문어 다리로 적 병사들의 목을 졸랐다. 우세르의 아이쉐아도 적 병사들을 집게로 붙잡아 북북 살을 찢었다.

페피가 오른팔에 전하를 잔뜩 모았다가 다시 적장에게 쏘았다.

쭈웅!

일직선으로 날아간 푸른빛의 다발이 적장의 가슴을 지졌다.

"크악!"

Chapter 6

핼버드를 지팡이 삼아 버티던 적장이 크게 휘청거렸다. 그 상태에서 게브 8호 날린 투창이 적장의 온몸에 틀어박혔다.

"커헉!"

적장의 눈에서 피눈물이 흘렀다. 그의 수염은 어느새 시뻘건 피로 물들었다.

적장은 그 지경이 되고도 무릎을 꿇지 않았다. 그는 무시무시한 고리눈을 뜨고 페피를 노려보았다.

"크흐윽! 이놈들! 한 발자국도 더 가지 못한다. 내가 여기를 지키고 있는 한, 아무도 지나갈 수 없다."

적장이 이를 으드득 갈았다.

퍼퍼퍽!

게브 8호가 날린 투창이 추가로 날아와 적장의 몸에 꽂혔다. 마물 투창들이 적장의 살 속으로 파고들어 내장을 파먹고 혈관을 헤집어 놓았다.

그런데도 적장은 주저앉지 않았다.

"허어!"

그 지독한 정신력에 페피가 옷깃을 바로 여몄다. 페피는 뛰어난 장수에 대한 예우를 아는 사람이었다.

물론 그렇다고 적장을 살려 줄 수는 없었다.

"갈 길이 먼데 이만합시다. 더 이상 고통을 받지 말고 편히 눈을 감으시오."

페피의 오른손이 적장을 가리켰다. 페피의 팔은 어느새

어깨까지 푸르스름하게 물들어 있었다. 강하게 집약된 전하가 한순간 쭈욱 날아가 적장의 가슴팍을 후려쳤다.

적장은 이미 몸 내부로부터 근육이 무너진 상태였다. 뼈도 많이 으스러져 페피의 공격을 피할 엄두도 내지 못했다.

"크왁!"

그가 할 수 있는 일이라고는 그저 온몸으로 페피의 공격을 받아 내고 찢어져라 비명을 지르는 것뿐이었다.

적장의 가슴이 등 뒤까지 뻥 뚫렸다. 뚫린 구멍 틈새로 살이 타들어 가는 모습이 엿보였다.

놀랍게도 적장은 그 상태에서도 무너지지 않았다. 두 팔로 핼버드를 꽉 붙잡고 후들거리는 다리를 애써 버티며 굳건하게 페피의 앞을 가로막았다.

"이런 지독한!"

페피가 침을 삼켰다.

게브 8호도 더는 공격하지 못했다. 적장에 대한 경외감 때문이었다.

그때였다.

"너무 무르군."

뒤에서 비난하는 소리가 들렸다.

"하라간 님!"

페피가 황급히 무릎을 꿇었다.

"하라간 님!"

게브 8호도 마물과 결합을 풀고 한쪽 무릎을 꿇었다.

우세르와 그라낙, 뭄파르도 마찬가지였다.

하라간이 여러 여인들과 함께 성문 안으로 들어왔다. 하라간은 바람이 부는 것처럼 여유롭게 발걸음을 놀렸다.

"하! 라! 간!"

가슴이 뻥 뚫린 상태에서 적장이 쥐어짜듯 외쳤다. 적장도 하라간의 이름은 들어서 알고 있었다.

하라간은 공간 이동이라도 한 듯 어느새 적장 앞에 다가섰다.

적장이 가물거리는 눈을 억지로 떠서 하라간을 노려보았다.

"네가 하라간?"

하라간은 입으로 대답하지 않았다. 눈에 보이지 않는 속도로 뽑힌 하라간의 검이 적장의 머리를 오른쪽 귀부터 시작해서 왼쪽 귀까지 수평으로 잘랐다.

썽둥!

적장은 질문을 던지는 도중에 머리가 반으로 잘려 죽었다. 하라간이 적장을 툭 밀자 머리 위쪽 뚜껑이 바닥에 툭 떨어졌다. 이어서 적장의 몸뚱어리가 반으로 접히며 주저앉았다. 마치 하라간을 향해 무릎이라도 꿇는 것처럼 털썩!

"안 돼!"

"아아악!"

스벤센의 병사들이 악을 썼다.

"귀가 아프군."

하라간이 귀찮다는 듯이 팔을 휘둘렀다.

후웅—

성안에 바람이 불었다. 그 바람의 결 하나하나가 날카로운 검이 되었다. 사방에서 치열하게 저항을 하던 스벤센의 병사 수십 명이 동시에 머리 절반이 잘려 투두둑 쓰러졌다.

하라간이 휘두른 검은 그 누구의 눈에도 보이지 않았다. 공간도 뛰어넘었다. 하라간과 가까이 있던 병사도, 하라간과 비교적 멀리 떨어져 있던 병사도, 그 중간에 머무르던 병사도, 모두 동시에 죽었다. 그것도 스벤센 병사들만 죽었다. 병사와 병사 사이에 서 있던 뭄파르는 멀쩡했다. 우세르와 그라낙도 다치지 않았다. 죽음의 사신은 오직 스벤센 병사들에게만 내려앉았다.

돌성 안에 잠시 정적이 흘렀다.

'으으으!'

카티가 두 눈을 부릅떴다.

실보플레는 조금 전 무슨 일이 벌어졌는지 파악이 되지 않아 눈만 껌뻑거렸다.

'큽!'

아이다도 소스라치게 놀랐다.

"페피."

하라간이 페피를 불렀다.

페피는 사사롭게는 하라간의 외삼촌이지만, 지금은 군주와 신하의 관계였다. 페피가 즉시 머리를 숙였다.

"신 페피! 여기 있습니다."

"물러 터지게 적장에게 감탄할 때가 아니야. 서둘러 이곳을 정리하고 마법진을 설치해야 해."

"넵! 죄송합니다."

페피가 땅바닥에 이마를 찧었다.

하라간이 아이다에게 턱짓을 했다.

"시작해."

"네?"

멍하게 있던 아이다가 정신을 퍼뜩 차렸다.

하라간이 핀잔을 주었다.

"뭐해. 어서 시작하라니까."

"네넷."

아이다가 서둘러 마법진 설치를 준비했다.

Chapter 7

하라간은 카티와 실보플레에게도 손짓을 했다.

"너희들은 아이다를 도와라."

"뭘 도우라는…… 꺄악!"

실보플레가 되묻다 말고 비명을 질렀다. 멀리 떨어져 있던 하라간이 어느새 카티 스승님의 앞에 나타나 카티의 목에 검날을 들이밀었다. 날이 살갗 안으로 살짝 파고들어 카티의 목에서 핏물이 흘렀다.

"질문할 시간에 아이다를 도와. 그게 싫으면 네 스승이 죽는 꼴을 보던가."

"아, 안 돼요. 그러지 마세요. 제가 도울게요. 제가 뭘 하면 되죠?"

실보플레가 허겁지겁 아이다에게 달려갔다.

하라간은 카티를 바라보았다.

카티도 하라간을 노려보았다.

둘의 시선이 허공에서 부딪쳤다. 물론 1초도 되지 않아 카티가 눈을 피했다. 무슨 이유인지 모르겠지만 카티는 감히 하라간의 눈을 쳐다볼 엄두가 나지 않았다. 그녀의 손이 바르르 떨렸다.

하라간이 속삭였다.

"너도 가서 도와."

"왜 내가…….."

"눈앞에서 제자의 죽음을 보기 싫으면 가서 도와."

"큭!"

결국 카티도 아이다를 도울 수밖에 없었다.

3명의 뛰어난 마법사들이 돌성 바로 옆에 대규모 공간 이동 포탈을 설치하는 동안, 하라간은 성벽에 올라 계곡 아래를 굽어보았다.

좁은 벼랑을 따라 설치된 구불구불한 도로가 눈에 들어왔다. 여기는 정말 천연의 요새였다. 이곳 돌성에 진을 설치하고 농성에 들어가면 많은 대군도 거뜬히 물리칠 수 있을 것 같았다.

물론 하라간의 진짜 목적은 농성이 아니었다.

"성문을 걸어 잠그고 농성만 해서는 큰 걸 얻을 수 없지. 여기서 대어를 낚아야 해. 그 대어를 잡아먹고 우리 군나르 왕국이 훨훨 날아올라야지."

성벽 위에 서서 한가롭게 뒷짐을 지고 바람을 맞는 하라간의 모습은 섬뜩할 정도로 요염했다. 성벽에 어둑하게 땅거미가 깔렸다.

늦은 밤, 아이다의 이마에서 구슬땀이 흘렀다. 아이다는 캄캄한 밤에도 횃불을 켜 놓고 마법진 설치에 전념했다.

아이다를 곁눈질하는 카티의 눈이 곤혹스럽게 물들었다.

'이 여자, 대체 정체가 뭐지? 군나르 왕국에 이런 뛰어난 마법사가 있었나? 나이도 어려 보이는데.'

아이다의 실력은 타워의 현자 카티가 기함할 정도로 뛰어났다. 아이다가 거의 혼자서 마법진의 뼈대를 잡았다. 진과 진 사이 마나 증폭이나 연결도 도맡았다.

카티와 실보플레는 아이다가 시키는 것만 따랐다. 처음에 카티는 이것이 무슨 마법진인지 알지 못했다. 그러다 차츰 마법진의 윤곽이 드러났다.

'헉! 공간 이동 포탈이다! 그것도 일반 포탈이 아니야. 대규모 병력 이동이 가능한 군단급 포탈이야! 군나르 왕국이 대체 여기서 무얼 하려는 게지?'

카티는 정신이 쏙 빠질 것 같았다.

실보플레는 카티보다도 더 일찍 이 마법진의 정체를 눈치챘다. 공간 마법에 관해서라면 실보플레는 토브욘 왕국 최고라고 해도 과언이 아니었다. 스승인 카티보다도 오히려 그녀가 더 뛰어났다.

게다가 실보플레는 순진했다.

"어라? 여기가 좀 이상한데?"

마법진 설치 도중 실보플레가 고개를 갸웃했다.

아이다가 실보플레를 매섭게 째려보았다.

"이상하긴 뭐가 이상해? 네가 뭘 안다고?"

"아니, 여기가 좀 이상하잖아요. 여기 2번 진으로 마나 플로우를 그냥 연결하면 될 것을, 굳이 이렇게 우회하면서 에너지를 낭비할 필요가 뭐 있어요?"

실보플레는 땅에 그려진 마법진을 구체적으로 지적했다.

처음에 아이다는 실보플레의 말을 들으려고도 하지 않았다.

"닥쳐! 넌 그냥 내가 시키는 대로 해."

이것이 아이다의 반응이었다.

하지만 실보플레가 계속 지적을 하자 자신도 모르게 마법진의 마나 플로우 연결을 다시 점검해 보았다. 그러곤 깜짝 놀랐다.

"너, 너, 천재잖아!"

상대방의 실력을 인정할 줄 안다는 것이 아이다의 장점이었다.

천재라는 말에 실보플레가 배시시 웃었다.

"헤헤, 제가 그런 소리를 좀 듣죠."

"와아! 너 같은 천재가 어디서 갑자기 나타났데? 2번 진으로 마나 플로우를 바로 연결하란 말이지? 그럼 여기 이쪽 마나도 4번 진으로 바로 연결해도 되려나?"

아이다가 마법진 저쪽 구석을 가리켰다.

실보플레가 고개를 가로저었다.

"아니죠. 거긴 안 되죠."

"왜?"

"거긴 8번 진에서 오는 마나도 함께 처리해 줘야 하는 복합 터미널이잖아요. 거길 직렬로 연결하면 진법 가동 중에 마나 역류가 일어날 위험이 있어요."

"아아, 그렇겠구나! 그런데 너 누구야? 이름이 뭐야?"

아이다는 그제야 실보플레의 이름을 물어보았다.

"전 실보플레라고 해요."

"그래? 난 아이다야."

아이다가 실보플레에게 손을 내밀었다.

"헤헤! 반가워요."

실보플레는 멋쩍게 웃으며 악수했다.

아이다가 힘차게 손을 위아래로 흔들었다.

"나도 반가워. 솔직히 군나르 왕국엔 말이 통하는 사람이 없었거든. 다들 마법에 대해서 잘 모르니 대화를 할 사람이 있어야지."

아이다는 실보플레를 군나르 왕국이 비밀리에 키워 낸 마법사로 생각했다.

실보플레도 아이다를 군나르 왕국의 비밀 마법사로 오해

했다.

"그죠? 저도 그렇게 생각해요. 그런데 여기에 언니 같은 뛰어난 마법사가 있을 줄은 몰랐네요."

"나? 나야 뭐, 저기 저 사람…… 아니, 저분 땜에 발목이 잡혔지."

아이다가 성벽 위의 하라간을 턱으로 가리켰다.

실보플레는 발목이 잡혔다는 아이다의 말을 또 오해했다.

'아! 이 언니가 하라간 님께 반해서 곁을 떠나지 못하는가 보구나!'

아이다가 물었다.

"그러는 너는?"

"아아! 경우는 좀 다르겠지만 저도 저분 때문에 발목에 족쇄가 채워졌죠."

실보플레가 처연하게 중얼거렸다. 그녀가 말한 족쇄란 바로 '타이밍 독'이었다.

그런데 이번엔 아이다가 실보플레의 말을 곡해했다.

'족쇄? 이 어린 녀석이 설마 하라간에게 빠졌나? 이거, 이거! 이 소녀에게 장차 내가 작은어머니라고 불러야 하는 것은 아니겠지?'

하라간은 조만간 잉그리드를 아내로 맞을 것이라고 공표했다. 그럼 아이다는 하라간을 부친으로 섬겨야 한다. 하라간이 거둔 여자들에게도 모두 어머니라고 불러야 한다.

그런데 눈앞의 이 꼬마 소녀가 하라간의 후처가 된다면?

그럼 이 꼬마도 아이다의 작은어머니가 되는 셈이다.

"에이 설마! 그건 아니지."

아이다가 피식 웃었다.

"네? 뭐가요?"

실보플레가 반문했다.

아이다는 재빨리 손사래를 쳤다.

"아니. 아무것도 아니야. 오호호호호! 아무것도 아니라고."

말은 이렇게 했지만 아이다는 가슴이 철렁했다.

'아니야. 아니야. 이거 의외로 가능성이 커. 요 꼬맹이는 아주 뛰어난 마법사야. 그러니까 저 욕심꾸러기 하라간이 이런 재목을 곁에서 떠나보낼 리 없어. 자신의 미끈한 외모로 꾀어서 꼬맹이를 곁에 둘 것이 틀림없다고. 말 그대로 미남계로 요 꼬맹이에게 족쇄를 채우는 거지.'

생각할수록 이 의견이 그럴듯했다. 아이다는 실보플레를 빤히 바라보았다.

'그럼 뭐야? 요 꼬맹이가 내 작은어머니가 되는 셈이잖아! 아아아! 젠장! 젠장! 게다가 요 꼬맹이는 제법 많이 귀엽다고. 비록 잉그리드 님처럼 성숙한 미모는 아니지만 남자들이 좋아할 타입이란 말이야. 우와아아악! 젠장!'

아이다는 신경질적으로 자신의 머리카락을 긁었다.

그 모습을 보면서 실보플레는 고개를 갸웃했다.

'이 언니가 왜 이러지?'

실보플레는 아이다가 참 변덕스러운 성격이라고 생각했다.

한편 카티는 실보플레 때문에 어이가 없었다.

'쟤 좀 봐라? 군나르 왕국의 여마법사와 어느새 저렇게 친해졌담? 하아아! 실보플레야, 적국의 포로가 된 이런 상황에서도 천진난만함을 잃지 않는 것은 좋지만, 그래도 이건 너무 빠르잖니. 이렇게 빨리 적과 친해져 버리면 이 스승은 어느 장단에 춤을 추란 말이냐? 하아아!'

카티는 절레절레 머리를 저었다.

Chapter 8

아이다와 실보플레가 본격적으로 머리를 맞대자 진도가 척척 나갔다. 카티도 긴 한숨과 함께 제자를 돕기 시작했다. 수동적이던 카티까지 힘을 합치자 대규모 공간 이동 포탈이 서서히 그 모습을 갖추어 나갔다.

아이다는 마법진 설치를 통해 실보플레에게 많은 것을 배웠다.

'이 꼬맹이는 정말 뛰어나구나! 세상에, 이렇게 뛰어난 천재가 있다니!'

아이다는 갑자기 군나르 왕국이 무서워졌다.

군나르 왕국의 후계자인 하라간은 키르샤이신 잉그리드 님을 단숨에 굴복시킨 절대자였다. 아이다는 하라간이 도대체 얼마나 강한지 짐작도 하지 못했다.

왕국의 군주인 군나르도 당연히 무시 못 할 강자였다.

키르샤인 잉그리드도 결국 하라간과 결혼을 하면 반쯤은 군나르 왕국 사람이나 마찬가지였다. 아니, 잉그리드의 성향으로 보건대 룬드 왕국보다 군나르 왕국을 더 챙길 것이 뻔했다.

'이렇게 3명만 있어도 머리가 아찔한데, 군나르 왕국은 거기에 더해서 마법 능력까지 급속도로 발전했나 봐. 이 2명만 보아도 군나르 왕국의 마법 수준을 다시 평가해야 해.'

아이다는 경계심 가득한 눈빛으로 카티와 실보플레를 곁눈질했다.

카티와 실보플레도 깜짝 놀라기는 마찬가지였다.

'이 여자, 대체 뭐지?'

카티는 아이다의 마법에 놀라서 가슴이 다 떨렸다. 특히 마법진의 축을 이루는 몇몇 아이템들은 카티가 전혀 생각지도 못했던 놀라운 기능을 갖추었다.

'어떻게 이런 마법 아이템을 만들었을까? 군나르 왕국이 그동안 세상을 속였구나! 이런 뛰어난 마법사를 보유했으면서 세상을 속였어!'

그 와중에 카티는 아이다의 마법진이 룬드 왕국의 것과 비슷하다는 생각을 했다.

'룬드의 마법사가 군나르 왕국 전쟁에 끼어들 리는 없고, 군나르에서 룬드 왕국의 마법을 훔쳐 배웠나?'

카티도 경계심 가득한 마음으로 아이다를 훔쳐보았다.

실보플레는 좀 더 직접적으로 아이다를 칭찬했다.

"와아! 대체 이런 아이템은 어떻게 만들었어요? 와아아! 저는 미처 생각지도 못한 방식이에요. 언니는 정말 천재네요. 천재!"

실보플레의 솔직한 접근이 아이다의 경계심을 자극했다.

'이 꼬맹이가 왜 이러지? 자기가 더 뛰어난 천재면서 나를 치켜세우는 이유가 뭐야? 도대체 무슨 꿍꿍이냐고.'

두려움이 생긴 아이다는 입을 꾹 다물고 마법진 마무리에 최선을 다했다.

아이다가 배낭에서 새로운 아이템을 계속 꺼내서 빠르게 진을 설치하자 카티도 한층 속도를 높였다. 저 신기한 마법 아이템들을 파악하려면 속도를 맞출 수밖에 없었다.

현자 카티가 본 실력을 발휘하자 아이다가 한층 더 기겁했다.

'뭐야? 이 나이 든 마법사가 그동안 실력을 숨기고 있었잖아? 으으으! 이 정도면 거의 대마법사 수준을 뛰어넘는데? 이제 봤더니 군나르 왕국은 아주 속이 시커먼 구렁이 소굴이었구나!'

아이다는 입술을 꼭 깨물었다.

그렇게 서로 경쟁하고 경계하는 사이, 공간 이동 포탈의 설치가 거의 마무리 단계에 접어들었다.

꽈과광!

그때 폭음이 터졌다. 돌성 남쪽에서 뿌연 먼지와 함께 커다란 나무가 날아왔다. 뿌리째 뽑혀서 날아온 아름드리나무는 단숨에 성벽을 허물어뜨렸다.

돌성 남쪽에서 단단한 껍질로 무장한 포르키스들이 우르르 달려들었다. 캄캄한 밤중이지만 포르키스의 등장은 눈에 확 띄었다.

"적의 공격이다."

그라낙이 경고와 함께 화살을 날렸다.

투투툭!

매섭게 날아간 화살은 포르키스의 단단한 껍질을 뚫지 못하고 힘없이 튕겨 나갔다.

바로 뒤이어 게브 8호가 성벽 아래로 뛰어내렸다. 성벽

위에서 점프할 때는 분명 사람이었는데, 성벽 아래 바닥에
착지할 때의 게브 8호는 어느새 막레르로 변해 있었다.

쾨르르르!

막레르의 온몸에 고슴도치처럼 투창이 솟구쳤다. 무려
44개나 되는 투창은 강한 회전과 함께 날아가 포르키스의
껍질을 꿰뚫었다.

바로 뒤이어 숲 옆에서 30미터 길이의 거대한 전갈이
솟구쳤다. 열두 쌍의 다리를 가진 전갈은 포르키스들을 붙
잡아 그대로 찢어 버렸다.

전갈형 마물 아이쉐아의 등장!

게다가 아이쉐아는 한 마리가 아니었다. 좌우 양쪽에서
두 마리의 아이쉐아가 나타나 스벤센 왕국의 포르키스들을
난도질했다.

친위대 소속 우세르와 테티가 마물로 변신해 적의 허리
를 끊은 것이다.

전면엔 해구 1층 레벨의 막레르!

좌우엔 연해 3층 레벨의 아이쉐아!

"안 돼! 후퇴! 후퇴!"

스벤센 병력은 황급히 후퇴했다.

그러자 기다렸다는 듯이 후방 공격이 시작되었다. 외궁
8호가 포르키스 사이에 모습을 드러내더니 하나뿐인 왼손

을 앞으로 뻗었다.

외궁 8호가 결합한 마물은 환각의 추일리아!

엄밀하게 말해서 외궁 8호는 일리아와 결합했다. 그런데 칼리프의 실험을 통해 추일리아로 한 단계 진화한 것이다.

지금 그 진화의 효과가 진가를 드러내었다. 외궁 8호의 손바닥과 팔목, 팔뚝, 어깨에 수십 개의 마물 눈이 돋아났다. 눈들은 껌뻑껌뻑 눈꺼풀을 열었다. 순간적으로 외궁 8호의 왼손이 하얀빛을 발산했다.

"어……."

흰빛에 노출된 스벤센의 솔샤르들이 행동을 뚝 정지했다.

반면 우세르와 테티, 게브 8호는 추일리아의 빛에 영향을 받지 않았다. 멍하게 멈춰 버린 포르키스의 등 뒤에 거대한 전갈형 마물 아이쉐아가 접근했다. 두 마리 아이쉐아는 날카로운 집게발로 포르키스의 머리를 똑똑 따 버렸다.

그렇게 머리가 잘리는 중에도 포르키스들은 꼼짝도 하지 않았다. 무슨 환각을 보았는지 다들 멍하게 서 있기만 했다.

덕분에 아이쉐아는 농부가 밀을 수확하는 것처럼 손쉽게 적들을 정리했다.

하라간은 성벽 위에서 그 모습을 굽어보았다.

제5화
피의 수레바퀴

Chapter 1

"저 포르키스는 계곡 아래에 분산 배치되었던 적 초병들입니다. 돌성이 점령당한 것을 깨닫고 함께 덤벼들어 성을 탈환하려는 것 같습니다."

라티파가 하라간에게 보고했다.

하라간이 되물었다.

"초병들이 행동에 나섰다는 것은, 다시 말해서 스벤센 왕국에 이곳 돌성의 함락 소식이 전해졌다는 뜻이겠지?"

"그렇습니다. 적들도 바보가 아닌 이상 이곳에서 벌어진 일을 파악 못 했을 리 없습니다."

하라간이 눈을 들어 저 먼 서쪽을 바라보았다.

"그럼 지금쯤 행동이 시작되었겠네? 이곳을 탈환하기 위해 병력 편성이 시작되었을 거야."

"말씀하신 대로입니다. 지금쯤 병력 편성이 되었고, 일부 병력은 이곳을 향해 달려오는 중일 것입니다."

"좋아! 그럼 2단계에 돌입한다."

하라간이 새로운 명을 내렸다.

모래바람 2단계!

하라간의 입에서 작전 2단계가 언급되었다.

라티파가 고개를 푹 숙여 대답했다.

"넷! 곧바로 2단계에 돌입하겠습니다."

2단계의 시작 전에 할 일이 있었다. 바로 공간 이동 포탈의 가동이었다. 하라간이 성벽 아래를 내려다보며 물었다.

"설치는 다 끝났겠지?"

아이다는 손등으로 이마의 땀을 훔치며 하라간을 올려다보았다.

"휴우우, 준비 끝났습니다."

"좋아. 가동해."

하라간의 말이 떨어지기 무섭게 아이다가 완드를 들어 마법진에 마나를 불어 넣었다. 아이다가 눈짓을 보내자 카티와 실보플레도 각자의 완드를 들어 마법진에 마나를 공급했다. 특히 카티의 방대한 마나가 주입되자 마법진에 빠르게 불이 들어왔다. 푸른 기운으로 가득 찬 마법진은 이내 영롱한 빛줄기를 쏘아 올렸다.

밤하늘에 맺힌 빛줄기가 불꽃놀이를 하는 것처럼 퍼엉! 터졌다. 그렇게 나뉜 빛이 다시 곡선을 그리며 지상으로 떨어져 마법진 외곽을 때렸다.

후오오옹!

눈부신 광채가 마법진 전체를 채웠다.

"우와아!"

사람들이 흠칫 놀라 한 걸음 뒤로 물러섰다.

마법진에서 솟구친 푸른빛이 허공에 지름 50 미터에 달하는 둥근 테두리를 만들었다. 그 테두리 안에 채워진 하늘색 빛이 바람을 받은 호수 표면처럼 뒤채였다.

화악!

한순간 하늘색 빛이 폭발했다. 이어서 포탈의 푸른 테두리가 빙글빙글 회전하기 시작했다.

"좌표 설정 이상 없음!"

아이다가 입을 열었다.

카티가 그 말을 받았다.

"마나 공급 이상 없음!"

실보플레가 마무리를 지었다.

"공간 이동 포탈 작동 개시!"

후와아아앙!

강렬한 빛과 함께 포탈이 열렸다. 이건 사람 한두 명을 위한 소규모 포탈이 아니었다. 군대의 이동이 가능한 대규모 포탈이었다.

하라간이 상인들에게 손짓을 했다.

"저 포탈을 타고 귀국해. 다들 수고했어. 내 그대들의 충성심을 기억하지."

상인들이 겁을 냈다.

"저기 저, 공자님. 저희가 포탈에 들어가도 괜찮은 것입니까?"

"저희 같은 상인들은 포탈을 이용해 본 적이 없어 겁이 납니다."

하라간이 눈을 가늘게 좁히고 고개를 비스듬히 기울였다.

"그래? 그럼 귀국하지 않을 건가? 이곳에서 곧 전쟁이 벌어질 텐데 그냥 여기 남겠다고? 좋아. 그럼 포탈을 다시 닫지."

그 말이 떨어지기 무섭게 늙은 상인이 손사래를 쳤다.

"어이쿠! 아닙니다."

다른 상인들도 펄쩍 뛰었다.

"아닙니다. 들어가겠습니다. 포탈로 들어가 귀국하겠습

니다."

"공자님, 고맙습니다. 공자님께서 배려해 주신 덕분에 저희가 무사히 군나르 왕국으로 돌아갈 수 있을 것입니다."

상인들은 봇짐을 등에 멘 다음, 두 눈 질끈 감고 포탈로 뛰어들었다.

"이익!"

"같이 갑시다. 같이 가요."

한 사람이 앞장서자 다들 앞다투어 포탈에 진입했다.

몇 초 후 아이다가 고개를 끄덕였다.

"공간 이동에 이상 없습니다. 10명 모두 무사히 설정된 좌표로 이동했습니다."

어떤 면에서 보면 상인들은 포탈의 이상 유무를 점검하기 위한 실험용이었다. 하라간이 쾌재를 불렀다.

"좋아. 포탈을 계속 유지시켜. 곧 아군 병력이 넘어올 거야."

잠시 시간이 흐르자 포탈 속에서 척척척! 군화 소리가 울렸다. 발걸음을 맞춰 전진하는 군화 소리는 이윽고 하늘색 포탈을 뚫고 현 공간으로 이어졌다.

50열로 발맞추어 전진! 또 전진!

공간 이동 포탈을 통해 군나르 왕국 북부 군단의 정예병들이 끝없이 쏟아져 나왔다. 창과 방패로 무장하고, 온몸에 검은 갑옷을 입은 병사들이었다.

병사들 사이로 말을 탄 장수들도 속속 등장했다. 깃발을 든 기수도 모습을 보였다. 군나르 왕국 북부군이 자랑하는 전승기가 스벤센 왕국 산악 지대의 밤바람을 맞아 힘차게 펄럭였다.

"아아아!"

밀물처럼 쏟아져 들어오는 군 병력을 보면서 카티가 입을 딱 벌렸다.

카티는 대규모 포탈을 설치할 때부터 이런 일이 벌어질 거라고 예상했다. 하지만 이 정도로 많은 병력이 공간 저편에서 대기 중일 줄은 몰랐다. 군나르의 정예병들은 어느새 10,000명을 넘어 20,000명에 육박했다. 그런데도 공간 이동은 끝없이 계속되었다.

"군나르 왕국이 아주 작정을 했구나!"

카티가 탄식했다.

"흡!"

실보플레도 너무나 놀라 손으로 자신의 입을 틀어막았다. 그렇지 않으면 비명을 지를 것 같았다.

30,000명, 40,000명…….

병력이 돌성을 가득 채우고도 넘쳐 계곡 아래까지 계속

퍼져 나갔다.

마침내 병력 후방부에서 하얀 말을 탄 사내가 등장했다.
수염이 덥수룩하게 자란 거구의 노인이었다. 말 위에 앉아
있어 노인의 키를 정확히 알 수는 없었지만 대략 2미터는
됨 직했다. 게다가 투구 사이로 비치는 노인의 얼굴에 흉터
가 가득해 노인이 살아온 세월이 어떠했는지를 웅변해 주
었다.

"북부 군단장 온바!"

페피가 노인의 정체를 알아보았다.

저 토브욘 왕국의 침공에 맞서 군나르 왕국의 북부를 온
전히 책임져 온 무시무시한 사내가 공간 이동 포탈을 통해
이곳 스벤센 왕국에 그 모습을 드러내었다.

"신 온바, 하라간 님을 뵈옵니다."

온바가 백마에서 내려 하라간 앞에 무릎을 꿇었다.

"잘 왔다, 온바."

하라간은 짧은 인사로 온바를 맞았다.

그사이에도 병력이 계속 진입했다.

60,000명, 70,000명……

어느새 병력의 복장이 바뀌었다. 깃발도 달라졌다. 이들
은 군나르 북부군이 아니었다. 수도를 지키는 중앙군 소속
병사들이었다. 중앙군의 지휘관들도 말을 타고 속속 등장

했다.

카티가 입을 쩍 벌렸다.

"이게 대체 몇 명이야?"

병사들의 수가 너무 많아 카티는 가늠도 할 수 없었다.

Chapter 2

그렇게 끝없이 계속될 것 같았던 병력의 이동이 마침내 종결되었다.

무려 팔만 대군!

돌성 아래 저 깊숙한 계곡 밑바닥까지 가득 채운 군나르 병사들은 창을 곧추세우고 방패를 바짝 당겨 들었다.

처처척!

병사들이 내뿜는 군기가 차돌처럼 단단하게 뭉쳐 멀리까지 전달되었다. 하라간이 흡족한 미소를 띠었다.

"온바, 부탁한다."

드디어 명이 떨어졌다.

"신 온바, 목숨을 다해 받들겠나이다."

온바가 주먹으로 가슴을 힘차게 두드린 다음, 다시 말에 올라타 머리에 투구를 썼다. 뿔이 2개 달린 흉포한 모습의 투구였다.

"이랴!"

온바가 말고삐를 잡아챘다.

놀랍게도 온바의 백마는 가파른 산속에서도 평지처럼 움직였다.

군나르의 병력 상당수가 온바를 쫓아 계곡 아래로 내려갔다. 그들이 우르르 밀려가는 모습이 마치 홍수가 났을 때 검은 격류가 산골짜기를 타고 흘러넘치는 것 같았다. 하라간의 곁에는 전체 병력의 4분의 1인 20,000명의 병사만 남았다.

"이제 본격적으로 모래바람이 불 차례군."

하라간이 나직이 뇌까렸다. 하라간의 머릿속에는 사막의 뜨거운 모래바람이 스벤센 산악 지대를 온통 뒤덮는 그림이 그려졌다.

멀리서 시뻘겋게 동이 터 왔다.

"페피."

하라간이 검지와 중지를 붙여 까딱였다.

페피가 발목을 척 붙이고 대답했다.

"넷! 바로 이동하겠습니다."

페피가 맡은 임무는 마정석 광산 점령 및 약탈이었다. 마정석이 산출되는 위치는 이미 파악해 놓았다. 하라간은 페피에게 중앙군 병사 12,000명을 붙여 주었다.

친위대원인 우세르와 네페르가 페피와 함께 움직였다.

이른 새벽, 페피가 인솔하는 군나르 병력이 서부 산악 지대의 마정석 광산을 기습했다. 스벤센 왕국에선 마정석 광산에 상당수의 경비병들을 붙여 놓았지만, 잘 훈련된 군나르 중앙군 12,000명을 막기엔 역부족이었다. 마정석 광산 입구에 설치된 성벽이 무너지고, 궁탑이 땅에 쓰러졌다. 파괴된 궁탑 주변엔 거인족 병사들의 시체가 아무렇게나 널브러졌다.

"서둘러라. 광산 안의 적군을 모두 죽이고 신속하게 마정석을 확보한다. 단, 마정석을 계속 캐야 하니 광부들은 죽이지 마라."

페피가 군령을 내렸다.

"넷!"

중무장한 군나르 병사들이 빠르게 광산으로 달려갔다. 부부장급 이상 병사들은 마물과 결합하여 선두에 섰다.

광산 위쪽 산봉우리에선 시꺼멓게 봉화가 올랐다. 스벤센 잔당들이 구조를 요청하면서 피어 올린 봉화였다.

광산이 함락되고, 마정석 원석을 보관하던 창고가 털렸다. 페피는 광산 점령을 위해 300명의 병력을 남겨 놓은 뒤, 다음 광산으로 이동했다.

"오전 9시가 되기 전에 광산 다섯 곳을 모두 점령할 것이다. 다들 이를 악물고 달려라."

페피가 말 위에서 고함을 질렀다.

"넷!"

병사들이 한목소리로 대답했다.

우세르와 네페르는 가슴이 두근두근 뛰었다. 그동안 친위대원들은 하라간을 쫓아다니면서 자잘한 전투는 수차례 치렀지만, 이런 본격적인 전쟁은 처음이었다. 우세르도, 네페르도 두 눈이 붉게 충혈되었다.

7월 13일 오전.

산악 지대 곳곳에서 봉화가 올랐다. 스벤센 왕국의 전략 물자인 마정석 광산들이 차례로 위기에 처했다는 뜻이었다.

봉화를 발견한 스벤센 요새들이 다시 새로운 봉화를 올려 수도에 이 긴박한 소식을 전했다. 지난밤 돌성이 함락되었다는 소식도 전령을 통해 수도로 전달되었다.

이른 아침부터 스벤센 왕궁이 발칵 뒤집혔다.

"뭣? 어디가 함락돼? 토레 왕국과 접전 중인 동부 전선이 아니라, 서부 산악 지대에서 전령이 왔다고?"

"미친 거 아냐? 바다에 인접한 그 안쪽이 왜 함락돼? 대체 누가 그곳을 점령한다고?"

스벤센의 대신들이 목에 핏대를 세웠다.

물론 서해를 통해 적 함대가 쳐들어올 수는 있다. 하지만 해군으로부터 아직 아무런 보고도 올라오지 않았다. 그런데 뜬금없이 서부 산악 지대의 함락이라니! 스벤센의 대신들은 도무지 정신을 차릴 수가 없었다.

그 와중에 새로운 전령이 뛰어 들어왔다.

"급보! 급보! 큰일 났습니다."

"또 뭐냐?"

"급보입니다. 서부의 마정석 광산에서 위급 봉화가 지펴졌다고 합니다. 그것도 한두 군데가 아닙니다. 무려 다섯 곳 광산에서 봉화가 켜졌습니다."

"뭐얏?"

대신들이 자리를 박차고 일어났다.

산악 지대로 넘어가는 입구 돌성은 군사적으로 중요한 요충지였다. 하지만 성이 큰 것도 아니고, 병력이 많이 주둔 중인 곳도 아니라 그리 심각하게 생각하지 않았다. 그저 '국경도 아닌 그 깊숙한 산골에 대체 누가 쳐들어왔나?' 가 관심사였을 뿐이다.

그런데 마정석 광산 함락은 달랐다. 이건 보통 문제가 아니었다.

"뜬금없이 마정석 광산이 왜 함락돼? 혹시 토레 왕국의
타격대가 산맥을 타고 우회하여 쳐들어온 것이냐?"

최고 대신이 송곳니를 드러내며 물었다.

전령이 고개를 가로저었다.

"자세한 사항은 파악되지 않았습니다. 다만 봉화가 켜진
지 시간이 흘렀는지라 지금쯤 마정석 광산이 완전히 함락
되었을 것으로 보입니다."

"크악! 그러니까 누가 그곳을 점령했냐고?"

최고 대신이 신경질적으로 의자를 집어 던졌다.

"켁!"

무거운 나무 의자에 얻어맞은 전령이 이마에서 피를 흘
렸다. 하지만 전령은 다시 자세를 바로잡고 고개를 푹 숙였
다.

"죄송합니다. 최대한 빨리 적을 파악해서 보고 올리겠습
니다."

"꺼져! 꼴도 보기 싫으니까 당장 꺼져!"

최고 대신이 커다란 주먹을 들고 호통을 쳤다.

전령은 후다닥 자리에서 물러났다.

Chapter 3

최고 대신이 대신들을 둘러보았다.

"적을 파악하는 것은 나중 문제고, 우선 병력부터 보내 야겠지? 마정석 광산은 우리의 목숨줄이오. 한시라도 빨리 되찾아야지."

"옳습니다. 동원 가능한 병력을 휘몰아쳐서 광산을 탈환 해야 합니다."

대신들이 즉각 호응을 했다.

최고 대신이 입술을 씰룩거렸다.

"크으윽! 대체 어떤 놈들 짓인지! 내 그놈들을 붙잡아 도 끼로 머리통을 찍어 버릴 것이야!"

최고 대신은 아예 손을 말아 쥐어 내려찍는 시늉을 했다. 그는 스벤센군 총사령관 출신이었다. 총사령관이 되기 전 에는 동부 전선에서 가장 포악하게 활약하던 야전 사령관 이었다. 나이가 잔뜩 든 지금에도 그 포악한 성격은 변하지 않았다.

"당장 병력을 모으시오. 그것도 가능한 많은 병력을 모 으란 말이오. 점심을 먹기 전에 파병할 것이오."

"알겠습니다."

"중앙군과 서부군 위주로 병력을 모으겠습니다."

군 출신 대신들이 즉각 대답했다.

하지만 반론도 나왔다.

"최고 대신님, 너무 서두르시면 낭패를 볼 수도 있습니다."

행정 관료인 대신 한 명이 조심스레 아뢰었다.

최고 대신이 무서운 눈으로 상대를 노려보았다.

"뭣이? 지금 이 급박한 상황에서 한가하게 굴자는 거요?"

"그런 뜻은 아닙니다. 다만, 대군을 몰아쳐 공격하기엔 아군의 피해가 클 것 같다는 말씀입니다."

"커허! 지금 우리 용맹한 스벤센군을 뭐로 보고 하는 소리요? 마정석 광산에 침투한 적들이 몇 명이나 될 것 같소? 고작해야 수백 명? 아니면 수천 명? 그런데 우리 스벤센의 용사들이 그 정도 적들도 제압 못 할 것 같소?"

최고 대신이 포악하게 으르렁거렸다.

행정 관료가 고개를 가로저었다.

"물론 아닙니다. 평지에서 맞붙으면 아군이 압도적으로 적을 깔아뭉개겠지요."

"광산에서 맞붙어도 마찬가지요. 아군 용사들이 적들을 무자비하게 박살 낼 거요."

"광산에서 붙어도 그렇겠지요."

행정 관료가 순순히 시인했다.

최고 대신이 버럭 언성을 높였다.

"뭐요? 당신 지금 나랑 말장난하자는 거야? 광산을 탈환하기 위해 파병을 하는데, 당연히 광산에서 전투가 붙겠지, 그럼 어디서 붙어?"

행정 관료는 흥분하지 않고 침착하게 대답했다.

"광산에 도착하기도 전, 돌성에서 전투가 붙겠지요."

"뭐? 뭣?"

최고 대신은 망치로 뒤통수를 한 대 얻어맞은 듯한 표정을 지었다.

다른 대신들도 입을 벌려 "억!" 소리를 냈다.

행정 관료가 조곤조곤 설명을 덧붙였다.

"우리가 병력을 보내면 비좁은 계곡을 따라 산을 올라가야 합니다. 그 계곡은 고작해야 병사 10명이 어깨를 나란히 하고 달리면 더는 자리가 없는 비좁은 곳입니다. 그렇게 계곡을 올라가면 돌성이 떡 버티고 있습니다. 어젯밤 정체 모를 적들에게 점령당한 그 돌성 말입니다."

"커헉! 그렇다면 돌성을 빼앗은 자들이 마정석 광산에 쳐들어온 자들과 한패거리다?"

최고 대신이 손으로 이마를 짚었다.

행정 관료가 고개를 끄덕였다.

"당연한 것 아닙니까? 적들은 서부 산악 지대의 지형을 손금 보듯이 들여다보고 있습니다. 그래서 군사적 요충지인 돌성을 먼저 점령한 것이지요. 그다음 마정석 광산을 차례로 약탈했을 것입니다. 우리가 대군을 편성하여 파병한들, 그 좁은 계곡에 한꺼번에 투입할 방법이 없습니다. 기껏해야 몇 백 명 단위로 계곡을 뛰어 올라가겠지요. 그다음 돌성에서 문을 걸어 잠그고 농성 중인 적들에게 큰 피해를 볼 수밖에 없습니다."

행정 관료의 말을 듣자 전투 장면이 눈앞에 그려졌다. 스벤센 왕국의 대신들 가운데는 군 출신이 유독 많았다. 그래서 다들 이것이 얼마나 까다로운 전투가 될 것인지 능히 짐작했다. 최고 대신도 당연히 이 전투의 어려움을 파악했다.

"커억!"

최고 대신이 다시 한 번 뒷목을 잡았다.

아직 적의 정체를 알아내지는 못했지만, 이건 단순한 기습 공격이 아니었다. 아주 작정을 하고 쳐들어온 것 같았다. 최고 대신은 머리가 딱 아팠다.

최고 대신은 군 출신 대신들을 모아 놓고 작전 회의를 열었다.

"일단 병력을 편성해야 해. 그것도 최대한 빨리 편성해

서 계곡 입구에 모아 놓아야 한다고. 그렇게 적을 압박해야
놈들이 마정석 광산을 약탈하는 속도가 늦춰진다고."

최고 대신이 이렇게 주장했다.

합리적인 의견이었다. 대신들이 고개를 끄덕여 최고 대
신의 말에 동의했다.

최고 대신이 지도를 손가락으로 짚으며 말을 이었다.

"일단 그렇게 입구를 틀어막은 다음, 척후병을 먼저 보
내야지. 돌성에 주둔 중인 적 병력이 얼마나 되나 파악해
봐야지."

"파악은 최대한 빠르게 끝내고, 그저 힘으로 돌파하는
수밖에 없습니다. 지금 이 시간에도 적들은 마정석을 약탈
중일 것입니다. 아군 병사들의 희생을 감수하고라도 돌성
을 돌파하는 수밖에 없단 말입니다."

비교적 젊은 대신이 과격한 주장을 했다.

몇몇 대신들이 그 의견에 동조했다.

"계곡을 아군의 피로 물들일 수밖에요. 대신 돌성을 탈
환하는 즉시 적들을 최대한 잔인하게 죽여서 보복을 해 주
면 됩니다."

"옳습니다. 우리 용맹한 스벤센의 용사들은 죽음을 두려
워하지 않습니다. 돌성에서 화살이 쏟아지고 불벼락이 떨
어져도 그걸 뚫고 달려가 적들의 목덜미를 물어뜯을 것입

니다. 쿠어어어억!"

대신들이 잔뜩 흥분했다.

최고 대신이 고개를 가로저었다.

"아니, 아니. 그것보다 더 급한 것이 있어."

처음 급보를 들었을 때 최고 대신은 잔뜩 흥분한 상태였다. 하지만 지금은 냉정을 되찾았다.

"뭐가 더 급합니까?"

젊은 대신이 혈기를 참지 못하고 쏘아붙였다.

최고 대신이 고리눈을 하고 지도를 가리켰다.

"해군에 명을 내려 이곳 해안선을 봉쇄해야 해. 그리고 국경 지대 산악 부대를 동원해서 산의 북쪽도 봉쇄할 필요가 있어."

"봉쇄요?"

"그래야 적들이 마정석을 타국으로 빼돌리지 못하지."

"아!"

대신들은 그제야 최고 대신의 뜻을 알아차렸다.

마정석 광산이 털린 것은 큰 문제였다. 하지만 적들이 마정석을 본국으로 가져가지 못하게 만들면, 결국 마정석은 그대로 스벤센 왕국 안에 남아 있는 셈이다. 그럼 적을 소탕한 뒤 마정석을 되찾을 수 있다.

최고 대신은 바로 이 점을 짚었다.

젊은 대신이 곧바로 사과했다.

"그렇군요. 최고 대신님의 말씀이 옳습니다. 일단 놈들이 마정석을 빼돌리지 못하게 봉쇄하는 것이 우선인 것 같습니다. 잘 알지도 못하면서 건방을 떨어서 죄송합니다."

"사과는 되었네. 자네도 나름 좋은 의견을 내었어. 일단 봉쇄를 마친 뒤, 자네 말대로 아군의 피해를 무릅쓰고라도 돌성을 탈환해야지. 하지만 이왕이면 피해를 줄이는 것이 좋지 않겠나?"

최고 대신이 젊은 대신을 부드럽게 다독여 주었다.

"혹시 좋은 전략이 있으십니까?"

"나는 이러면 어떨까 싶네. 돌성 탈환 전에 서해안에 해군을 상륙시켜 반대편에서 먼저 공격하는 거지. 그러면 적들이 당황할 것 아닌가? 그때 동쪽 계곡으로 아군 병력을 욱여넣어 돌성을 공략하잔 말일세."

"양동 작전이라! 그거 기가 막힙니다."

젊은 대신이 무릎을 쳤다.

"그렇게 하면 아군의 피해가 훨씬 줄어들겠군요."

"허허! 역시 최고 대신이십니다."

대신들이 최고 대신을 향해 엄지를 치켜세웠다.

Chapter 4

돌성 탈환 작전을 세운 뒤, 대신들은 군주의 허락을 구했다.

"뭐야?"

귀중한 마정석 광산이 정체 모를 적들에게 침공당했다는 소식에 스벤센은 무척 진노했다. 쾅! 하는 폭음과 함께 스벤센 옆의 청동 향로가 엉망진창으로 우그러졌다. 향로 속 잿가루가 사방으로 휘날렸다.

"우으으! 위대하고 또 위대하신 분이시여! 부디 진노를 멈춰 주소서."

"저희의 불충을 용서하여 주소서."

대신들은 스벤센 앞에 머리를 조아리고 벌벌 떨었다.

스벤센은 북부의 마왕이라 불릴 만큼 흉포하고 잔인한 군주였다. 제아무리 노련한 대신도 스벤센 앞에만 서면 사자 앞의 사슴 꼴이 되었다.

그나마 탈환 작전을 제대로 구상한 것이 다행이었다. 최고 대신으로부터 작전 설명을 들은 스벤센은 낮은 으르렁거림으로 대답을 대신했다.

최고 대신이 바닥에 얼굴을 처박고 여쭈었다.

"하오면 이대로 실행하오리까?"

"크르르르."

사람을 섬뜩하게 만드는 저음의 울림이 대답 대신 튀어
나왔다.

최고 대신이 황급히 입술을 벌렸다.

"알겠사옵니다. 위대하시고 또 위대하신 분의 뜻대로 행
하겠나이다."

"크르르루."

또다시 낮은 울림이 있었다.

대신들은 바닥에 코를 처박고 기다시피 하면서 물러 나
왔다.

군주의 성에서 벗어난 뒤, 최고 대신이 소매로 땀을 훔쳤
다.

"휴우우! 가슴이 조여 죽는 줄 알았네."

대신들이 최고 대신을 재촉했다.

"최고 대신님, 위대하시고 또 위대하신 분의 허락이 떨
어졌으니 실행을 서둘러야 합니다."

"그렇습니다. 좋은 소식을 빨리 가져가지 못하면 저희들
모두 죽은 목숨입니다."

대신들의 말이 옳았다. 스벤센은 오래 기다려 주는 왕이
아니었다. 빨리 결과를 내지 못하면 목숨이 위험했다.

최고 대신이 힘차게 고개를 주억거렸다.

"여러분들의 말씀이 옳소. 서둘러 진행합시다. 그나저나 이번 탈환의 총사령관을 누구로 한다?"

"글쎄요?"

대신들이 서로를 마주 보았다.

이번 탈환 작전은 공을 세울 수 있는 좋은 기회였다. 다들 전공을 세우고 싶어 안달이 났다. 특히 젊은 대신이 간절한 눈빛으로 최고 대신을 바라보았다.

하지만 최고 대신은 다른 사람을 추천했다.

"우리들 중에 사령관을 뽑는 것은 무리요. 우리 대신들은 뒷수습을 맡기로 하고, 전공은 왕자님들께 돌립시다."

"으음! 그렇지요. 그게 현명한 방법입니다."

행정 관료가 맞장구를 쳤다.

군주 스벤센이 이번 전쟁의 결과를 관심 있게 지켜볼 터, 그렇다면 왕자들 모두 이번 기회에 스벤센의 눈에 들고 싶어 할 것이 뻔했다. 왕자들이 서로 참전하려고 다투는 상황에서 대신들이 욕심을 부렸다가는 일이 시끄러워질 것이다.

대신 한 명이 조심스레 물었다.

"최고 대신님, 하면 어떤 왕자님을 추천하실 요량이신지요?"

"1군단장인 류리크 님이 가장 확실하긴 한데……."

류리크는 스벤센의 왕자들 가운데 가장 침착하고 뛰어난 재목이었다. 그런데도 최고 대신은 말꼬리를 흐렸다.

"류리크 님은 지금 토레의 짐승들과 한창 전투 중 아닙니까?"

"내 말이 바로 그 말이오. 지금 한창 바쁘신 류리크 님을 서부로 소환할 수는 없지."

최고 대신이 난감한 듯 손으로 수염을 쓸었다.

최근 류리크는 1군단 전 병력을 이끌고 토레 왕국으로 진격 중이었다. 스벤센 왕국 동쪽 국경 지대에서는 지금 국지전으로 시작된 전투가 점점 더 크게 확대되는 양상이었다. 때문에 류리크뿐 아니라 3군단장 루스도 발을 빼기 힘들었다.

"1군단장 류리크 님과 3군단장 루스 님은 불가능하고, 그럼 2군단장 기욤 님은 어떻습니까?"

기욤은 스벤센의 다섯째 아들이었다. 산악 특수 부대인 2군단을 오랫동안 지휘해 온 인물이기도 했다.

하지만 최고 대신은 고개를 가로저었다.

"기욤 님의 2군단도 남부에서 북상하면서 동부 전선으로 향하는 중 아니오? 여차하면 1, 2, 3군단 모두 참전할 판인데 서부로 뺄 수는 없소."

1군단장 류리크, 참전 불가.

2군단장 기욤, 참전 불가.

3군단장 루스, 참전 불가.

이어서 4군단장인 롤로는 몇 달 전 피살을 당했다. 롤로의 죽음 때문에 스벤센 왕국은 군나르 왕국과 대차게 한판 붙을 뻔했다. 오드 아르네 솔샤르의 중재가 아니었다면 지금까지도 스벤센은 군나르 왕국과 전쟁을 치르고 있을지 몰랐다.

"그렇다면 5군단장 노브고로트 님이 사령관을 맡아야겠군요."

행정 대신이 노브고로트를 입에 담았다.

노브고로트는 스벤센의 막내아들이었다. 왕자들 가운데 가장 어리지만, 아무도 그 속을 헤아리지 못하는 능구렁이기도 했다.

최고 대신이 고개를 끄덕였다.

"상황이 이러니 어쩔 수 없지. 노브고로트 님을 이번 탈환 작전의 지휘관으로 추천하겠소. 여러분의 의견은 어떠시오?"

"저는 찬성입니다. 다른 적임자가 없지 않습니까?"

"저도 찬성입니다. 노브고로트 님밖에 없습니다."

대신들이 고개를 끄덕여 찬성했다.

최고 대신이 결론을 내렸다.

"그럼 중앙군과 서부군, 그리고 남부의 5군단을 동원하는 것으로 합시다. 지휘관은 5군단장인 노브고로트 님으로 추천하고, 해군 지휘권도 노브고로트 님에게 줍시다."

"그러시지요."

"우리가 빨리 결정을 내려 줘야 노브고로트 님이 움직이실 것 아닙니까? 서둘러야지요."

대신들이 중지를 하나로 모았다.

스벤센 왕궁에서 날아오른 커다란 독수리가 날개를 활짝 펴고 남부 5군단으로 날아갔다.

편지를 받아 든 노브고로트는 자리를 박차고 일어섰다.

210 센티미터의 단단한 체형.

강인한 아래턱에서 비쭉 솟구친 뾰족한 송곳니.

찬란하게 빛나는 다이아몬드 귀걸이.

북슬북슬한 털옷.

5군단장 노브고로트는 기꺼이 지휘관의 자리를 맡기로 했다.

"크하! 드디어 기회가 왔구나! 형들을 제치고 아버님의 눈에 들 기회 말이야! 크흐흐하하하!"

막사를 박차고 나간 노브고로트는 5군단 기마대를 움직였다. 다른 변수가 생기기 전에 빠르게 말을 달려 서부 산악 지대로 갈 생각이었다.

Chapter 5

서부 지역의 병력이 먼저 산악 지대에 모였다. 이어서 노브고로트의 기마대 3,000명이 도착하고, 바로 뒤이어 중앙군이 합류했다.

그렇게 모인 병력이 얼추 45,000명이 넘었다.

깎아지른 벼랑이 겹겹이 중첩된 산악 지대를 말 위에서 바라보면서 노브고로트는 이빨을 히죽 드러냈다.

"저기가 그 계곡인가?"

"그렇습니다."

중앙군의 책임자가 노브고로트와 말 머리를 나란히 하고 대답했다. 그는 이번 탈환 작전에서 부지휘관의 역할을 맡았다.

노브고로트가 씨익 웃었다.

"크흐흐. 지형이 참 멋지군. 멧돼지 같은 루스 형이라면 곧바로 전 병력을 계곡에 욱여넣어 힘으로 돌파하려 들 거야. 하지만 난 달라."

노브고로트는 이렇게 중얼거린 뒤 말머리를 돌려 막사로 돌아왔다. 부지휘관이 노브고로트의 뒤를 바짝 쫓았다.

대형 막사 안에는 각 군에서 차출된 부장들이 모여 있었다. 그들은 노브고로트가 들어오자 벌떡 일어나 한쪽 무릎을 꿇었다.

"충!"

부장들의 외침이 한목소리로 울렸다.

"다들 일어나시오."

노브고로트는 부장들의 손을 잡고 한 사람 한 사람 일으켜 주었다. 그다음 중앙의 곰 가죽 의자에 앉아 작전 회의를 시작했다.

"해군과의 연락은?"

부지휘관이 대답했다.

"독수리 스무 마리를 동원해 5분 간격으로 연락을 주고받고 있습니다. 서해의 해군들은 지금 항구에 전투선을 정박한 뒤 병력을 육지에 올렸습니다."

"병력 규모는?"

"해상 봉쇄에 필요한 최소한의 병력을 제외하고, 나머지를 모두 상륙시켰다고 합니다. 40,000명이 조금 넘는 숫자입니다."

"이곳과 합치면 85,000명이 넘는군. 상당한 대군이야."

"그렇습니다."

"하지만 해군 40,000명은 빼고 생각해야지. 그들은 해상 전투에는 능하지만 산악 지형에서 잘 싸우지는 못해."

노브고로트가 정확히 꿰뚫어 보았다. 해군들은 산악 전투에 익숙하지 않았다.

"그래도 양동 작전으로 적들을 흔들 수는 있습니다."

"맞아. 그 용도로 써먹어야지. 내가 신호를 주면, 해군들이 최대한 넓게 펼쳐서 산악 전체를 훑으면서 능선으로 올라와야 해. 마정석 광산만 집중하지 말고 진형의 날개를 쫙 펴란 말이지. 그럼 적들이 도망칠 곳을 찾지 못하고 돌성으로 모여들 거야."

"그때 돌성을 공략하실 생각이십니까?"

부지휘관이 물었다.

노브고로트가 고개를 끄덕였다.

"그렇지. 하지만 그 전에 적들의 규모부터 조사해야겠어. 척후병 부대를 계곡에 투입하고, 이어서 샤먼들을 풀어."

드디어 첫 번째 명령이 하달되었다.

"넷!"

부지휘관을 비롯하여 부장들이 함께 대답했다.

거인족 척후 부대는 타국의 척후 부대와는 사뭇 달랐다. 대부분 왕국에서는 몸이 민첩하고 은폐에 능한 병사들을 척후병으로 삼아 적진을 탐색하는 데 비해, 스벤센 왕국에서는 덩치가 가장 좋은 병사들로 척후 부대를 구성했다.

어차피 거인족은 은폐를 잘하기 힘들었다. 덩치가 워낙 큰 탓이었다.

그렇게 적의 눈에 띌 바에는 아예 덩치가 큰 자들을 보내 공격적인 척후 부대로 운용하는 편이 나았다.

노브고로트의 명을 받은 척후 부대 1,500명이 커다란 낫을 양손에 들고 계곡에 들어갔다. 평균 신장 230 센티미터가 넘는 척후병들은 커다란 낫으로 수풀을 베고 나무를 자르며 계곡 위로 올라갔다. 그렇게 나무와 수풀을 없애 탁 트인 시야를 확보하는 것이 척후 부대의 임무였다.

꾸부정한 체형의 샤먼들이 척후 부대 뒤에서 졸졸 쫓아갔다. 물론 샤먼들도 덩치가 좋았다.

노브고로트는 말 등에 앉아 팔짱을 끼고 척후 부대의 진격을 관찰했다. 꾸불꾸불 좁은 계곡을 따라 진격하다 보니 곧 척후병들의 모습이 시야에서 사라졌다. 나무를 베어도 척후병들을 보기 힘들었다.

그렇게 30분쯤 시간이 흐르자 저 위쪽 벼랑 끝 좁은 길에 척후병들의 모습이 보였다. 노브고로트는 뛰어난 시력으로 척후병의 행동을 지켜보았다.

"이쯤 되면 적들이 행동에 나설 텐데?"

노브고로트가 혼잣말로 중얼거렸다.

그 말이 예언이라도 된 듯, "아아악!" 하는 비명이 들렸다. 좁은 벼랑길 위에서 척후병 한 명이 추락했다.

"활이다!"

노브고로트는 추락하는 병사의 목에 꽂힌 화살을 발견했다.

부지휘관이 깜짝 놀랐다.

"그걸 보셨습니까?"

추락한 척후병과의 거리는 대략 3 킬로미터.

노브고로트가 이 먼 거리에서 화살을 보았다는 것이 믿어지지 않았다.

노브고로트는 부지휘관의 질문에 대답하지 않았다. 대신 뒤를 돌아보았다.

"북을 쳐서 척후병의 속도를 높여라."

"넵!"

고수가 즉각 북을 두드렸다. 둥둥둥둥! 소리와 함께 척후병들의 행동이 빨라졌다. 척후병들은 동료의 추락에도 아랑곳하지 않고 낫을 휘둘러 수풀을 베고 잡목을 제거했다.

"으악!"

"컥!"

척후병 2명이 또 활을 맞고 추락했다. 그래도 척후병들은 속도를 줄이지 않았다. 오히려 자세를 수그린 다음 더 빠르게 계곡을 탔다.

그렇게 척후병들이 시선을 끄는 사이 샤먼들이 계곡 깊숙한 곳까지 들어갔다.

원래 거인족은 수인족, 즉 네우로이(Neuri)들과 뿌리가 같았다.

비록 지금은 거인족의 나라 스벤센 왕국과 수인족의 나라 토레 왕국이 피 터지게 싸우고 있지만, 오랜 옛날에는 이 둘이 하나였다.

때문에 거인족 샤먼들은 짐승을 부릴 줄 알았다.

짹짹! 짹짹짹!

샤먼들이 바위 위에 앉아 새소리를 냈다. 계곡 저편에서 새 떼가 푸드덕 날아올라 계곡 위로 치솟았다. 샤먼들은 두 눈을 감고 새와 감응했다.

잠시 후, 새의 눈에 비치는 풍경이 샤먼들의 뇌에 펼쳐졌다.

깎아지른 벼랑과, 그 벼랑 사이로 이어진 좁은 산길, 으스스하게 수풀이 우거진 좁은 계곡, 그 계곡을 꽉 틀어막은 단단한 돌성.

새들은 돌성 위로 날아가 하늘 높은 곳에서 한 바퀴 선회했다.

새의 눈에 돌성 안의 풍경이 고스란히 비쳤다.

검은 갑옷으로 중무장한 병력이 성안에 빼곡했다. 모두 창과 방패를 든 모습이었다. 성벽 위에는 활을 든 궁수들이 배치되어 있었다. 성벽 앞 나무 위, 경계병들이 매복 중인 모습이 보였다.

새들이 성을 한 바퀴 돌고 다시 계곡을 훑으며 내려왔다.

계곡 상단부 곳곳에 매복이 의심되는 지역이 보였다.

째재재잭! 짹짹짹!

거인족 샤먼들이 다시 새소리를 냈다.

새들이 거꾸로 거슬러 올라가 돌성 주변을 다시 훑었다. 성벽 옆에 커다란 무언가가 설치된 모습이 발견되었다. 새의 눈을 통해서 살피다 보니 저것이 무슨 용도인지는 알 수가 없었다.

짹짹짹짹!

샤먼이 다시 울었다.

새들은 돌성을 지나 산봉우리까지 쭉 올라갔다.

그곳에서 딱히 새로운 매복이 발견되지는 않았다.

그사이 척후병이 여럿 더 죽었다.

"이 정도면 충분히 보았겠지. 척후 부대를 뒤로 물려라."

노브고로트가 고수에게 말했다.

고수가 새로운 박자로 북을 쳤다.

Chapter 6

두웅! 둥! 두웅! 둥!

북소리를 들은 척후병들이 슬금슬금 후퇴했다. 적 궁수가 뒤쫓아 내려오며 화살을 몇 대 더 날렸다. 적의 활 솜씨가 얼마나 뛰어났던지 후퇴 중에도 척후병 6명이 더 희생되었다.

샤먼들이 계곡에서 내려와 노브고로트 앞에 무릎을 꿇었다.

노브고로트가 물었다.

"어떠하더냐?"

샤먼들 가운데 대표가 땅바닥에 그림을 그렸다.

"돌성 아래 이곳, 이곳, 이곳, 그리고 이곳에 집중적으로 매복이 있었습니다."

부지휘관이 그 그림과 지도를 비교해 보았다.

"모두 요충지들입니다. 좁은 산길이 갑자기 꺾이면서 커브가 발생하는 위치들인데, 이곳에 매복을 하고 있다가 공격하면 아군 병사들은 벼랑에 떨어져 죽기 딱 좋습니다."

부지휘관이 이렇게 귀띔했다.

노브고로트는 샤먼들을 칭찬했다.

"잘 읽었다. 내가 적장이라도 이 위치에 매복을 시켰을 것이야. 하면 돌성의 상황은 어떻더냐?"

샤먼 대표가 다시 입을 열었다.

"새들을 통해 파악한 결과, 적의 병력 규모는 5,000이 넘었습니다. 성안 실내에 머무는 병력까지 셈하면 최소한 6,000명 이상은 보셔야 하옵니다."

"6,000명?"

노브고로트가 부지휘관을 바라보았다.

부지휘관이 서류를 뒤져 노브고로트에게 보여 주었다.

"여기 돌성에 대한 자료가 있습니다. 평소 주둔 병력이 300명. 성안에 아무리 욱여넣어도 2,000명을 넘기 어렵습니다. 만약 강제로 6,000명을 주둔시키면 앉을 자리도 만들 수 없습니다. 다들 빽빽하게 서서 대기해야 합니다."

샤먼이 반론을 폈다.

"돌성의 내부 면적만 따지면 그렇겠지요. 하지만 적들은 성벽 주변에도 진을 쳐 놓았습니다."

그 말에 부지휘관이 고개를 끄덕였다.

"그렇다면 6,000명도 가능합니다. 하지만 돌성 주변에 평지가 거의 없어 6,000명도 좀 무리입니다. 물론 산속에 주둔하면 10,000명까지도 가능할 수는 있습니다."

노브고로트는 최악의 상황을 상정했다.

"그럼 6,000명이 아니라 10,000명이 농성 중이라고 치자. 이러면 공략이 어렵잖아? 아군이 45,000인데 적이 10,000명이면 우리가 4.5배 더 많은 거잖아."

성벽 위에서 농성 중인 적을 공격하려면 10배 더 많은 병력이 필요하다는 것은 공성전의 기본이었다. 게다가 이렇게 좁은 지형이라면 그 차이가 더 커질 수밖에 없었다.

하지만 부지휘관은 승리를 자신했다.

"일반적인 농성이라면 노브고로트 님의 말씀이 옳습니다. 하지만 계곡이 좁은 만큼 돌성의 성벽도 폭이 좁습니다. 적들도 다수의 병력을 성벽에 올려 보낼 수 없으니 상황은 마찬가지입니다."

"호오! 계속해 보게."

노브고로트가 부지휘관의 의견에 관심을 보였다.

부지휘관은 신이 나서 설명했다.

"저 돌성은 300명의 병력에 맞게 설계되었습니다. 그보다 더 많은 병력을 투입해도 한 번에 성벽에 올라올 수 있는 병사의 숫자는 60명 수준입니다. 60명의 병력을 다섯 차례 교대해서 싸우도록 설계된 것이지요. 그런데 적의 숫자는 최대 10,000명입니다. 이러면 계속해서 교대해 줄 수는 있습니다만, 한 번에 투입하는 병사의 수가 늘어나지는 못합니다. 게다가 저 좁은 성안에 들어갈 수 있는 최대 병력은 잘해야 2,000명. 나머지 적병들은 성 주변에 포진할 수밖에 없습니다."

"그렇다면 300명의 소규모 성으로 보면 될까?"

"넉넉잡아 600명으로 치시면 충분할 것 같습니다."

600명의 10배면 6,000명이다. 아군 6,000명만 투입해도 성을 점령할 수 있다는 계산이 나온다. 성 주변에 매복 중인 적들을 고려한다고 해도 20,000명을 투입하면 힘으로 깨부수는 것이 가능했다.

노브고로트가 샤먼에게 다시 물었다.

"성 뒤편도 샅샅이 뒤졌겠지?"

"산봉우리까지 쭉 훑었습니다만, 숨어 있는 적병들은 없었습니다."

"적의 복장은 어땠던가? 혹시 야만스러운 수인족들이던가?"

노브고로트는 토레 왕국의 특수 부대가 산맥을 타고 침투한 것이 아닌가 의심했다.

샤먼이 고개를 갸웃했다.

"새의 눈을 통해 관찰한 것이라 정확히 알아볼 수는 없었사옵니다. 하지만 수인족 같아 보이지는 않았습니다. 무기는 주로 창과 방패였습니다."

"창과 방패!"

토레 왕국의 수인족들도 창과 방패를 즐겨 사용했다. 군나르 왕국이나 아르네 왕국도 창술에 능한 편이었다. 그러니 이 정보만으로는 적의 정체를 단정 짓기 어려웠다.

"전투를 통해 포로로 잡아 보면 알겠지. 어떤 놈들인지, 곧 알 수 있을 거야."

노브고로트가 으스스하게 뇌까렸다.

노브고로트가 계곡 아래 진영을 갖춘 것이 7월 15일이었다. 노브고로트는 이곳에서 꼬박 이틀 동안 숨 고르기를 했다. 서해안의 해군들이 모두 상륙할 때까지 기다린 것이다.

독수리들이 산맥을 넘어 해군의 진격 상황을 전달했다. 수도에서는 하루가 멀다고 재촉 통보가 왔다. 그만큼 마정석 광산이 중요하다는 반증이었다.

노브고로트는 서두르지 않았다. 그저 매일 같이 척후 부대를 보내고 샤먼을 투입해 적의 병력 변화를 체크할 뿐이었다.

샤먼들은 새들을 통해 돌성 옆에 희한한 게 설치되었다는 사실을 파악했다. 하지만 그게 무엇인지 알아보지는 못했다. 게다가 하라간이 포탈 마법진 위에 병사들을 배치해 놓아서 마법진의 형태를 파악하기도 힘들었다.

샤먼들은 이 점에 대해 노브고로트에게 보고하지 않았
다. 뭔지도 모르는 것을 보고할 수는 없었기 때문이다.

이틀 뒤인 7월 17일.

40,000명의 해군이 상륙을 마치고 진격을 시작했다.

"옳거니! 드디어 때가 되었구나."

노브고로트가 자리를 박차고 일어섰다.

제6화
끔찍한 이적

Chapter 1

스벤센 왕국의 서해를 지키는 해군은 군기가 세고 훈련
이 잘되어 있었다. 거친 격랑이 이는 바다 위에서 그들은
무적을 자부했다. 아무리 높은 파도도, 아무리 강한 적 함
대도 스벤센 해군의 상대는 될 수 없었다. 스벤센 해군들은
그런 자부심으로 살았다.

하지만 육상 전투는 해상 전투와 많이 달랐다.

더군다나 이곳은 그냥 평지도 아니고 산악이었다. 스벤
센 해군들이 진형을 넓게 펼쳐서 산기슭을 올라가는 도중,
페피가 이끄는 군나르 병사들이 허리를 끊으며 달려들었
다.

페피가 바위 뒤에서 벌떡 일어나 소리쳤다.

"스벤센의 야만인들을 도륙하라!"

"와아아아아—!"

산 위에서 매복 중이던 군나르 병사들이 방패로 앞을 가리고 방패 사이로 창을 곤두세운 채 무섭게 달려들었다.

그 앞에서 포르키스와 결합한 솔샤르들이 앞장서서 적의 이목을 끌었다. 페피도 처음부터 최선을 다했다. 그의 두 팔이 12개의 뱀장어 머리로 변해 푸른 스파크를 피어 올렸다. 페피의 어깨까지 푸르스름하게 물들었다.

그렇게 모여든 전하가 한순간에 방출되었다.

쩌저저저적!

단숨에 날아간 전하의 다발은 적장의 가슴을 화끈하게 지졌다. 그 상태에서 페피는 양팔을 좌우로 휘저었다.

전하의 다발이 마치 기다란 채찍처럼 늘어지며 주변 적병들을 감전시켰다.

"으악!"

"크아악!"

이럴 때 바다 위라면 함선의 방향을 틀어 적의 예봉을 피하는 것이 정석이다. 하지만 이 비탈길에선 어떻게 대응해야 할지 알 수 없었다. 스벤센 해군들은 당황하여 진형이 흐트러졌다.

그때를 맞춰 군나르의 돌격대가 달려들었다.

비탈길을 전속력으로 뛰어 내려와 콰앙!

스벤센의 해군은 창에 먼저 찔려 뒤로 붕 떠올랐고, 뒤이어 일렬로 늘어선 방패에 얻어맞아 데굴데굴 나뒹굴었다. 가파른 비탈에서 한번 밀리자 저 아래까지 굴러떨어질 수밖에 없었다.

군나르 병사들은 방패를 힘껏 치켜들었다가 땅에 콱 찍었다. 그리고 그 힘으로 비탈에서 더 이상 내려가지 않고 몸을 고정했다.

그 와중에도 군나르 병사들은 방패 사이로 창을 곤두세워 적의 접근을 막았다.

그렇게 1열의 병사들이 방패로 저지선을 만들자, 그 뒤에서 솔샤르들이 우르르 뛰쳐나왔다. 동료의 등을 밟고 점프한 솔샤르들은 비탈길 아래로 빠르게 달려 스벤센 해군을 도륙했다.

한번 폭풍이 휩쓸고 지나가자 스벤센 진형의 허리가 끊겼다.

페피는 솔샤르들과 함께 내달려 적 후방의 보급 부대를 공격했다.

"단숨에 쓸어버려라."

페피의 명에 따라 군나르의 솔샤르들이 마물의 힘을 한

껏 불러냈다. 페피도 다즈케토의 전하를 잔뜩 충전해 적 보
급 부대를 후려쳤다.

쩌저적! 쩌저저저적!

강렬한 전하의 다발이 식량을 짊어진 적병들을 불태웠
다. 그 상태에서 페피가 팔을 크게 휘젓자 전하의 다발이
꾸불텅 휘어지며 주변 적병들을 한꺼번에 휩쓸어 버렸다.

식량에 불이 붙었다.

갈아입을 의복에도 불이 붙었다.

"안 돼! 막앗!"

비탈길 옆에서 적장이 악을 썼다.

페피는 달려드는 적을 무시한 채 오로지 식량만 집중적
으로 태웠다.

스벤센의 해군들이 비탈길을 따라 미끄러지며 페피를 포
위했다.

페피가 주먹을 번쩍 들었다.

"퇴각!"

그 즉시 군나르 왕국의 솔샤르들이 비탈길을 다시 올라
갔다. 페피도 상체를 바짝 수그려 비탈길을 올랐다.

반면 스벤센 해군들은 페피처럼 빠르게 비탈을 타지 못
했다. 그들은 손으로 바위를 잡고 기다시피 하면서 페피의
뒤를 쫓았다.

그러니 속도 차이가 벌어질 수밖에.

스벤센 해군들이 정신을 차렸을 때 이미 페피는 능선을 넘어 깊은 산속으로 사라진 이후였다.

"이럴 수가!"

적장이 망연자실한 표정으로 후방을 돌아보았다. 등에 식량과 의복을 짊어진 병사들이 모두 고압 전기에 감전되어 즉사했다. 식량은 불타 버렸고, 의복이나 막사도 대부분 망가졌다. 무적의 스벤센 해군이 이런 낭패를 겪기는 또 처음이었다.

스벤센 해군은 전진을 계속했다.

"우리가 수가 더 많다. 비록 적들에게 기습 공격을 당하기는 했지만, 결국엔 우리가 놈들을 붙잡아 처절한 보복을 해 줄 것이다. 다들 기운 내라."

지휘관이 스벤센 병사들을 독려했다.

그때 기다렸다는 듯이 페피가 나타났다. 군나르 병사들이 창과 방패로 몸을 가린 채 비탈길에서 뛰어 내려와 스벤센 해군의 허리를 잘랐다.

관성의 힘을 빌려 콰앙!

거친 충격에 해군들이 와르르 나가떨어졌다.

비록 스벤센인들이 덩치도 훨씬 더 크고 힘도 좋았지만,

군나르의 병사들이 비탈에서 온몸을 던져 부딪치자 뒤로 나동그라질 수밖에 없었다.

스벤센 병사들은 그렇게 데굴데굴 굴러 상처를 입었다.

반면 군나르 병사들은 방패를 비탈에 찍어 더 이상 미끄러지는 것을 막았다.

그 즉시 군나르 병사 뒤쪽에서 솔샤르들이 튀어나왔다. 군나르 왕국의 솔샤르들은 스벤센 해군이 휘두르는 도끼를 딱딱한 껍질로 튕겨 내고 집게발로 적의 목을 땄다. 전기뱀장어로 변한 팔을 휘둘러 적을 감전시키기도 했다.

스벤센인들도 마냥 당하지는 않았다.

"놈들을 포위하라."

스벤센의 해군 제독이 악을 썼다.

허리가 끊기자 주변의 해군들이 그 빈자리를 메우며 군나르 병사들을 포위했다.

페피가 포위망 한곳을 집중적으로 뚫었다. 강한 전하의 다발이 스벤센 병사를 뭉텅이로 태워 버렸다.

"퇴각!"

페피가 주먹을 높이 들었다. 군나르 병사들은 산양처럼 빠르게 비탈을 타고 후퇴했다.

"쫓아! 저 개새끼들을 쫓으라고!"

약이 잔뜩 오른 스벤센의 제독이 불같이 화를 냈다. 스벤센 해군들은 인원수로 밀어붙이며 군나르군을 뒤쫓았다.

그때였다.

쌓인 나뭇잎 사이에서 네페르가 벌떡 일어났다.

네페르의 마물은 그누크!

항아리처럼 변한 그누크의 입에서 시뻘건 용암이 화르륵 튀어나왔다. 군나르의 솔샤르들이 바람을 일으켜 그 용암을 비탈 아래로 흩뿌렸다.

화르륵! 화르르르륵!

갑자기 불길이 치솟았다.

불벼락처럼 넓게 퍼진 용암은 스벤센 병사들을 활활 태우고 나무에도 옮겨붙었다. 군나르의 솔샤르들이 바람을 일으키자 불이 더 빠르게 번졌다.

화륵! 화르륵!

염화가 시뻘건 혓바닥을 날름거리며 살을 태우고 나무를 휘감았다.

해군들은 화공을 경험한 적이 드물었다. 그들은 검푸른 파도를 무서워하지 않는 용감한 뱃사람이지만 불은 무서워했다.

"아, 안 돼!"

"아악! 내 등! 내 등에 불이 붙었어."

병사들이 몸에 붙은 불을 끄기 위해 비탈길에서 나뒹굴

었다. 데굴데굴 굴러 내려간 병사들이 동료와 부딪쳐 마구 뒤엉켰다.

그사이 군나르 병사들은 안전하게 후퇴했다.

"이익! 우아아아악!"

스벤센의 해군 제독이 성질을 이기지 못하고 투구를 벗어 집어 던졌다.

Chapter 2

페피에게 주어진 병력은 12,000명.

스벤센 해군은 40,000명.

무려 세 배가 넘는 열세에도 불구하고 페피는 정말 잘 싸웠다. 아니, 스벤센 해군의 대응이 너무 형편없었다.

페피는 무려 다섯 번 연속해서 적의 허리를 끊었다. 그 때마다 스벤센 해군들은 허둥거리기만 할 뿐 군나르군에게 제대로 된 반격을 하지 못했다.

그렇게 하루에 다섯 번이나 전투를 하고 저녁이 되었다. 산에서 밤은 일찍 찾아왔다. 바다에서는 수도 없이 밤을 지새운 스벤센 해군이지만, 산속에서 밤을 맞이하기는 처음이었다.

"제독님, 식량이 부족합니다."

"제독님, 막사가 부족합니다. 산속은 기온이 낮아 막사가 없으면 병사들이 얼어붙습니다."

"제독님, 갈아입을 옷도 부족합니다. 게다가 부상자들을 치료할 방도가 없습니다."

여기저기서 제독에게 호소하는 소리가 들렸다.

"그만! 그만! 다들 닥쳐!"

제독이 짜증을 부렸다.

해군들이 찔끔 놀라 입을 다물었다.

"닥치고 내 말 잘 들어라. 우리는 자랑스러운 바다의 용사들이다. 거인족의 피를 물려받은 진정한 바다 사나이들이란 말이다. 그런 우리가 식량이 없다고 징징거려서야 되겠나? 막사가 없으면 땅에서 자면 되지. 옷이 없으면 입던 옷을 그냥 입으면 그만이지. 부상자들도 이를 악물고 고통을 참는데 멀쩡한 너희가 왜 지랄들이야?"

제독의 호통에 다들 꿀 먹은 벙어리가 되었다.

제독이 부하들을 둘러보았다. 다들 얼굴에 검댕이 묻었고, 피곤한 기색이 역력했다.

"다들 힘든 것은 안다. 하지만 우리는 저 간악한 적들을 물리칠 임무가 있다. 일단 오늘은 해가 지고 있으니 이곳에서 주둔한다. 그다음 내일 새벽 마정석 광산으로 진격할 것이다."

부관이 물었다.

"제독님, 진형을 넓게 펼치지 않고 바로 진격합니까? 그건 저희가 받은 명령과 상반됩니다."

"그럼 어쩌자는 거냐? 진형을 넓게 펼치면 오늘처럼 계속 허리가 끊길 텐데, 이렇게 피해를 누적하자고?"

제독이 신경질적으로 쏘아붙였다.

"아닙니다. 제가 잘못 생각했습니다."

부관이 고개를 좌우로 흔들었다.

제독도 더는 부관을 나무라지 않았다. 그렇게 스벤센 해군은 예상보다 일찍 진격을 멈추고 주둔 준비에 들어갔다.

이 사실은 아직 노브고로트에게 전해지지 않았다. 산을 넘어 날아오던 독수리가 군나르 궁수가 쏜 화살에 맞아 떨어졌기 때문이다.

산맥 반대쪽.

노브고로트는 석양을 받아 눈부시게 빛나는 산맥을 바라보았다.

"지금쯤 우리 해군이 산등성이 인근까지 진격했겠지?"

노브고로트의 질문에 부지휘관이 고개를 끄덕였다.

"조금 전 받은 진격 속도로 보건대, 앞으로 2시간 이내에 산등성이에 도착할 것입니다."

"2시간 뒤면 이미 밤이잖아?"

"그래도 이동엔 지장이 없습니다. 우리는 동쪽에서 진격하느라 해가 일찍 지지만, 해군은 서쪽으로부터 동쪽으로 산을 타고 올라오니까 늦게까지 해가 떠 있습니다."

"좋아! 그렇게 해군이 밀고 올라오면 돌성의 적들이 당황하겠군."

노브고로트가 손바닥을 슥슥 비볐다.

부지휘관이 맞장구를 쳤다.

"틀림없이 당황할 것입니다. 앞뒤에서 동시에 압박을 받으니 당황할 수밖에 없습니다."

"그렇다면 우리도 움직이자. 전군에 출동 준비를 시켜."

"넷!"

부지휘관이 후다닥 움직였다.

노브고로트도 도끼를 번쩍 들어 어깨에 걸쳤다.

둥둥둥둥!

스벤센의 고수가 북을 울렸다.

척후 부대가 커다란 낫을 들고 앞장섰다. 척후병들은 목에 두꺼운 가죽을 덧댔다. 적들 가운데 귀신같이 활을 쏘는 궁수가 있어 정확하게 목젖만 꿰뚫기 때문이었다.

덩치가 큰 척후병들이 좁은 길을 따라 벼랑으로 올라갔

다. 근처 수풀을 모두 베어 버린 터라 시야는 탁 트였다.

뒤이어 스벤센 본대가 진격을 시작했다. 거인족들이 어슬렁어슬렁 이동하자 좁은 길이 미어터질 것 같았다.

노브고로트는 본대 중앙에서 지휘했다. 노브고로트 주변에 샤먼들이 포진했다.

그렇게 한참을 올라가는데 갑자기 앞에서 비명이 들렸다.

"아아악!"

"크악!"

벼랑 위에서 굴러떨어진 바위가 척후병 몇 명을 짓뭉개 버렸다. 군나르의 매복 부대가 이뤄 낸 성과였다.

"계속 전진하라!"

노브고로트가 매정하게 진격을 명했다. 거인족 병사들은 바위를 무시하고 전진했다. 대신 이번엔 포르키스들이 앞장섰다. 딱딱한 껍질로 무장한 이 솔샤르들은 어지간한 바위가 몸을 때려도 끄떡 안 했다. 오히려 집게발로 바위를 깨부수면서 쿵쿵 전진했다.

그렇게 좁은 길을 지나자 계곡이 나왔다. 계곡 중간까지는 수풀이 베여 있어 시야가 확보되었다. 척후병들이 여기까지 올라왔었다는 증거였다.

"전진!"

뒤에서 명이 떨어졌다.

"우와아아악!"

커다란 낫을 든 척후병들이 고함과 함께 달렸다. 바로 뒤이어 포르키스들이 쿵쿵 뒤따랐다. 스벤센 병사들도 전력을 다해 뛰었다.

계곡 바위를 박차고 뛰고, 또 뛰고.

확실히 이들은 해군과 달랐다. 해군들은 요령이 없어 비탈길을 조금만 올라도 헉헉거렸지만, 이들은 숨소리 한 번 거칠어지지 않고 빠르게 치달렸다.

거인들이 느리다는 것은 헛소리였다. 산에서 거인들은 일반인보다 훨씬 더 빠르게 달렸다.

피융!

그라낙이 쏜 화살이 솔샤르 한 명의 눈을 찔렀다.

"크왕!"

솔샤르는 손으로 화살을 뽑았다. 뾰족한 화살촉 끝에 눈알이 매달려 함께 딸려 나왔다. 스벤센 솔샤르는 화살을 손으로 분지르며 더 빠르게 진격했다.

한데 의외였다.

적들의 초소가 텅 비었다. 샤먼이 확인했을 때는 분명 이곳 초소에 매복이 있었는데, 어느새 후퇴했는지 초소엔 아무도 없었다.

"계속 달려!"

뒤에서 또 명령이 나왔다.

척후병과 포르키스들이 앞장서고, 그 뒤에 다른 솔샤르들이 배치되었다. 스벤센군은 이 진형을 유지한 채 빠르게 계곡으로 진입했다.

그렇게 한 시간을 내달리자 돌성이 눈앞에 보였다.

가파른 비탈 위에 축성된 성의 동문은 꽉 닫혀 있었다. 성벽 위에는 창과 방패로 무장한 병사들이 늘어서 있었다.

Chapter 3

"진격하라!"

스벤센의 부지휘관이 목에 핏대를 세웠다.

둥둥둥둥둥!

스벤센의 고수가 미친 듯이 북을 쳤다.

"우와아아아!"

포르키스들이 선두에서 달렸다. 그들은 집게발로 비탈을 콱콱 찍으며 빠르게 올라갔다.

그에 맞서 군나르 병사들도 대응을 시작했다. 군나르의 포르키스들이 커다란 돌을 들어 아래로 휙휙 던졌다. 돌에 얻어맞은 스벤센의 포르키스들이 뒤로 벌렁 넘어졌다.

이어서 성안에서 끼이이익— 하는 소리가 들렸다. 이윽고 어마어마한 크기의 마물 화살이 포물선을 그리며 날아와 계곡 아래에 처박혔다.

공성 무기로 사용되는 노덴스였다. 솔샤르 여러 명이 힘을 합쳐 만들어 낸 이 벌리스터형 마물은 커다란 마물 화살을 연신 쏘아 스벤센 병사들을 공격했다.

콰앙!

"으악!"

엄청나게 굵은 마물 화살에 직접 얻어맞은 병사는 그대로 온몸이 터져 죽었다. 마물 화살은 그 상태에서 사방으로 파편을 날리며 폭발했다.

마물 화살이 한 번 떨어질 때마다 그 주변의 병사 20여 명이 한꺼번에 터져 죽었다.

"멈추지 말고 뛰어라. 적의 공격을 보지 말고, 오로지 적만 보아라."

노브고로트가 잔인한 명을 내렸다.

스벤센 병사들은 아무 생각 없이 그 명을 따랐다. 그들은 마물 화살이 날아오는 것을 보면서도 쉬지 않고 달렸다. 눈앞에 바위가 날아와도 발걸음을 멈추지 않았다. 옆으로 피하지도 않았다.

이 좁은 길에서 한번 멈추면 끝이었다. 뒤따라오는 동료들에게 밀려 짓밟히기라도 하면 대형이 흐트러져서 더 위험했다. 스벤센의 거인족들은 몸이 터져도 계속 달렸다. 바위에 얻어맞아 뼈가 꺾여도 멈추지 않았다.

돌성 안에서 마물 화살이 더 자주 날아왔다. 그때마다 폭음이 터지고 계곡의 지형이 바뀌었다. 하지만 거인족들이 끈질기게 진격한 것이 효과를 보였다. 운 좋게 마물 화살을 피한 포르키스 한 마리가 돌성 성벽까지 도착한 것이다. 포르키스는 성벽에 매달려 집게발로 힘차게 전면을 후려쳤다.

쿠왕!

뿌연 흙먼지와 함께 돌성 일부가 허물어졌다.

"안 돼! 성벽이 뚫린다!"

누군가 소리를 쳤다.

그라낙이 성벽 위에서 문어 다리를 뻗어 포르키스의 목을 휘감았다. 첫 번째 포르키스는 그렇게 목이 꽉 졸려 죽었지만, 이것이 기폭제가 되었다.

점점 더 많은 거인족 솔샤르들이 성벽에 도착해 벽돌을 부쉈다. 돌성이 조금씩 허물어지기 시작했다.

성벽 뒤에서 그 모습을 지켜보던 하라간이 손가락을 까딱였다.

"너."

"넵!"

외궁 4호가 그 즉시 움직였다.

외궁 4호는 원래 마이림의 편에 서서 군나르 왕국의 혈통을 끊어 놓으려 들었다. 반역자였다. 하지만 지금은 뇌세포 조작을 당해 하라간의 명령을 맹목적으로 따랐다. 외궁 4호의 마물도 한 단계 진화했다.

군나르의 병사가 외궁 4호를 등에 업었다. 두 다리가 없는 외궁 4호를 위해서였다. 그렇게 병사의 등에 업힌 채 성벽 위에 올라온 외궁 4호는 빼곡히 달려드는 적들을 향해 손을 뻗었다.

피류류류—

외궁 4호의 손에서 발출된 주홍색 원반이 무서운 속도로 회전하며 날아갔다. 이 원반은 지름이 무려 10미터에 달해 계곡의 폭을 가득 채울 정도였다.

스사삭!

얇은 원반이 훑고 지나간 자리엔 아무것도 남지 않았다. 포르키스의 단단한 껍질도, 거인족의 투구도, 도끼도 모두 썽둥 잘렸다.

외궁 4호가 한 번 더 원반을 날렸다.

피류류류류— 피류류류—

주홍색 원반 2개가 좁은 계곡을 왕복하며 적의 머리와 허리를 잘라 버렸다. 그렇게 한번 맥이 끊기자 돌성 성벽이 무너지는 속도도 줄어들었다.

물론 노브고로트도 호락호락하지 않았다.

"발사!"

노브고로트의 명이 떨어지기 무섭게 커다란 마물 화살 4개가 한꺼번에 돌성으로 날아갔다. 노브고로트가 공성전을 위해 벌리스터형 거대 마물을 데려온 것.

시커먼 마물 화살이 빙글빙글 회전하면서 날아와 성벽에 틀어박혔다.

콰아앙! 하는 폭음과 함께 마물 화살이 성벽 축대를 부수고 안으로 파고들어 성의 기초를 갉아먹었다. 성벽 일부가 와르르 허물어졌다.

"으아악!"

성벽 위에 배치된 군나르 병사들이 함께 실족하면서 죽음을 당했다.

노브고로트가 직접 지휘에 나섰다.

"쏴라! 계속해서 쏴라! 진격하라! 쉴 새 없이 진격하라!"

스벤센의 노덴스들이 마물 화살을 계속 쏘아 올렸다.

"우와아아!"

거인족들도 다시 몸을 날려 성으로 돌진했다.

성안의 군나르군도 노덴스로 마주 포격했다. 양측의 마물 화살들이 서로 반대 방향으로 날아가 상대방에게 타격을 입혔다.

외궁 4호는 주홍색 원반을 3개로 늘렸다. 얇은 원반들이 계곡을 훑고 내려가며 스벤센 병사들을 죽이기도 하고, 숲으로 우회했다가 파고들며 적의 허리를 베기도 했다.

전투가 점점 치열해지자 하라간이 한 번 더 손가락을 까딱였다.

"너."

"출전하겠습니다."

이번엔 EoM의 메네스가 나섰다.

메네스도 한때 군나르 왕국의 반역자였다. 지금은 칼리프의 수술을 받아 하라간의 충견이 되었지만 말이다.

성벽에 올라선 메네스가 스산한 눈으로 적진을 훑어보았다. 메네스의 몸이 이내 거무튀튀하게 물들었다. 메네스의 온몸에선 무려 100개의 투창이 돋아났다. 메네스의 몸 주변엔 무려 100개의 검은 방패가 돋아나 온몸을 가렸다. 메네스의 어깨 위엔 20개의 마물 머리가 돋아나 "캬아악!" 포효했다.

그렇게 온몸에 빼곡히 방패가 돋고 투창이 솟구치자 메네스의 몸이 마치 구체로 변한 것 같았다. 뾰족뾰족한 가시가 돋친 구체!

이것이 바로 밀레노레르다!

레르의 진화형이 막레르!

막레르의 진화형이 밀레노레르!

해구 2층 레벨의 보기 드문 이 마물은 정말 전투에 최적화된 강자 중의 강자였다.

핑그르르르—

마물과 결합한 메네스가 성벽 아래로 몸을 던졌다. 지름 3미터의 커다란 구가 뾰족한 가시를 곤두세우고 굴러가는 것 같았다.

그 구체에 휩쓸리는 모든 것들이 갈가리 찢겨 나갔다. 포르키스의 껍질이 달걀 껍데기처럼 무참하게 찢겼다. 사람의 살이 무참하게 갈렸다. 투구와 방패가 박살 나고, 무기가 부러졌다.

포악한 밀레노레르는 계곡 안에 존재하는 모든 생명체들을 갈아 버리며 무섭게 하강했다.

"우아악!"

"크악!"

단숨에 노덴스가 있는 곳까지 내려온 밀레노레르는 갑자기 허공으로 떠올랐다.

잠시 정적이 흘렀다. 스벤센 병사들이 멍한 눈으로 허공에 정지한 밀레노레르를 올려다보았다.

그 상태에서 밀레노레르가 자전했다.

푸화하하학!

회전과 동시에 밀레노레르의 온몸에 형성된 100개의 투창이 사방으로 흩뿌려졌다. 나선으로 날아온 투창은 눈 깜짝할 사이에 주변을 피바다로 만들었다.

노덴스가 온몸에 구멍이 뚫려 결합이 해제되었다. 스벤센의 솔샤르들이 피투성이가 되어 즉사했다. 스벤센 병사들도 온몸에 구멍이 뚫려 숨이 멎었다.

삐유우우웅—

그렇게 적을 학살한 밀레노레르가 다시 반대 방향으로 회전하며 계곡 위로 올라갔다.

"으으읏!"

"이게 다 뭐야?"

계곡에 남겨진 처참한 살육의 흔적에 스벤센 병사들이 몸서리를 쳤다.

Chapter 4

콰앙!

노브고로트가 도끼로 땅을 찍었다.

돌성을 허물려는 찰나, 주홍색 원반이 등장해서 아군에게 큰 피해를 입혔다. 이어서 시커먼 철갑 마물이 나타나 노덴스들을 모조리 도륙해 버렸다.

"대체 저놈들이 누구냐? 크우웃! 놈들이 누구기에 이런 말도 안 되는 마물들을 보유했어?"

노브고로트는 거칠게 숨을 몰아쉬었다.

이제 해가 저물어 사방이 컴컴했다. 돌성 위에서 타오르는 횃불이 유독 눈을 자극했다. 사방에서 피 냄새가 풍겼다. 노브고로트는 아래턱에서 돋아난 송곳니를 손으로 슥슥 문질렀다.

"내가 앞장선다."

노브고로트가 도끼로 손바닥을 탁탁 두드렸다.

부지휘관이 말렸다.

"안 됩니다. 군단장님께서 직접 나서시면 위험합니다."

노브고로트는 그 말을 듣지 않았다.

"지금쯤 우리의 해군들이 산등성이까지 밀고 올라왔을 것이다. 적들도 당황한 것이 틀림없어. 게다가 저 듣도 보도 못한 마물들을 상대할 사람은 나뿐이 없다. 내가 앞장서서 길을 뚫을 것이니 너희들은 내 뒤를 쫓아라."

"군단장님!"

"명령이다!"

노브고로트가 이렇게까지 나오자 부지휘관도 더는 말리지 못했다.

사실 노브고로트는 해구 2층 레벨의 마물 다즈포르키스와 결합했다. 4군단장 롤로와 같은 마물이었다. 다즈포르키스는 딱딱한 철갑을 온몸에 둘러 방어력이 말도 안 되게 높았다. 게다가 12개의 촉수를 사용하여 공격력도 제법 괜찮았다.

한 가지 더.

다즈포르키스는 특별한 이능력을 갖추었다. 주변 30 미터 영역에 힐링(Healing: 치유)을 제공할 수 있는 능력이다. 그 힐링 영역 안에선 회복 속도가 1,000배 이상 증폭되고, 어지간한 공격엔 죽지도 않았다.

그러니 다즈포르키스가 앞장을 서면 스벤센 병사들에게 큰 도움이 될 것이 분명했다.

부지휘관이 주먹으로 자신의 가슴을 두드렸다.

"정 그러시다면 군단장님 뜻대로 하십시오. 대신 소장이 군단장님의 뒤를 받치겠습니다."

부지휘관의 마물은 추일리아!

환각의 마물이라 적을 혼란시키기에 적합했다. 노브고로트는 흔쾌히 허락했다.

"좋아. 내가 앞장을 설 테니까 부지휘관이 적들을 혼란시켜. 크르르!"

짧은 포효와 함께 노브고로트가 말에서 내렸다.

부지휘관도 말에서 내려 노브고로트의 뒤를 따랐다.

총사령관이 나서자 스벤센 병사들이 계곡 양옆으로 비켜 길을 터 주었다. 선두에 선 노브고로트가 두 주먹을 불끈 쥐고 함성을 질렀다.

"우아아악!"

그와 동시에 노브고로트의 신체가 딱딱한 껍질로 뒤덮였다. 덩치도 두 배는 더 커졌다. 껍질 위에는 뾰족한 가시도 돋아났다.

노브고로트의 어깨 위에선 흉측한 촉수 12개가 길게 자라나 허공에서 일렁거렸다.

이것이 다즈포르키스의 위용!

크아아아아—!

긴 포효와 함께 다즈포르키스가 계곡 위로 내달렸다. 양 손에 수십 개의 마물 눈을 연 부지휘관이 바로 그 뒤에 따라붙었다. 스벤센의 솔샤르들이 노브고로트와 함께 내달렸다.

피류류류—

전방에서 주홍색 원반이 날아왔다.

다즈포르키스는 집게발을 빠르게 교차해서 원반을 튕겨 내었다. 막오레곤의 얇은 원반이 집게발에 막혀 왜애애앵 소리를 내며 공회전했다. 다즈포르키스의 단단한 껍질이 와드드득 갈려 나갔다. 하지만 다즈포르키스의 몸에서 휘황한 빛이 치솟자 갈려 나갔던 껍질이 다시 재생되었다. 이 빛은 주변 30미터를 물들였다. 그 안에 머무르는 거인족 솔샤르들이 모두 상처를 회복했다.

그러자 기다렸다는 듯이 밀레노레르가 등장했다. 계곡 위에서 무섭게 회전하며 날아온 밀레노레르는 허공에 딱 멈췄다가 핑그르르 돌았다. 밀레노레르의 온몸에 꽂힌 100개의 마물 투창이 나선형으로 쏟아져 계곡을 휩쓸었다.

다즈포르키스는 집게발을 X자로 교차해 버렸다.

마물 투창이 집게발에 퍼퍼퍽! 박혔다.

"끄윽!"

강렬한 고통에 다즈포르키스와 결합한 노브고로트가 답답한 신음을 흘렸다.

하지만 다즈포르키스의 빛이 다시 뻗어 나가자 상처가 빠르게 아물고 부서진 껍질이 재생되었다. 껍질 안으로 박혔던 마물 투창도 다시 스르륵 밀려났다.

밀레노레르의 마물 투창은 다즈포르키스만 공격한 것이 아니었다. 나선형으로 폭발하며 주변의 스벤센 솔샤르들을 한꺼번에 휩쓸었다.

목에 투창이 찔린 솔샤르는 즉사했다.

가슴에 투창이 찔린 솔샤르도 즉시 죽었다.

하지만 배에 투창이 찔린 솔샤르는 처음에 피를 흘리다가 빠르게 지혈되었다. 상처가 다시 아물고 마물 투창이 몸 밖으로 빠져 나갔다. 팔다리에 부상을 입은 자들도 모두 부상이 회복되었다. 치유의 빛 덕분이었다.

밀레노레르가 다시 100개의 투창을 형성했다. 그 투창들이 허공에서 나선형으로 뿌려지며 주변을 휩쓸었다.

크왕!

다즈포르키스가 포효와 함께 밀레노레르를 덮쳤다. 그렇게 앞으로 달려가 사각을 줄이자 투창의 대부분이 다즈포르키스에게 집중되었다. 덕분에 스벤센의 병력은 비교적 피해를 적게 보았다. 대신 다즈포르키스의 온몸이 구멍투성이가 되었다.

"끄으윽! 이거 죽겠구먼."

노브고로트가 이빨을 으드득 갈았다. 몸에 투창이 박히는 고통은 정말 지독했다. 그래도 치유의 빛 덕분에 죽지는 않았다. 노브고로트는 목을 좌우로 꺾었다. 그다음 12개의 촉수를 길게 뻗어 밀레노레르를 붙잡았다.

핑그르르—

밀레노레르가 다시 역회전하며 계곡 위로 물러났다.

노브고로트가 그 뒤를 쫓아 달렸다. 추일리아와 결합한 부지휘관이 바로 그 뒤를 따랐다. 스벤센 병력들이 물밀 듯이 진격했다.

Chapter 5

레다는 몸이 근질근질했다.

"와라. 어서 와!"

창을 움켜쥔 레다가 스산한 눈빛을 토했다.

라티파는 다소 긴장한 기색이었다.

카티는 실보플레의 손을 잡고 살짝 뒤로 빠졌다. 그녀는 군나르와 스벤센의 싸움에 끼어들 마음이 없었다.

'기회를 봐서 빠져나갈 수 없을까?'

카티는 이런 마음을 품었다. 독이 마음에 걸리긴 하지만, 그건 토브욘 왕국으로 돌아가면 어떻게 해결될 것 같았다.

아이다도 전투에 소극적이었다.

'잉그리드 님이 아시면 크게 혼이 나겠지만, 뭐 어때서? 내가 왜 이 전투에 끼어들겠어? 나는 대규모 공간 이동 포탈을 설치한 것으로 내 몫을 다했어.'

아이다는 이렇게 생각했다.

그러는 사이 다즈포르키스와 결합한 스벤센의 왕자 노브고로트가 성벽 바로 아래에 도착했다.

크왕!

다즈포르키스가 산비탈 아래서 크게 포효했다. 그다음 12개의 긴 촉수를 뻗어 성벽을 공격했다.

다즈포르키스의 넓은 등판 뒤에 숨어 있던 부지휘관이 갑자기 앞으로 튀어나왔다. 부지휘관은 환각의 마물 추일리아와 결합한 상태였다.

웃통을 벗어 던진 부지휘관이 돌성을 향해 양팔을 활짝 벌렸다. 부지휘관의 두 팔과 얼굴, 목, 가슴에는 수백 개의 마물 눈이 활짝 열렸다. 부지휘관의 상반신으로부터 눈부신 광채가 쏟아졌다.

번쩍!

빛이 터졌다. 성벽 위의 군나르 병사들은 순간적으로 정신을 잃었다.

그렇게 병력이 무력화된 사이, 노브고로트의 다즈포르키스가 비탈을 기어 올라와 성벽을 집게발로 후려쳤다.

노브고로트와 결합한 다즈포르키스가 집게발을 휘둘렀다.

콰앙!

그 한 방에 성벽 일각이 허물어졌다.

때를 맞춰 외궁 8호가 성벽에 뛰어 올라왔다. 외궁 8호가 성벽 바로 아래의 다즈포르키스를 향해 왼손을 뻗었다.

번쩍!

외궁 8호의 마물은 추일리아!

다즈포르키스의 뒤를 따라 성으로 난입하려던 스벤센의 솔샤르들이 순간적으로 몸이 굳었다. 다즈포르키스도 잠시 동안이지만 머리가 멍했다. 외궁 8호 덕분에 성벽이 허물어지지 않았다.

하지만 추일리아의 환각은 같은 추일리아에게는 통하지 않았다.

스벤센의 부지휘관이 다시 빛을 토했다. 그에 맞춰 외궁 8호도 환각을 퍼부었다. 두 사람이 쏘아 낸 빛이 번쩍, 번쩍하는 사이 잠시 동안 시간이 멈춘 것 같았다. 양측 병력 모두 행동을 멈추었기 때문에 그렇게 느껴졌다.

메네스의 밀레노레르도, 외궁 4호의 막오레곤도, 다즈포르키스도 잠시 정지했다. 심지어 도망칠 기회를 엿보던 카티와 실보플레도 멈칫거렸다.

그때였다.

성벽 위에 지독히 아름다운 여자가 나타났다.

아니, 이것은 잘못된 판단이었다. 스벤센 병사들의 눈에는 여자로 보였지만 사실은 여자가 아니라 남자였다. 바로 하라간의 등장이었다.

하라간이 뒷짐을 지고 여유롭게 발을 놀려 성벽 아래로 뛰어내리는 장면은 마치 여신이 이 땅에 하강하는 것처럼 아름다웠다.

하라간에게는 추일리아의 환각도 통하지 않았다. 오히려 그 신비로운 아름다움에 반해 스벤센의 부지휘관이 잠시 멍해졌다.

하라간이 성벽 아래 발을 착지하는 것과 동시에 외궁 8호의 환각도 깨졌다. 노브고로트가 퍼뜩 정신을 차렸다. 노브고로트는 눈앞에 갑자기 나타난 이 미인이 대체 누구인가 고민했다.

하라간이 입술을 살짝 벌렸다.

"여기까지 오느라 수고했어."

나른하고 퇴폐적인 음성!

노브고로트가 멍하게 하라간을 바라보았다.

푸욱!

그때 노브고로트의 배를 쑤시고 검이 파고들었다. 딱딱한 마물의 철껍질도 하라간의 검을 막지는 못했다. 하라간은 상대의 배에 쑤셔 넣은 검을 수평으로 잡아끌었다.

사악―!

다즈포르키스의 단단한 껍질이 아무런 저항도 없이 횡으로 잘렸다.

"끄악!"

노브고로트가 비명을 질렀다. 노브고로트의 온몸에서 발산된 힐링의 빛이 상처를 치유했다.

아니, 치유하는 것처럼 보였지만 사실은 치유가 되지 않았다. 다즈포르키스의 힐링은 잘린 살도 다시 붙일 정도로 막강한 위력을 지녔지만, 원래부터 둘이었던 생명체를 붙일 수는 없었다. 마나의 벽 4단계에 올라선 하라간의 검은 다즈포르키스의 배를 둘로 나누어 놓았다. 단순히 배를 가른 것이 아니라, 원래부터 다즈포르키스의 배가 양쪽으로 나뉘었던 것처럼 세포 자체를 완전히 해체했다. 그래서 힐링을 통해서도 살이 붙지 않았다.

터진 상처를 통해 피가 꾸역꾸역 흘렀다.

"끄아악!"

노브고로트가 몸부림을 쳤다. 화가 난 노브고로트는 집게발을 높이 들어 하라간을 내리찍었다.

그 전에 하라간의 검이 환상적으로 추켜 올라갔다. 집게발 2개와 함께 다즈포르키시의 12개 촉수가 한꺼번에 잘렸다.

"끄억!"

이번에도 상처는 재생되지 않았다. 노브고로트는 괴물을 보는 듯한 눈빛으로 하라간을 보았다.

"으으으!"

노브고로트가 자신도 모르게 뒷걸음질 쳤다.

하라간이 어느새 바짝 다가왔다. 하라간의 혀가 입술을 싹 핥고 지나갔다.

그 장면이 이상할 정도로 섬뜩했다.

'왜 이렇게 춥지?'

노브고로트는 순간적으로 이런 생각을 품었다.

그 즉시 투명한 무언가가 노브고로트, 아니 다즈포르키스의 허리를 덥석 물었다.

와득!

거의 4미터 가까이 되는 마물 다즈포르키스가 한순간 세상에서 사라졌다. 잘게 부서진 껍질 파편이 사방으로 튀었다가, 이내 무엇인가에 빨려 들어가는 것처럼 후루룩 사라졌다.

"뭐, 뭐야?"

스벤센의 부지휘관이 기겁했다.

하라간이 바람처럼 그의 앞으로 다가왔다.

"아악!"

부지휘관이 질겁하며 손을 내젓다가 엉덩방아를 찧었다.

부지휘관의 상반신에 박힌 마물 눈들이 빠르게 껌뻑거렸다.

하라간은 스치듯이 상대를 지나쳤다. 대신 투명한 무언가가 부지휘관을 덮쳤다. 이번엔 머리통부터 시작해서 다리까지 한 번에 덥석!

"쩝! 괜히 입맛만 버렸군."

하라간이 스쳐 지나가는 듯한 말투로 뇌까렸다.

거리가 멀어 아무도 그 중얼거림을 듣지 못했다.

노브고로트와 부지휘관이 갑자기 세상에서 사라지자 스벤센의 솔샤르들이 당황했다. 하라간은 계곡 아래로 슬쩍 몸을 날렸다. 바람이 불어와 하라간의 풍성한 머리카락을 간질였다. 하라간의 하늘하늘한 옷깃이 펄럭 벌어지면서 미끈한 상체가 드러났다.

"아!"

스벤센의 솔샤르들은 이 아름다운 미녀가 남자였다는 사실에 우선 놀랐다. 그리고 자신들이 남자에게 반응한 것에 또 한 번 놀랐다.

하지만 진짜로 놀랄 일은 그다음이었다.

후루루루룩!

마치 거대한 개미핥기가 투명하고 기다란 혓바닥을 개미굴 속으로 쭉 뻗어 혀에 개미들을 붙인 다음 다시 입속으로 빨아들이는 것처럼, 투명하고 끈끈한 무언가가 좁은 계곡을 따라 쭉 뻗었다가 다시 빠르게 하라간에게 되돌아갔다. 그 끈적끈적하고 투명한 무언가에는 희한하게도 사람이 아닌 마물들만 달라붙었다.

"으헉!"

스벤센 진형 가운데 가장 뒷줄에 있던 솔샤르만이 이런 헛바람 소리를 내질렀다. 그 앞쪽에 있던 나머지 1,000여 명의 솔샤르들은 한마디 비명도 지르지 못했다. 그저 끈끈한 것에 달라붙어 하라간에게 쫙 딸려 갔다가 와드득 분쇄되었을 뿐이다.

물론 가장 뒤쪽에 있던 솔샤르도 눈 깜빡할 사이에 수백 미터 거리를 딸려 올라가 투명한 존재에게 잡아먹혔다.

Chapter 6

눈 깜짝할 사이에 마물 1,000여 마리를 삼키고도 하라간은 만족하지 못했다. 하라간이 미간을 곱게 찌푸렸다.

"부족해."

하라간은 아직도 배가 고팠다.

"부족하다고."

더 큰 마물! 이런 조무래기들 말고, 막키르샤 이상의 진짜 먹이를 먹고 싶었다. 그 공복감이 하라간의 검을 뽑게 만들었다.

하라간은 인간을 먹고 싶은 생각은 눈곱만큼도 없었다. 대신 인간을 죽이는 것에는 아무런 거리낌이 없었다.

스각!

하늘로 솟구쳤던 하라간의 검이 일직선으로 하강했다.

그 순간, 저 까마득한 하늘부터 시작해서 지상까지 공간이 어긋났다. 하라간의 검이 구불구불한 계곡을 따라 공간을 둘로 나눠 버렸다.

약 10 미터의 폭을 가진 공간의 틈새 안에서 모든 생명체는 존립 자체를 부정당했다.

공간과 공간의 사이!

공간의 틈새!

이곳은 생명체가 살아갈 수 있는 장소가 아니었다. 무생명체가 존재할 수 있는 장소도 아니었다.

그 틈새에 끼어 계곡이 사라졌다.

대신 좁은 계곡을 따라 무려 수 킬로미터에 걸쳐서 깎아지른 절벽이 형성되었다. 땅이 사라지고 바위가 사라지면서 저절로 생긴 절벽이었다.

그 까마득한 절벽 밑엔 부글거리는 용암이 차올랐다. 공

간의 틈새가 다시 메워지면서 뻥 뚫린 공간을 지하에서 올라온 용암이 채운 것이다. 이 모든 일들이 인간의 눈으로는 볼 수도 없고 인간의 힘으로는 내려갈 수도 없는 저 까마득한 밑바닥에서 벌어졌다.

계곡을 가득 채웠던 스벤센의 병사들도 당연히 모두 사라졌다. 계곡이 사라지고, 계곡에 돋아난 풀이 사라지고, 바위가 사라졌는데, 그 바위에 올라서 있던 스벤센 병사들이 무사할 리 없었다.

눈꺼풀을 한 번 감았다가 뜬 사이에 스벤센 병사 15,000명 이상이 이 세상에서 그 존재 자체를 지움당했다.

이건 죽음과는 격이 달랐다.

죽음이라기보다는 세상에 그런 병사들이 존재했던 것 자체를 부정당해 버렸다.

끔찍한 이적의 끝에 하라간이 우뚝 서 있었다.

"재미가 없군."

하라간이 등을 휙 돌렸다.

사실 하라간이 이 먼 산악 지대까지 발길을 한 것에는 이유가 있었다. 하라간은 '마정석 광산을 털면 혹시 군주 스벤센이 나타날지도 몰라.'라고 기대하며 군침을 삼켰다. 그런데 무슨 이유 때문인지 스벤센은 나타나지 않았다. 스벤센 다음으로 기대를 하고 있던 류리크도 오지 않았다. 고작 한 입 거리도 되지 않는 조무래기들만 눈앞에서 알짱거리 릴 뿐이었다.

하라간은 권태로운 표정으로 전투에서 빠졌다. 어느새 하라간의 몸이 성벽 위로 되돌아왔다.

"저, 저, 저!"

레다가 입을 딱 벌렸다.

"우으으!"

라티파는 부들부들 손을 떨었다.

"으헛!"

도망칠 기회를 엿보던 카티의 얼굴이 새하얗게 질렸다.

이 3명보다 더 놀란 사람이 바로 실보플레였다. 나머지 3명은 조금 전 무슨 일이 벌어졌는지 정확하게 파악하지 못했다. 그들은 그저 하라간의 어마어마한 무력을 살짝 엿보았을 뿐이다.

하지만 실보플레는 공간의 마법사! 그녀의 뛰어난 공간 감각이 조금 전 벌어진 일의 실체를 대충이나마 짐작하게 만들어 주었다. 하라간이 가볍게 검을 휘둘러 만들어 낸 이적은 결코 이 세상에서 벌어질 수 있는 일이 아니었다. 사람이 공간을 없애 버리다니! 검으로 공기를 베는 것이 아니라 공간 자체를 분리해 버리다니!

"아아아!"

실보플레가 실신하듯 고꾸라졌다. 그것도 그냥 기절한 것이 아니라 오줌까지 지렸다.

"실보플레야!"

깜짝 놀란 카티가 실보플레를 안았다. 실보플레가 스승의 품에서 축 늘어졌다.

한편 아이다도 다리에 힘이 풀렸다.

"크으읏!"

아이다는 성벽에 기대어 주르륵 미끄러지다가 바닥에 털썩 주저앉았다.

비단 놀란 사람이 이들 5명만은 아니었다. 영혼이 없는 메네스와 외궁 4호, 그리고 외궁 8호도 가늘게 전율했다. 뇌를 조작당한 자들마저 본능적인 두려움을 느낄 만큼 하라간이 벌인 이적은 끔찍했다.

하라간이 그들의 곁을 스쳐 지나갔다.

"뒤처리는 너희가 해."

이것이 하라간이 남긴 말의 전부였다.

"네넷!"

레다가 뒤늦게 대답했다.

"실보플레야, 정신 차려. 정신 좀 차리라고!"

카티는 제자의 팔다리를 연신 주물렀다. 제자를 데리고 하라간의 손아귀에서 벗어나 도망치려는 생각은 이미 카티의 머릿속에서 사라진 지 오래였다.

눈앞에서 계곡이 사라졌다. 벼랑 사이 좁은 길을 따라 전
진하던 스벤센 병사들은 갑자기 앞길이 끊기고 깎아지른
절벽이 나타나자 기겁했다.
"으아악! 밀지 마!"
"밀지 마! 그만! 그만!"
원치 않게 선두에 서게 된 스벤센 병사들이 온 힘을 다해
멈춰 섰다. 여기서 한 발만 더 내디디면 바닥이 보이지 않
는 절벽으로 떨어질 판국이었다.
병사들을 지휘할 사람도 없었다. 뒤에선 앞으로 전진하
려고 동료의 등을 밀었다. 앞에선 절벽에 추락하지 않으려
고 기를 쓰고 버텼다. 그렇게 스벤센 병력들은 오도 가도
못하고 외길에 갇혔다.
스벤센의 지휘관인 노브고로트가 이미 저 앞 계곡까지
올라간 상태였다. 후방의 병사들은 앞에서 무슨 일이 벌어
졌는지 알지 못했다. 노브고로트가 이미 하라간에게 잡아
먹혔다는 사실도 알 수 없었다. 그저 지휘관을 쫓아 계속
전진하려 들 뿐이었다.
무려 45,000명이나 되는 대군이 좁은 외길로 밀려들다
보니 정체가 심각했다. 이 장면을 하늘에서 내려다보면, 깔

때기 모양의 공터에 병사들이 잔뜩 모여 있고, 그들이 줄을
지어 좁은 외길로 진입하려는 모습이었다.

노브고로트가 진두지휘하여 위로 쭉쭉 치고 올라갈 때는
그래도 정체가 심각하지 않았다. 병사들이 앞으로 쭉쭉 빠
졌기 때문이다.

그런데 지금은 중간에 길이 끊겼다. 선두의 병사들이 전
진하기는커녕 거꾸로 되돌아 나오려고 했다. 뒤에서는 아
무것도 모르게 계속 안으로 밀려들었다.

치열한 전투 중에 사망한 병력이 약 5,000명

하라간의 검에 존재 자체가 지워진 병력이 약 15,000명.

그래도 스벤센군은 25,000명이나 남았다. 이 대군이 좁
은 길에서 서로 부딪쳤다.

게다가 이곳은 계곡이 아니었다. 계곡에 도착하기 전에
통과해야 하는, 구불구불한 벼랑 사이로 난 좁은 외길이었
다. 길 왼편은 가파른 산비탈이라 올라갈 수가 없었다. 길
오른편은 깎아지른 낭떠러지였다.

병사들끼리 서로 밀고 밀리자 낭떠러지로 떨어지는 희생
자들이 속출했다.

"으아악!"

"밀지 마! 나 떨어져, 이 자식들아. 크아아악!"

컴컴한 어둠 속에서 절벽에 추락하는 사고가 연달아 발

생했다. 가장 선두의 병사들도 뒤에서 떠밀려 까마득한 공간의 틈새로 실족했다.

그렇게 지옥 같은 다툼이 발생한 가운데, 스벤센군을 향해 더 큰 재앙이 다가왔다.

제7화
불타는 니네베

Chapter 1

"스벤센 놈들을 휘몰아쳐라!"

커다란 포효와 함께 공터 저편에서 대군이 몰아쳤다. 군나르 왕국 북부 군단장 온바가 숨겨 놓은 병력이 등장했다.

얼마 전 하라간은 대규모 공간 이동 포탈을 열어 팔만 대군을 소환했다. 이 가운데 12,000명이 페피를 따라 마정석 광산을 점령했다. 8,000명이 하라간과 함께 돌성에 남았다. 그리고 북부 군단장 온바가 무려 나머지 전 병력을 이끌고 멀리 자리를 비켰다.

스벤센 군대는 온바의 매복 사실을 까맣게 몰랐다. 그래서 후방을 대비하지 않고 오로지 계곡으로 전진할 생각만

했다.

그때를 맞춰 온바가 나타났다.

하얀 백마를 타고, 무시무시한 기세로 돌격하는 온바의 모습은 무척이나 위압적이었다. 백마가 땅을 박찰 때마다 말발굽에서 불똥이 튀었다. 그 불똥에 비춰 어둠 속 온바의 모습이 얼핏얼핏 드러났다. 온바의 뒤에는 전투로 다져진 북부군이 함께했다.

우두두두—

지축을 울리며 달려든 북부군이 스벤센 병력의 배후를 후려쳤다.

콰앙!

단숨에 부딪쳐 온 북부군의 방패가 스벤센 거인족의 몸통을 갈겼다. 뾰족한 창이 거인족의 등을 찔렀다.

온바의 어깨엔 울퉁불퉁한 근육질의 팔뚝이 무려 8개나 돋아 있었는데, 이 팔들이 무시무시한 괴력을 발휘했다. 온바는 8개의 손에 마차 수레바퀴만 한 해머 4개를 들고는 풍차처럼 휘둘렀다.

붕붕붕붕붕!

해머가 만들어 낸 풍압에 공기가 찢겨 나갔다.

퍼억! 퍼억!

스벤센의 거인들이 그 해머에 맞아 피떡이 되어 날아갔

다.

"크악! 적이닷!"

"뒤에도 적이 나타났다."

스벤센의 병사들이 재빨리 몸을 뒤로 돌렸다. 하지만 이미 대열이 흐트러진 터라 군나르의 기마병들을 효과적으로 막지 못했다.

기마대가 빠르게 치고 빠진 뒤, 이번엔 군나르의 병사들이 우르르 달려들었다. 병사들보다 한발 앞서 군나르 왕국의 솔샤르들이 스벤센군의 배후를 덮쳤다.

물론 스벤센 왕국도 솔샤르를 많이 데려왔다. 하지만 그들 대부분은 선봉에 서서 돌성을 공략하려다가 하라간에게 떼로 몰살을 당했다. 그 탓에 스벤센군 후방엔 솔샤르가 단한 명도 없었다.

솔샤르 vs 일반 병사.

이건 애초부터 싸움이 되지 않는 매치였다. 스벤센군의 병사들이 제아무리 힘센 거인족이라고 해도 마물을 상대할수는 없었다.

군나르 왕국 포르키스의 집게발이 스벤센 병사의 팔을 붙잡아 그대로 찢었다.

"죽엇!"

스벤센의 병사가 전력을 다해 휘두른 도끼는 포르키스의

껍질을 맞고 어이없이 튕겨 나갔다.

수십 마리의 포르키스가 달려들어 스벤센 병사들을 뒤에서 몰아붙이자 그 안쪽의 병사들은 좁은 벼랑길로 내몰릴 수밖에 없었다.

"안 돼!"

"밀지 마!"

"으아아악!"

스벤센군 앞쪽에서 비명이 들렸다. 낭떠러지에서 실족한 병사들이 지르는 비명이었다.

"크아악!"

"그만! 그만!"

스벤센군 뒤쪽에서도 비명이 들렸다. 마물들에게 학살당하는 병사들이 지르는 절규였다.

그렇게 일방적으로 적을 몰아붙이던 포르키스 군단이 우르르 물러났다. 그 직후, 밤하늘을 가르며 마물 화살이 날아들었다. 무섭게 회전하면서 날아든 마물 화살들은 스벤센 병사들이 모여 있는 곳 한복판에 떨어졌다. 사방으로 파편이 날렸다.

퍼퍼펑!

"크왁!"

비명 소리가 난무했다.

온바는 뒤에 대기시켜 놓은 10기의 노덴스에게 일제히 공격하라는 명령을 내렸다. 10개의 마물 화살이 한꺼번에 날아오며 부채꼴 모양으로 뭉쳐 있던 스벤센군을 박살 냈다.

스벤센군은 이제 더 이상 물러설 곳이 없었다. 앞으로 밀고 들어가서 낭떠러지에 떨어지거나, 아니면 뒤에서 날아오는 거대한 마물 화살에 맞아 죽거나!

공터 곳곳에 피 웅덩이가 생겼다. 여기저기 잘린 팔다리가 나뒹굴었다. 좁은 길목 입구에 죽은 시체가 쌓여 산더미를 이루었다.

무려 20,000명의 스벤센 병사들이 그렇게 밤새도록 포화에 얻어맞고, 마물에게 몸이 잡아 뜯기고, 실족사를 당하고, 동료의 발에 짓밟혀 죽었다. 거인족 병사들이 흘린 피가 냇물이 되어 콸콸 흘렀다. 좁은 덫에 갇힌 거인족들은 제대로 힘도 써 보지 못하고 전멸했다.

"으아악! 항복! 항복!"

"살려 주세요. 으허헝! 살려 주세요!"

거구의 거인족들이 무릎을 꿇고 싹싹 비는 모습이 참으로 비참했다.

거인들이 항복을 외칠 무렵, 생존자의 숫자는 채 2,000명도 되지 않았다. 무려 18,000명의 거인족이 좁은 곳에

갇혀서 죽은 셈이었다.

　같은 시각.

　산악 지대 서쪽도 어느 정도 정리가 되었다. 밤이 되기 전에 서둘러 진영을 세우고 노숙을 하던 스벤센의 해군은, 한밤중에 기습적으로 치고 내려온 페피군을 맞아 혈투를 벌였다.

　원래 해군들은 밤눈이 밝았다. 야간에도 바다를 주시하던 습관 덕분이었다.

　하지만 페피는 일반적인 야간 전투를 펼치지 않았다. 네 페르를 앞세워 스벤센 해군 야영지를 불바다로 만들었다.

　"불이야! 불이야!"

　"불을 꺼! 불을 끄라고, 이 멍청이들아!"

　당황한 해군들이 이쪽에 우르르, 저쪽에 우르르 몰려다녔다. 페피는 그때를 노려 기습적으로 적진 한복판을 뚫고 지나갔다.

　그렇게 한밤중에 기습을 당하자 스벤센 해군의 전의가 확 꺾였다.

　"제독님, 산악에서 계속 싸우는 것은 너무 위험합니다."

　"그렇습니다. 이건 저희에게 너무 불리한 전투입니다."

　부장들이 해군 제독을 압박했다.

제독이 버럭 성을 내었다.

"그럼 어쩌란 말이냐? 우리 자랑스러운 스벤센 해군이 전투를 포기하고 후퇴라도 하란 말이냐?"

"네, 그렇습니다. 차라리 후퇴하여 해안선에 진을 치는 것이 낫습니다."

"제 생각도 똑같습니다. 이러다 우리가 전멸이라도 하면, 해안선 봉쇄도 뚫립니다. 그건 위대하시고 또 위대하신 분의 명을 거역하는 것 아닙니까? 그러니 이건 후퇴가 아닙니다. 해안선 봉쇄를 강화하기 위한 전략적 이동입니다."

부장들의 말은 그럴듯했다.

제독도 솔직히 이 낯선 산속에서 적과 싸우고 싶지 않았다. 이건 아무리 생각해도 멍청한 짓이었다.

"독수리를 날려라. 지휘관께 보고는 해야지. 산에서 물러나 해안선 봉쇄를 단단히 하겠다고 보고해. 그리고 우리가 겪은 참상도 솔직하게 보고해라. 나중에 이 죄를 물으면 내가 감당하마."

제독의 말에 부장들이 감격했다.

"제독님!"

"크흑! 죄송합니다. 저희가 제독님을 제대로 보필하지 못해 이런 수모를 안겨드렸습니다."

"그렇습니다. 모두 저희 부장들이 못난 탓입니다."

부장들은 눈시울을 붉혔다.

제독이 부장들의 어깨를 두드렸다.

스벤센 해군의 퇴각은 생각보다 신속했다. 자존심 강한 이 바다 사나이들은 낯선 산속에서 어이없이 죽고 싶지 않았다. 그래서 퇴각 명령이 떨어지자마자 후다닥 물러났다.

페피는 어두운 산등성에서 적들의 퇴각을 지켜보았다.

네페르가 물었다.

"적들의 뒤를 치실 겁니까?"

페피가 고개를 가로저었다.

"아니. 더 이상 몰아쳤다간 아군의 희생이 커진다. 아군 병사가 줄어들면 마정석 탈취가 느려질 수밖에 없어."

페피는 과연 똑똑한 지휘관이었다. 지금 중요한 것은 적을 많이 죽이는 것이 아니었다. 최대한 많은 마정석을 확보하는 것이 하라간의 의도였다.

페피는 하라간의 뜻에 부합하게 행동했다.

Chapter 2

군단장 노브고로트 전사!

부지휘관 전사!

**동쪽에서 쳐들어간 45,000명의 대군 가운데 43,000명
사망!**

2,000명 포로!

서쪽에서 쳐들어간 해군 40,000명 패퇴!

해군 가운데 최소한 13,000명 이상 사망!

부상자는 헤아릴 수도 없음!

이 끔찍한 비보가 스벤센 왕궁에 전달되었다.

왕궁이 발칵 뒤집혔다.

"신을 죽여 주시옵소서. 신은 죽어야만 하옵니다. 으허
허허헝!"

최고 대신이 스벤센 앞에 엎드려 통곡했다. 최고 대신의
이마는 바닥을 연신 찍어 이미 피투성이로 변했다.

"신들을 벌하여 주시옵소서. 으허허허헝!"

"신들을 죽여 주시옵소서. 으허헝!"

대신들도 최고 대신의 뒤를 이어 벌을 청했다.

마왕 스벤센은 아무런 대꾸가 없었다.

최고 대신이 목을 길게 빼고 죽음을 기다렸다. 대신들도
목을 쭉 빼고 죽음을 각오했다.

스벤센은 여전히 침묵했다.

죽음보다도 더 두려운 침묵이 대전에 감돌았다.

한참 만에 스벤센의 입이 열렸다.

"뒤처리를 해."

"네에?"

"일단 뒤처리를 해. 그다음 너희들을 죽여 주마."

스벤센의 음성은 웅웅 울려서 잘 알아듣기 어려웠다. 하지만 왕국의 대신들은 스벤센의 뜻을 잘 알아들었다.

최고 대신이 울음으로 답했다.

"으흐흑! 위대하시고 또 위대하신 분의 뜻을 받들겠나이다. 신들이 이번 일을 해결한 뒤, 다 함께 자결하겠나이다. 으허허헝!"

스벤센은 말이 없었다.

대신들은 무릎걸음으로 대전에서 물러 나왔다.

스벤센이 머무는 지옥성에서 벗어난 뒤, 최고 대신이 한숨을 푹 쉬었다.

"휴우우! 이제 모두 죽어야겠구먼."

동료 대신들도 모두 죽을상이었다.

"휴우우우, 그러게 말입니다. 우리 모두 죽어야겠지요."

"그 전에 이번 일은 해결해야지. 만약 이 사태를 수습하지 못하면 우리의 죽음으로 끝나지 않을 걸세. 우리들의 가족과 식솔들마저 모두 엄벌에 처해질 것이야."

대신들은 이미 죽음을 각오했다. 하지만 가족들만큼은 살리고 싶었다.

"최고 대신님의 말씀이 옳습니다. 어떻게든 이번 일을 수습한 뒤 명예롭게 죽어야지요."

"무슨 수가 있나? 역시 동부 전선의 류리크 님을 모셔야 겠지?"

류리크는 가장 믿을 만한 왕자였다. 처음부터 노브고로 트가 아니라 류리크를 투입했다면 결과는 달라졌을 것이라 고 최고 대신은 믿었다.

다른 대신들의 생각도 모두 같았다.

"그건 안 됩니다."

행정 관료가 고개를 가로저었다.

최고 대신이 눈을 찌푸렸다.

"왜?"

"요 며칠 사이에 동부 전선의 상황이 급박해졌습니다. 토레 왕국의 군주가 직접 참전했다는 소식입니다."

"뭣?"

최고 대신이 깜짝 놀랐다. 군주의 참전은 보통 일이 아니 었다. 토레가 직접 나섰다면 류리크만으로는 감당할 수 없 었다. 1군단장 류리크와 2군단장 기욤, 3군단장 루스가 힘 을 합쳐도 토레를 상대하기 불가능했다.

이 급박한 상황에서 만약 류리크를 서부 전선으로 뺀다?

그럼 결과는 불을 보듯 뻔했다. 기욤과 루스가 토레에게 밀려 힘없이 박살 나고, 이어서 토레가 이끄는 수인족들이 스벤센 왕국으로 물밀 듯이 쳐들어올 것이 뻔했다.

최고 대신의 눈에서 불똥을 쏟았다.

"크악! 서쪽 산악 지대로 우리의 눈을 돌린 다음, 동부 전선에서 군주가 직접 참전한다? 역시 마정석 광산 강탈은 토레 왕국의 짓이었나? 크르르르르!"

최고 대신이 이런 오해를 할 만했다. 서쪽에서 일이 터지기 무섭게 동쪽에서도 일이 터지니 누가 봐도 이건 토레 왕국의 짓이었다.

"이런 똥강아지 새끼들, 감히 우리를 뭐로 보고 이따위 수작질이냣! 내가 당장 가서 박살을 내 주마!"

최고 대신이 흉포한 본성을 드러내었다.

행정 관료가 최고 대신을 말렸다.

"안 됩니다. 최고 대신께서는 여기 남으셔야 합니다."

"내가 왜?"

"만약 토레의 참전이 사실이라면, 위대하시고 또 위대하신 분께서 동부 전선으로 달려가실 수밖에 없습니다. 자고로 군주를 맞상대할 수 있는 사람은 같은 군주뿐 아닙니까."

이 말은 사실이었다. 토레가 전쟁터에 등장하면 스벤센이 나설 수밖에 없었다.

행정 관료가 빠르게 말을 이었다.

"만약 위대하시고 또 위대하신 분께서 동부 전선으로 출전하시고 나면, 이곳 수도를 누가 지킵니까? 바로 최고 대신님께서 중심을 잡으셔야 합니다. 그래야 전체 큰 그림을 살피면서 동부와 서부에 병력과 물자를 적절하게 지원할 수 있지요."

이 또한 옳은 충고였다.

"끄으응!"

최고 대신은 손으로 이마를 짚었다. 그다음 행정 관료에게 물었다.

"내가 수도에 남는다고 치세. 그럼 서부 마정석 광산은 어떻게 수습하나? 5군단장께서 참패를 하셨으니 어떻게 뒷수습을 해?"

행정 관료가 기다렸다는 듯이 대답했다.

"이제 6군단장께서 나서셔야 합니다."

"6군단장? 가이루 님?"

최고 대신이 흠칫했다.

Chapter 3

6군단장 가이루는 군주 스벤센의 친동생이자 류리크에게는 숙부가 되는 거물이었다. 과거 스벤센은 군주의 자리에 오르면서 형제들을 모두 죽였다. 하지만 막냇동생 가이루만큼은 죽이지 않고 남겨 두었다.

가이루가 스벤센에게 충성을 다했기 때문이다.

왕권을 안정시킨 뒤, 스벤센은 가이루를 6군단장 자리에 앉혀 니네베로 보냈다. 니네베는 스벤센 왕국 제2의 수도나 다름없는 대도시였다. 인구는 무려 오백만 명이 넘고 기후는 온화했다. 게다가 니네베는 적국과 맞닿지 않아 평화로웠다.

가이루는 이 평온한 대도시에서 평온하게 여생을 보낼 생각이었다. 그래서 가이루는 일부러 정치를 멀리했다. 괜히 스벤센에게 오해를 받고 싶지 않아서였다. 가이루는 조카들과도 교류하지 않았다. 차기 왕권에 관여한다는 인상을 심어 줄까 걱정했기 때문이다. 그는 그저 조카들 가운데 가장 똑똑한 류리크와 1년에 두어 번 만나는 것이 전부였다.

"그 가이루 님을 모시자고?"

최고 대신이 물었다.

행정 관료가 냉큼 대답했다.

"류리크 님은 동부 전선에서 발을 뺄 수 없습니다. 그러니 가이루 님 말고 누가 이 사태를 수습하겠습니까?"

딴은 그러했다.

가이루 같은 거물이 움직이면 일반 병사들의 사기도 올라갈 것이었다. 게다가 가이루가 나선다면 스벤센에게 보고하기도 좋았다.

최고 대신이 손바닥으로 수염을 쓸었다.

"흐으음! 그럼 가이루 님께 얼마나 병력을 모아 주면 되겠나? 노브고로트 님께선 45,000명을 이끌고도 참패를 당하셨네. 거기에 해군까지 패배했다지? 이렇게 손실이 크다 보니 가이루 님께 몰아드릴 병력이 부족해."

"우선 니네베에 주둔 중인 6군단 병력 50,000명이 있습니다."

"6군단이야 가이루 님의 사람들이니 당연히 동원하시겠지."

"거기에 더해서 수도의 예비 병력 12,000명을 몰아 드릴 수 있습니다."

"그럼 62,000명인가?"

"가이루 님께서 깃발을 드시면 지방의 토후들도 좀 움직일 겝니다."

"얼추 80,000명은 넘겠구먼."

최고 대신과 행정 관료는 박자가 척척 맞았다.

80,000명이면 결코 적은 숫자가 아니었다. 게다가 가이루
는 노브고로트보다 훨씬 더 전쟁 경험이 많은 명장이었다.

행정 관료가 한마디 덧붙였다.

"병력은 충분해 보이지만, 그래도 가이루 님께서 함부로
적을 공격하시면 안 됩니다. 이번에 노브고로트 님도 좁은
지형에 대군을 몰아넣었다가 패한 것 아닙니까? 그러니 적
들을 평지로 유인해 낼 방법을 찾아야 합니다."

"어떻게 유인하지?"

"그야…… 가이루 님께서 묘안을 내시겠지요."

행정 관료는 다소 무책임하게 대답했다.

하지만 그 말이 정답이었다. 가이루와 같은 명장을 투입
한 이상, 모든 전술과 전략은 가이루에게 온전히 맡기는 것
이 좋았다.

"그래. 가이루 님이시라면 묘책을 짜 내실 게야. 노브고로
트 님의 실패를 전해 들으시면 무언가 대책을 세우시겠지."

최고 대신은 이렇게 중얼거렸다. 명장 가이루에게 뒷수
습을 맡긴다고 생각하자 한결 마음이 편했다. 그만큼 가이
루라는 이름이 주는 무게감이 있었다.

하라간은 5,000명의 병력을 뚝 떼서 페피에게 증원시켰다. 마정석 확보를 서두르라는 의미였다. 이제 페피군은 17,000명으로 불어났다. 스벤셴 해군과 전투를 치르면서 페피는 병력 손실을 거의 보지 않았다.

대신 돌성에 남은 하라간 직속군은 8,000명에서 3,000명으로 줄었다.

그렇다고 해서 하라간 직속군의 무력이 저하된 것은 아니었다.

친위대!

EoM!

풀문!

이들 하나하나가 수천 명의 병사들 이상의 몫을 했다.

여기에 더해서 만약 하라간이 직접 움직인다면?

그럼 병사의 수는 전혀 중요하지 않았다. 마음만 먹는다면 하라간 단독으로도 스벤셴 왕국을 초토화시킬 수 있는 괴물이었다.

온바의 병력은 58,700여 명.

원래 온바가 데려온 병사는 60,000명이었는데, 지난 전투에서 약간의 사상자가 발생했다. 하라간은 온바에게 새로운 명을 내렸다.

"알겠습니다. 신 온바, 하라간 님의 명을 따르겠나이다."

흉터투성이 온바가 하라간 앞에 무릎을 꿇고 고개를 숙였다. 온바는 부하들을 이끌고 산악 지대로 스며들었다.

하라간은 아이다와 카티, 실보플레를 온바에게 딸려 보냈다. 카티와 실보플레가 다른 생각을 하지 못하도록 레다도 함께 파견했다.

그러는 사이 스벤센군이 새로운 군대 편성을 마쳤다.

"전구——운, 출동!"

척척척척!

6군단장 가이루가 거의 50,000명에 육박하는 대병력을 이끌고 북진을 시작했다.

여기에 최고 대신이 보낸 수도군 12,000명이 합류했다. 가이루를 존경하는 지방 토후들도 가병들을 이끌고 참전했다.

그렇게 모인 숫자가 거의 83,000명에 달했다. 최고 대신이 셈한 것보다 3,000명이나 더 많은 병력이었다.

가이루는 노브고로트의 실패를 교훈으로 삼았다.

그 날 밤의 전투가 어떻게 흘러갔는지 자세히 알 길은 없었다. 그 악몽의 날 스벤센군은 거의 전멸하다시피 했고, 생존자들은 적의 포로가 되었다. 그러니 노브고로트가 어떻게 싸웠는지 전쟁 상황을 되짚어 볼 방법이 없었다. 그저 해군과 노브고로트가 주고받은 편지를 근거로 삼아 과거를 더듬어 보는 것이 가이루가 할 수 있는 일의 전부였다.

가이루는 이 편지에 근거하여 당시 상황을 유추했다. 또한 산 밑 공터에 남은 발자국들을 살펴 정보를 얻었다.

"어두운 밤 좁은 산길에서 아군이 뒤엉켰어. 그런 정황이 보여. 그 상태에서 적들이 병력을 나눠서 아군의 후방을 쳤구먼. 노브고로트, 이 멍청한 녀석! 후방을 주의하는 것은 병법의 기본이거늘 그걸 소홀히 하다니! 쯧쯧쯧."

지휘관이 멍청해서 아까운 병사들이 죽었다고 생각하자 가이루는 화가 났다.

"비록 내 조카지만 잘 죽었다. 그런 멍청한 놈은 죽어야 해. 쯧쯧쯧!"

가이루는 노브고로트가 겪은 실패를 되풀이할 생각이 없었다. 그는 일을 서두르지 않았다. 산 밑에 진을 치고 때를 기다렸다.

마침 서해안의 해군도 뒤로 물러서서 해안 봉쇄에 전념하는 중이었다.

가이루는 해군을 칭찬했다.

"그렇지. 장수가 괜한 공명심에 불타면 안 되지. 비록 명예에 상처를 입더라도 물러서서 기다릴 줄 알아야지. 내가 동쪽을 봉쇄하고 해군들이 서쪽을 봉쇄하고, 북쪽도 막혔으니 적들은 도망칠 곳이 없어. 마정석 광산을 아무리 점령하면 뭐하나? 빠져나갈 길이 없는데."

가이루는 정체 모를 쥐새끼들을 산속에 가둬 둘 생각이었다. 그렇게 집요하게 기다리다 보면 곧 가을이 오고 식량이 떨어질 것이 뻔했다.

"산악 지대엔 10월 초만 되어도 눈이 오지? 그럼 추위에 지친 쥐새끼들이 산에서 기어 내려올 게야. 앞으로 딱 두 달만 기다리면 돼. 으흐흐!"

참을성이 많다는 것이 가이루의 장점이었다.

반면 상대가 하라간이라는 점이 가이루의 가장 큰 불운이었다. 하라간은 이 전쟁을 그렇게 오래 끌 생각이 없었다. 마해가 열리기 전까지 최대한 많은 마정석을 확보해서 군나르 왕국으로 복귀하겠다는 것이 하라간의 계획이었다.

라티파가 하라간의 의도에 맞춰서 세부 전략을 짰다.

Chapter 4

가이루는 두 가지 점을 살피지 못했다.

첫째, 군나르 북부군은 산속 생활에 익숙했다. 토브욘 왕국과의 전투에 단련된 덕분이었다. 그들은 가이루의 예상보다 훨씬 더 빠르게 산을 타고 이동했다. 산과 계곡을 타고 60,000에 가까운 대병력이 이동하면서도 흔적을 거의 남기지 않았다.

온바가 군나르 북부군을 진두지휘했다.

"불은 땅굴을 파고 그 속에서 지펴라. 배설을 한 흔적은 반드시 지워야 한다."

온바는 병사들의 귀에 못이 박히도록 이 이야기를 반복했다. 군나르군은 온바의 명에 따라 구덩이 속에서 불을 지펴 음식을 해 먹었다. 배설은 꼭 땅속에다 했다. 물은 계곡에서 구하고, 식량은 산에서 조달했다. 군나르군은 산속 나무 그늘 아래서도 취침을 잘했다.

그렇게 온바의 대군은 남쪽으로, 남쪽으로 내려갔다.

가이루가 산 밑에 병력을 대기시키는 동안, 돌성엔 하라간의 직속군 3,000명만 남아 있을 뿐이었다. 나머지 병력은 마정석 광산을 털고, 산을 따라 남부로 내려갔다.

물론 가이루도 마냥 기다리기만 한 것은 아니었다. 가이루는 거인족 샤먼을 동원해 돌성 주변을 유심히 살폈다.

길이 뚝 끊기고 계곡이 통째로 사라졌다는 사실을 샤먼들이 발견해 가이루에게 보고했다.

"길이 끊겨? 멀쩡한 계곡이 어떻게 사라졌단 말이냐?"

샤먼들의 말도 안 되는 보고에 가이루가 화를 내었다.

"저희도 모르겠습니다. 저희는 그저 새를 통해서 정보를 취득했을 뿐입니다."

샤먼들이 억울해하며 대답했다.

샤먼들은 돌성 옆에 설치된 마법진에 대해서도 보고했다. 새의 눈을 통해 관찰한 것이라 마법진의 정확한 형태를 분간하긴 어려웠다. 하지만 뭔가 심상치 않았다.

"돌성 옆에 마법진이 설치되어 있다고? 허어! 대체 무슨 마법진일꼬?"

가이루는 촉이 좋은 지휘관이었다.

"우리 스벤센 왕국 내부에 뜬금없이 수만 명의 적들이 등장했단 말이야. 국경 수비대에게 걸리지 않고 이들이 어떻게 이 깊은 내륙에 들어왔을꼬? 대체 어떻게?"

이 의문과 마법진의 정체를 번갈아 고민하던 중, 가이루는 무릎을 탁 쳤다.

"아빨싸! 공간 이동 포탈이구나! 대규모 병력 이동이 가능한 포탈이야!"

이제 아귀가 맞았다. 그동안 도저히 답을 알 수 없던 문제가 풀렸다.

"이런 대규모 포탈을 열 수 있는 자들은 흔치 않은데?"

북부의 종주국인 아르네 왕국!

마법의 나라 토브욘 왕국!

마법과 주술에 모두 능한 헤닝 왕국!

동북부의 룬드 왕국!

이렇게 네 곳이 의심스러웠다. 가이루는 고개를 갸웃거렸다.

"이 가운데 어디지? 토브욘인가? 아니면 아르네?"

헤닝 왕국은 지금 내전 중이었다. 마법계와 주술계가 차기 왕권을 두고 치열하게 맞붙는 중이라 이런 대규모 병력 파병이 쉽지 않았다.

룬드 왕국은 이 먼 서쪽에 와서 이런 일을 벌일 이유가 없었다.

아르네는 북부 최강의 왕국이라 이렇게 치사한 방식으로 공격하지 않을 것 같았다. 물론 그렇다고 아르네 왕국에 대한 용의를 완전히 풀 수는 없었다.

"하지만 역시 토브욘 그 개새끼들이 가장 의심스럽단 말이지."

토브욘 놈들이라면 이런 짓을 벌이고도 남았다.

토브욘의 뿌리는 해적!

"북해의 더러운 약탈 민족이라면 능히 이런 짓을 벌일 만하지."

하지만 이상했다. 토브욘인들은 마법을 주로 사용하지 직접적인 전투를 즐기는 자들이 아니었다. 그런데 산 입구의 전투 흔적은 마법과는 거리가 멀었다.

헤닝도 마법 아니면 주술이지 직접 전투는 즐기지 않았다.

"그렇다면 역시 아르네 왕국인가? 아니면 룬드?"

혹은 토브욘의 쥐새끼들이 스벤센 왕국을 속이려고 일부러 마법을 자제한 것일 수도 있었다. 어쨌거나 가이루는 조금씩 용의자의 범위를 좁혀 나갔다.

8월 2일 오전 11시.

뜨거운 뙤약볕이 니네베 외곽 성벽을 달구었다. 날이 덥다 보니 불어오는 해풍마저 후덥지근했다.

"아하암! 졸리다."

"아우웅! 나도 졸리네."

니네베의 외곽 수비병들은 긴 하품과 함께 기지개를 켰다.

그중에서도 가장 게을러 보이는 병사가 팔을 쫙 펴고 고개를 좌우로 꺾었다. 그러던 중 병사의 눈이 한 곳에 고정되었다. 무겁게 내려앉았던 병사의 눈꺼풀이 서서히 위로 들렸다. 병사의 동공도 점점 확장되었다.

"저! 저! 저!"

병사가 말을 더듬었다.

동료들이 비웃었다.

"뭐야? 졸다가 말고 왜 말까지 더듬어?"

"킥킥! 내버려 둬. 저 자식은 이때만 되면 꼭 졸다가 지랄을 하더라."

병사는 동료의 비웃음에도 아랑곳하지 않았다. 그저 손가락을 들어 북쪽을 가리킬 뿐이었다.

서부 산악 지대에서 시작된 산줄기는 서해안을 타고 길게 뻗어 이곳 니네베 북쪽 관문 앞까지 이어졌다. 그 북쪽 산기슭에서 시작된 모래바람이 도시의 관문을 향해 빠른 속도로 남하했다.

"저 모래 먼지가 뭐지?"

"뭐? 어디?"

"무슨 모래 먼지? 어엉? 진짜네?"

병사들이 깜짝 놀랐다.

산 밑에서 뿌옇게 시작된 모래 먼지는 넓게 확산되며 니네베의 관문으로 몰아닥치는 중이었다. 그 먼지 속에서 두두두두두! 말발굽 소리가 진동했다. 평화로운 도시 니네베의 병사들은 그 소리를 듣고도 반응하지 못했다.

"뭐야?"

"뭐가 달려오는 거야? 멧돼지 무리인가?"

그저 이런 한가로운 소리나 늘어놓을 뿐이었다.

하지만 곧 정신이 번쩍 들었다.

뼈억!

모래 먼지 속에서 날아온 창이 병사 한 명의 이마를 꿰뚫어 버렸다. 투창에 실린 힘이 어찌나 셌던지 창을 맞은 병사의 몸이 공중에 붕 떴다가 뒤로 날아갔다.

"아아악!"

"죽었다! 사람이 죽었다!"

"전쟁이다. 적이 쳐들어온다!"

관문을 지키던 병사들은 그제야 비명을 질렀다. 그때 이미 모래바람은 관문을 통째로 들이받는 중이었다.

콰앙!

나무로 만든 성문이 그대로 박살 났다.

온바가 이끄는 군나르의 병사들이 무지막지한 속도로 내달려 관문을 그대로 돌파했다. 온바는 마물과 결합하여 얻은 마차 수레바퀴만 한 크기의 대형 해머 4개를 풍차처럼 휘둘러 단숨에 관문을 박살 냈다. 그다음 앞을 가로막는 적병들을 말로 짓밟으며 지나쳤다.

"우호호호호!"

온바의 입에서 거센 포효가 터졌다.

"우호호호호!"

온바의 부하들이 괴성을 지르며 난입했다.

제8화
귀환

Chapter 1

북쪽 관문을 뚫고 니네베로 쳐들어온 온바의 대군은 해일처럼 거리를 휩쓸며 지나갔다.

마침 니네베는 텅 빈 상태였다. 니네베를 지키던 6군단 전체가 가이루를 쫓아 서북부 산악 지대로 이동한 탓이었다.

온바는 빈집이나 다름없는 니네베를 정면으로 치고 들어왔다.

"아아악! 적이다!"

"크악! 살려 줘!"

평화로운 도시 니네베가 순식간에 피로 물들었다. 니네

베 백성들의 목이 포르키스의 집게발에 붙잡혀 뎅겅 잘렸다. 군나르 병사들이 던진 창에 등이 꿰뚫렸다.

온바가 이끄는 군나르 북부군은 눈 깜짝할 사이에 도시 전체로 퍼져 나갔다. 그들 머리 위에서 북부군의 전승기가 힘차게 펄럭였다.

군나르 북부군은 그렇게 해일처럼 도시를 쓸어버리며 시가지 중심부로 집결했다. 그곳에 있는 마정석 창고가 북부군의 목표였다.

니네베 병사들이 창고 앞에 다섯 겹으로 포진했다. 병사들은 무기를 꽉 움켜쥐고 어떻게든 창고를 지키려 애썼다. 하지만 온바의 대군을 막을 수는 없었다.

퍼억!

온바가 휘두른 해머가 수비병들의 머리통을 그대로 박살냈다. 수비병들이 가랑잎처럼 날아가 창고 벽에 부딪혔다.

"우호호호호!"

온바는 피범벅이 된 해머를 번쩍 들고 다시 한 번 포효했다.

"우호호호호!"

그 뒤를 이어 얼굴에 흉터가 가득한 북부군들이 물밀 듯이 들어왔다. 얼마 지나지 않아 마정석 창고가 활짝 열렸다.

엄청난 양의 마정석을 확보한 뒤, 온바가 끔찍한 명을 내렸다.

"불을 질러라. 이 도시에 존재하는 모든 것들을 불태워 버려."

"불을 지르라는 명령이시다!"

"와아아아아!"

군나르 북부군이 손에 횃불을 들고 도시 전체로 퍼져 나갔다. 그들이 지나가는 곳곳마다 불길이 치솟았다.

"아아악! 이 악마들!"

"꺄아악! 내 집! 내 집이 타고 있어."

"와아앙! 엄마! 엄마!"

니네베 남자들이 악을 썼다. 니네베 부녀자들이 울음을 터뜨렸다. 아이들은 고아가 되었다. 평화로운 도시 니네베가 하루아침에 생지옥으로 돌변했다.

이 참담한 소식은 얼마 지나지 않아 스벤센 수도로 전해졌다. 서북부 산 밑에 웅크리고 있는 가이루에게도 전달되었다.

"크왁! 뭐라고?"

가이루가 전령의 멱살을 잡아 번쩍 들었다.

"켁! 켁!"

전령이 허공에 대롱대롱 매달렸다.

가이루는 전령을 바닥에 내팽개쳤다.

"으아아아악! 이 쥐새끼들이 감힛!"

가이루가 터뜨리는 악다구니가 산을 쩌렁쩌렁 울렸다.

스벤센 왕국이 발칵 뒤집힌 동안 하라간은 돌성 안에서 한가롭게 차를 마셨다.

라티파가 상황을 정리해서 하라간에게 보고를 올렸다.

"북부 군단장 온바로부터 연락이 왔습니다. 니네베의 마정석을 모두 손에 넣었다고 합니다. 지금 도시를 불태우는 중이라는 전언입니다."

"산 밑에 웅크리고 있는 스벤센군의 동향은?"

"그라낙과 외궁 8호가 근접해서 관찰 중인데, 동요가 심한 것 같습니다. 일부 막사는 이미 철거되었고, 병력 이동의 기미도 보인다는 첩보입니다."

니네베는 엄청나게 중요한 도시였다. 그 도시가 불타고 있으니 가이루의 6군단이 마냥 이곳에서 대기할 수는 없었다. 게다가 6군단 지휘관이나 병사들 가운데는 니네베에 가족을 둔 자들이 대부분이었다. 그들의 동요도 점점 커질 수밖에 없었다.

하라간이 차를 한 모금 목에 넘겼다.

"둘 중 하나군. 급한 마음에 서둘러 돌성을 치러 올라오든가, 아니면 군대를 물려 니네베로 돌아가든가. 둘 중 어느 쪽일 것 같아?"

하라간이 라티파의 의견을 물었다.

라티파는 망설이지 않고 대답했다.

"적들은 니네베로 복귀할 수밖에 없습니다. 물론 이곳에도 일부 병력을 남겨 두어 봉쇄를 유지할 것입니다."

"병력을 나눈다?"

"네. 그게 적들이 할 수 있는 최선입니다."

하라간이 차를 한 모금 더 마셨다.

"서해안 상황은 어떻지?"

라티파는 우세르를 통해 페피군의 활약도 지속적으로 파악했다.

"포로들을 투입해서 마정석 광산을 채굴 중입니다. 한편으론 해안에 집결해 있는 스벤센 해군들을 기습하여 꽤 타격을 입혔다고 합니다."

"적 해군들의 동향은?"

"해안선 봉쇄에 박차를 가하고 있습니다. 함대를 인근 바다로 대부분 불러들였고, 해안선에 병력들을 쫙 깔아 놓았습니다."

스벤센 해군은 육지 전투에서 페피군을 상대할 능력이

없었다. 대신 육지와 바다가 만나는 경계선에서 봉쇄에 치중하는 형태였다.

하라간이 차를 마저 들이켰다.

"좋아. 그럼 페피에게 모래바람 4단계에 돌입하라고 해."

하라간이 명을 내렸다.

라티파가 발목을 척 붙이며 대답했다.

"넷. 곧바로 명을 전달하겠습니다."

모래바람 1단계, 스벤센 산악 지대 침투 및 대규모 공간 이동 포탈 가동.

모래바람 2단계, 돌성으로 스벤센군 유인 및 온바를 동원한 배후 급습.

모래바람 3단계, 니네베 점령.

이상 3단계 작전이 모두 라티파의 계획대로 성공했다.

"이제 마지막 4단계로 작전을 마무리 지어야지."

차를 다 마신 하라간이 의자 팔걸이를 짚으며 일어섰다.

그 날 돌성에 주둔 중이던 하라간 직속군이 감쪽같이 자취를 감추었다. 대신 돌성 성벽엔 머리에 투구를 쓰고 창과 방패로 무장한 허수아비들이 대신 세워졌다. 돌성 내부에도 허수아비들이 잔뜩 늘어섰다.

돌성 옆에 설치된 대규모 공간 이동 포탈도 뼈대만 남기고 모두 해체되었다.

Chapter 2

깊은 밤.

쩌저저저정!

어둠을 대낮처럼 환하게 밝히며 전하의 다발이 작렬했다. 해안에 설치된 스벤센군 경계 초소가 푸른 전하에 맞아 그대로 불타올랐다.

"적의 기습이닷!"

"놈들이 또 쳐들어왔다!"

스벤센 해군이 빠르게 대응했다. 대기조가 곧바로 달려와 초소에 붙은 불이 막사로 번지지 않도록 불길을 차단했다. 그사이 해군 솔샤르들이 튀어나와 방어선을 구축했다.

페피는 100 미터 밖에서 전하를 채찍처럼 휘둘렀다. 나무를 세워서 만든 목책이 전하에 스쳐 쩌저적! 불타올랐다.

"으아악!"

망루에서 활을 쏘던 스벤센 병사가 전하의 채찍에 휘말려 비명을 지르며 추락했다.

스벤센군은 목책 뒤에서 활을 쏘고 돌을 던졌다.

이번엔 네페르의 차례였다.

네페르와 결합한 마물 그누크가 뜨거운 용암을 뿜었다. 시뻘건 용암이 분수처럼 솟구쳐 목책을 덮쳤다.

스벤센 해군의 대응도 신속했다. 물 속성의 솔샤르들이 용암을 차단하는 사이, 목책 안쪽에 노덴스가 자리를 잡았다. 세 기의 노덴스는 밤하늘을 향해 마물 화살을 쏘아 올렸다. 어두운 산기슭에 마물 화살이 퍽퍽 처박혔다. 마물 화살이 만들어 낸 파편에 나무가 박살 나고 바위가 으스러졌다.

"노덴스를 더 불러와라!"

"용암을 빨리 막앗!"

목책 안에서 해군 지휘관들이 악을 썼다.

마물 화살이 쉴 새 없이 포화를 쏘았다. 어두운 산을 향해 창과 활이 빼곡하게 날아갔다.

어둠 속에서 다시 전하의 다발이 쏘아졌다. 쩌저저적! 소리를 내며 일직선으로 날아온 전하의 다발은 목책 입구를 그대로 강타해 불덩이로 만들어 버렸다.

페피의 마물 다즈케토는 해구 2층 레벨의 강자였다. 스벤센 해군에는 다즈케토에 맞서 싸울 만한 솔샤르가 없었다. 스벤센 해군은 목책 안에서 페피를 맞상대하면서 병력을 긁어모았다.

"봉쇄선이 뚫리면 안 된다. 놈들이 배를 타고 도주하면 안 되니 전력을 다해 막아랏!"

지휘관들이 기를 쓰고 부하들을 독려했다.

그렇게 치열하던 전투는 밤 12시가 되어서야 멈췄다. 페피와 네페르가 물러서고 나서야 스벤센 해군은 만세를 불렀다.

"만세! 만세! 놈들이 물러갔다."

"만세! 우리가 봉쇄선을 지켰어!"

얼굴에 검댕을 묻힌 스벤센 해군은 서로 얼싸안으며 승리를 자축했다. 그들은 목책 밖으로 한 발자국도 나가지 못했다. 그저 페피와 네페르의 강력한 공격에 맞서 마물 화살을 날리고, 투석기를 쏘고, 활과 투창으로 대응했을 뿐이었다.

목책으로부터 100 미터 떨어진 산기슭은 스벤센 해군이 퍼부은 공격으로 인해 완전히 폐허가 되었다. 스벤센 해군은 그 일대가 초토화되었으니 페피군도 많이 죽었을 것이라 예상했다.

"놈들이 이렇게 쉽게 물러난 것을 보니 마물 화살에 피해를 많이 보았나 봐."

"그렇지? 어제까지만 해도 새벽 4시까지 공격하던 자들이 오늘은 자정이 되자마자 물러났어."

스벤센 해군들은 '이제 적들도 지쳤구나.' 라고 생각했다.

오산이었다.

오늘 밤 기습 작전에 참여한 사람은 단 2명뿐.

페피와 네페르 부녀만이 스벤센 해안 봉쇄선을 기습했을 뿐, 나머지 군나르 병력은 단 한 명도 이곳에 오지 않았다.

결국 스벤센 해군은 빈 공터에 무의미하게 화력을 퍼부었을 뿐이다.

산비탈을 빠르게 달리면서 페피가 씨익 웃었다.

"적들이 내일 아침에 확인을 하면 깜짝 놀랄 것이다. 하하하!"

"그렇죠? 죽자 살자 화력을 퍼부었는데, 그게 헛발질이라는 것을 깨달으면 아마 미치려고 할 거예요. 히히히!"

네페르가 웃음으로 그 말을 받았다.

페피가 네페르의 어깨를 두드렸다.

"네페르, 수고했다. 네 실력이 많이 늘었더구나."

"히히. 하라간 님께서 친위대원들의 실력 향상에 신경을 많이 써 주시거든요. 그나저나 빨리 가야겠어요. 그래야 아군과 합류하죠."

"그래. 서두르자."

페피군은 이미 어제 오전에 마정석 광산에서 철수하여 남하했다. 산을 타고 꼬박 달렸으니 지금쯤 꽤 멀리 갔을 것이다. 이곳엔 오직 페피와 네페르만 남아서 적 해군들을 교란했다.

"빨리 가서 아군과 합류해야지."

페피 부녀가 발걸음을 재촉했다. 두 사람의 모습은 이내 험악한 산속으로 자취를 감추었다.

페피군이 스벤센 해군을 속이고 남쪽으로 남하 중인 그 시각.

산악 지대 동쪽에서도 산발전이 시작되었다. 차단된 계곡을 빙 둘러 우회한 메네스와 외궁 4호가 스벤센 6군단 외곽을 급습한 것이다.

휘리릭! 퓨퓨퓨퓨풋!

둥근 공처럼 온몸을 만 메네스의 밀레노레르가 사방으로 투창을 뿌려 댔다. 무려 100개의 투창이 적병들의 목을 뚫고 머리통을 부쉈다.

뎅뎅뎅뎅뎅!

"기습이닷!"

"적들이 쳐들어왔다!"

가이루의 6군단이 발칵 뒤집혔다.

메네스는 허공에서 다시 투창을 뽑아낸 다음, 연달아 투창을 폭사했다. 둥근 구체가 회전하면서 나선형으로 뿌려진 투창들이 스벤센 병사들을 대거 학살했다.

그 옆 수풀에서 외궁 4호가 원반을 날렸다. 지름 10 미터 크기의 주홍색 원반 4개가 스벤센 막사를 가로로 자르며 적진을 휘저었다.

"놈들을 막아랏!"

스벤센의 솔샤르들이 우르르 달려왔다.

메네스는 적들이 몰려오자 즉각 발을 뺐다. 앉은뱅이가 된 외궁 4호를 등에 업고 바로 후퇴한 것이다.

메네스와 외궁 4호가 어두운 산속으로 쏙 들어가 버리자 스벤센 솔샤르들도 추격을 멈출 수밖에 없었다.

"추격하지 마! 이건 놈들의 유인책이다."

스벤센군의 부장이 이렇게 주장했다.

그 말에 일리가 있어 솔샤르들이 추적을 포기했다.

가이루는 내일 아침 일찍 6군단 전체를 니네베로 돌려보낼 생각이었다. 니네베를 불바다로 만든 적들을 물리치는 것이 이곳의 봉쇄보다 더 중요하다고 판단했기 때문이다.

대신 가이루는 이곳에 수도군 전체와 토후들의 가병을 남길 요량이었다. 물론 가이루 본인도 여기 남기로 했다.

그런데 전략을 짜자마자 적의 기습을 당했다. 이 기습으로 병사 250명 정도가 죽었고, 말들이 일부 놀라서 도망쳤다.

"지금 6군단을 돌려보내면 안 됩니다."

수도군의 부장이 가이루에게 이렇게 간언했다.

"6군단이 빠져나가는 순간, 돌성에서 농성 중이던 자들이 치고 내려올 것입니다. 놈들도 깊은 산 속에서 가을과 겨울을 지낼 수 없다는 사실을 잘 알고 있습니다. 그래서 우리가 병력을 분산시킬 때를 기다리고 있습니다. 그 증거로 오늘 놈들이 우리를 떠본 것 아닙니까? 여기에 수도군과 토후들만 남으면 적들을 막기 힘듭니다. 적들은 노브고로트 님이 이끄는 대군 45,000명을 도륙한 자들입니다."

수도군에서 이렇게 주장하자 토후들이 웅성거렸다.

"그건 그렇지."

"6군단이 가 버리면 우리만으로 적들을 봉쇄하기 어렵지."

토후들은 간절한 눈빛으로 가이루를 바라보았다.

반면 6군단의 부장들은 모두 불만스러운 눈빛이었다. 그들은 한시라도 빨리 가족이 있는 니네베로 복귀하기를 원했다.

6군단의 부장들도 가이루의 입술만 쳐다보았다.

가이루가 입을 꾹 다물었다.

지금 가이루는 생각에 잠겼다.

'놈들이 진짜로 원하는 것이 무엇인가?'

Chapter 3

'적들은 내가 어떻게 행동하기를 원할까?'

가이루가 눈썹 사이를 바짝 좁혔다.

가이루는 지금까지 겪어 온 모든 전투에서 적의 관점을 최우선으로 생각했다. 그리고 항상 적이 원하는 반대 방향으로 움직였다. 이것이 가이루에게 승리를 가져다주었다.

지금도 가이루는 머리를 계속 굴렸다.

'적들은 내가 병력을 둘로 나누기를 원하나? 내가 니네베로 돌아가기를 원하나? 그 틈을 노려서 봉쇄선을 뚫으려고?'

6군단 병력이 니네베로 돌아가면 이곳 봉쇄선이 뚫릴 가능성이 컸다. 만약 적들이 이걸 노린다면 가이루는 그 반대 방향으로 전략을 짜야만 했다.

'내가 적장이라면 어떻게 할까?'

산속에서 옥쇄를 각오하지 않는 한, 이곳 봉쇄선을 뚫는 것이 적장의 최우선 과제였다. 일단 산에서 벗어나야 약탈한 마정석도 의미가 있으니까.

가이루는 정반대 방향에서도 한번 생각해 보았다.

'아니면 우리가 이곳에 발이 묶여 있기를 바라나?'

6군단이 가지 않으면 적들은 니네베에서 활개를 치며 약탈할 것이다.

'그래서 뭐?'

이미 마정석 창고는 적에게 털렸다. 놈들이 대도시 니네베의 금은보화를 더 약탈할 수는 있겠지만, 그런 것들은 마정석만큼 중요하지 않았다.

게다가 적들은 니네베 밖으로 도망칠 곳이 없었다.

해안선은 이미 꽉 막혔다. 적들이 선박을 빼앗아 타고 바다로 나가는 순간, 막강 스벤센 해군에게 포위당해 모조리 물고기 밥이 될 터였다.

동남쪽 산을 타고 토레로 넘어가는 것도 쉽지 않았다. 스벤센과 토레 왕국 사이에 위치한 동남부 산악 지대는 스벤센 동부군이 완벽하게 차단해 놓았다.

그렇다고 동북쪽 평야 지대로 나오면 스벤센 중앙군과 맞닥뜨려야 했다.

'니네베는 완전히 고립되었어. 적들은 니네베 백성들을 학살하고 괴롭힐 수는 있지만, 우리 왕국을 빠져나갈 길은 없다고.'

만약 이 생각이 옳다면, 가이루가 6군단을 니네베로 돌려보내는 것은 적들이 원하는 바였다.

'우리 6군단이 남하하면 적 주력 부대가 니네베에서 6

군단과 맞서 싸우려고 할까? 그런 일이 벌어진다면 아군도 큰 피해를 보겠지만 결국 적들도 모두 죽을 게야. 적들은 약탈한 마정석을 자국으로 가져가지 못하고 옥쇄할 수밖에 없다고.'

이건 적들이 바라는 바가 아닐 것이다.

'그러니까 적들은 니네베에서 6군단과 싸우지 않을 게야. 6군단이 니네베에 도착하기 전에 도망치겠지. 바다로 나갈 수도 없고, 남동쪽 산악 지대로 도망칠 수도 없어. 물론 동북쪽 평야로 나갈 수도 없지. 그러니까 적들은 서북쪽 산맥을 타고 결국 이곳에 되돌아올 수밖에 없다고.'

가이루는 이렇게 판단했다. 이 판단이 옳다면 가이루의 6군단은 무조건 여기에 남아야 했다. 그래야 봉쇄선이 뚫리지 않을 테니까.

그러다 가이루는 공간 이동 포탈에 생각이 미쳤다.

'아뿔싸! 돌성 옆에 놈들이 공간 이동 포탈을 설치해 놓았지? 6군단이 남하하는 동안, 니네베에서 분탕질을 친 적들이 이곳으로 돌아와 포탈을 통해 자국으로 귀환한다면?'

그럼 스벤센 왕국은 닭 쫓던 개가 된다.

"크왁! 그렇게 놔둘 수는 없어!"

가이루가 벌떡 일어섰다.

부장과 토후들이 깜짝 놀라 함께 자리에서 일어섰다.

가이루는 부하들의 행동에 신경 쓰지 않았다. 갑자기 지도를 펼쳐 놓고 생각에 잠겼다. 가이루의 머릿속에서 작전이 떠올랐다.

'적들은 우리 움직임에 신경 쓰고 있어. 오늘 소수의 병력을 보내 우리를 떠본 것도 분명 그 때문일 게야. 그러니 적을 속이기 위해 6군단을 뒤로 물리자. 그럼 적들은 우리 6군단이 니네베로 돌아가는 것으로 착각하겠지? 그 즉시 니네베를 점령 중인 적의 주력 부대가 산맥을 통해 이곳으로 복귀할 게야. 그다음 포탈을 열고 본국으로 귀환하겠지. 우리에게서 약탈한 마정석을 들고 유유히! 이런 찢어 죽일 도둑놈들!'

이 사태를 막을 방법은 하나였다.

'6군단을 니네베로 돌려보내는 척하면서 사실은 니네베로 가지 말자. 대신 산허리를 끊고 파고들어 여기 산맥의 중간 부분에 매복한다. 그다음 니네베를 떠나 이곳으로 되돌아오는 적의 주력 부대를 몰살시키는 게야.'

적의 주력은 반드시 이곳으로 돌아오게 되어 있었다. 니네베에서는 다른 데로 갈 곳이 없고, 공간 이동 포탈도 여기 산속에 설치되어 있으니까 적들은 반드시 이곳에 돌아올 수밖에 없었다. 가이루는 그렇게 확신했다.

'가파른 절벽으로 대군을 몰아넣을 수는 없어. 저 돌성을 공략하기엔 지형 조건이 최악이야. 하지만 산맥 허리에 매복하고 있다가 그곳에서 적의 주력을 빙 둘러 에워쌀수만 있다면! 그럼 이 전투를 아군의 승리로 가져올 수 있어.'

마침내 가이루가 결심을 굳혔다. 그가 머릿속으로 구상한 전략이 곧 부장들과 지휘관들에게 공유되었다.

스벤센군은 가이루의 지휘대로 움직였다.

결론적으로 이 전쟁은 하라간과 가이루 사이의 무력 다툼이 아니었다. 군나르 왕국의 차세대 두뇌 라티파와 스벤센의 노장 가이루의 머리싸움이었다.

라티파가 이 싸움에서 이겼다.

가이루가 라티파보다 멍청해서 진 것이 아니었다. 라티파는 오랜 시간을 들여서 모래바람 작전을 기획하고, 다방면에서 작전을 점검했다.

반면 가이루는 군나르군의 움직임에 맞춰 즉각적으로 대응책을 짜낼 수밖에 없었다. 그러니 라티파에게 밀리는 것이 당연했다.

무더위가 한창인 8월 7일.

가이루의 6군단이 봉쇄를 풀고 철수했다. 50,000명에 육박하는 대군이 빠져나가자 갑자기 산 밑이 썰렁해졌다.

산 밑에는 스벤센 수도군과 토후들만 남았을 뿐이다. 가이루도 6군단에 섞여 함께 움직였다.

물론 가이루의 막사와 깃발은 산 밑에 그냥 남겨 두었다. 가이루는 일반 병사의 복장을 하고 6군단에 동행했다.

그렇게 니네베로 복귀하는 것처럼 보이던 6군단은 갑자기 산으로 올라가 매복했다. 50,000 대군이 산맥의 동에서 서까지 가로로 꽉 틀어막은 것이다.

"우리 6군단의 남하를 적들이 목격했다. 놈들은 우리가 니네베로 갈 줄 알겠지? 그 즉시 니네베를 점령 중인 자들이 이 산길을 타고 돌성으로 돌아올 것이다. 우리는 그때를 기다렸다가 적 주력의 숨통을 끊어 놓는다. 제군들, 알아들었는가?"

가이루가 이렇게 연설했다.

"우와아아아!"

거인족 용사들이 도끼를 번쩍 들어 화답했다. 서부 산맥이 큰 함성으로 들썩였다.

하지만 이건 가이루의 오산이었다.

하라간 일행은 가이루가 매복을 하기 며칠 전에 이미 이곳을 통과했다. 메네스와 외궁 4호가 가이루 본진을 기습할 때 이미 하라간은 돌성을 비우고 남쪽으로 떠난 상태였다.

돌성 옆 포탈도 **뼈대**만 남기고 모두 해체했다. 돌성에는 거인족 샤먼들을 속이기 위한 허수아비만 남겨 두었다.

페피군도 마정석 광산 갱도를 무너뜨린 다음 산을 타고 남하한 지 오래였다. 페피와 네페르가 하루 늦게 출발해 산맥 중간에서 하라간과 만났다.

Chapter 4

닷새 뒤인 8월 12일.

하라간 일행은 산기슭에서 내려와 니네베에 입성했다. 페피군은 그보다 하루 앞서 니네베에 도착했다.

"하라간 님, 어서 오십시오."

온바가 니네베 북문 앞에서 하라간을 맞았다.

하라간이 물었다.

"공간 이동 포탈의 설치는 끝났나?"

"네. 어젯밤에 완료된 것으로 보고를 받았습니다."

"바로 그리로 가지."

"네. 소장이 모시겠습니다."

온바는 하라간을 니네베 북문 인근의 광장으로 안내했다. 이곳에 살던 니네베 백성들은 이미 대부분 다른 곳으로 피신한 상태였다. 백성들 가운데 일부는 군나르군에 저항하다가 죽었다.

거인족들이 사는 곳답게 광장은 무척 넓었다.

그 넓은 공터에 대규모 공간 이동 포탈이 설치되어 있었다. 온바와 함께 니네베로 온 아이다가 카티, 실보플레 사제의 도움을 받아 만든 포탈이었다.

포탈을 만들 때 가장 중요한 부품은 마정석.

다행히 군나르군은 마정석을 충분히 확보했다. 그러니 포탈 설치가 어려울 것도 없었다. 아이다와 카티, 실보플레는 며칠에 걸쳐 포탈을 완성했고, 점검도 끝내 놓았다.

때를 맞춰 폐피군이 도착했다.

하루 뒤에는 하라간 일행도 이곳에 왔다.

"이제 이동을 시작하지."

포탈의 푸른 테두리를 바라보면서 하라간이 고개를 주억거렸다.

아이다가 오브를 손에 들고 포탈에 마나를 주입했다. 카티와 실보플레도 마나 충전을 도왔다. 이윽고 포탈의 테두리가 환한 빛을 내뿜었다. 테두리가 빙글빙글 돌아가면서 포탈 내부가 하늘색 빛으로 차올랐다.

온바가 백마 위에 올라타 목청을 높였다.

"전군, 행진!"

"전구우우──운, 행진!"

부관이 그 말을 받았다.

척! 척! 척! 척! 척!

군나르군은 50명씩 어깨를 나란히 하고 대규모 공간 이동 포탈로 들어갔다. 북부군 병사들이 물결처럼 출렁거리는 하늘색 빛 속으로 사라지자 하라간이 페피를 돌아보았다.

"먼저 복귀해."

"네, 하라간 님."

하라간의 명에 따라 페피군이 이동을 시작했다.

수만 명이 이동을 하느라 시간이 꽤 걸렸다. 군나르군이 차례차례 포탈로 들어가자 폐허가 된 광장이 점차 그 본모습을 드러내었다.

페피군에 이어 EoM이 공간 이동 포탈로 들어갔다.

풀문이 그 뒤를 이었다.

하라간과 친위대, 아이다, 카티, 실보플레는 마지막으로 포탈을 이용했다.

포탈에 들어가기 전 하라간이 세 사람을 칭찬해 주었다.

"아이다, 카티, 실보플레. 수고 많았어."

"아, 아닙니다."

예상치 못한 칭찬에 아이다가 말을 더듬었다.

카티와 실보플레는 부르르 몸서리를 쳤다.

'스벤센군을 산악 지대에 묶어 놓고 이곳 니네베를 통해 군나르 왕국으로 복귀하다니! 이렇게 작전이 교묘하니 적들이 속을 수밖에 없겠구나!'

카티는 라티파의 신출귀몰한 계략에 혀를 내둘렀다.

반면 실보플레는 하라간이 두려워서 등에 소름이 돋았다. 공간의 마법사인 실보플레는 하라간의 실체를 엿본 것이 너무나 후회되었다. 그 날 이후 실보플레는 하라간을 대할 때마다 자신도 모르게 사타구니에 힘이 풀려 소변을 흘렸다.

지금도 실보플레는 로브 속 사타구니가 뜨뜻해져서 죽고 싶은 심정이었다.

'흑흑! 나 요실금이 생겼나 봐. 아직 시집도 못 갔는데 요실금이라니, 어떡하면 좋아.'

실보플레가 울상을 짓는 사이, 하라간이 아이다에게 마지막 질문을 던졌다.

"우리가 모두 이동하고 나면 여기 포탈은 폭발하는 거 맞지?"

"네, 좌표 이동 후 제가 반대편에서 조작해서 터뜨릴 수 있어요."

"그럼 포탈의 흔적도 남지 않겠지?"

"물론이죠. 포탈의 흔적이 남았다가는 괜히 우리 룬드 왕국이 뒤집어쓴다고요. 치잇! 억울해."

아이다는 하라간에게만 들리는 작은 목소리로 쏘아붙였다.

북부에서 대규모 공간 이동 포탈을 사용할 만한 왕국은 모두 네 곳이었다. 아르네 왕국, 토브욘 왕국, 헤닝 왕국, 그리고 룬드 왕국.

그런데 네 왕국의 포탈 제작 방식이 조금씩 다른 것이 문제였다. 만약 이곳의 포탈 흔적을 완전히 지워 버리지 않으면 스벤센 왕국은 룬드 왕국을 범인으로 지목할 것이다. 누가 봐도 룬드 왕국의 포탈이 분명하니까.

아이다의 투정에 하라간이 씩 웃었다.

"그래. 억울한 일 당하지 않으려면 꼭 흔적을 지우라고."

"치이잇!"

아이다가 입술을 뿌루퉁 내밀었다.

하지만 어쩔 수 없는 일이었다. 아이다에게는 하라간을 혼내 줄 힘이 없었고, 그의 명령을 거부할 용기도 없었다.

행렬의 마지막에 하라간과 친위대, 아이다 등이 움직였다.

하늘색 빛 속으로 발을 내디딘 하라간 일행은 화악! 공간을 뛰어넘어 군나르 왕국 북부군 진영 한복판으로 돌아왔다.

복귀 즉시 아이다가 포탈 한구석의 조그만 구멍에 마나를 불어 넣었다.

군나르 왕국으로부터 멀리 떨어진 남쪽, 니네베 광장에 설치된 포탈이 우르르르 진동하기 시작했다.

콰콰쾅!

이윽고 엄청난 폭음과 함께 포탈 전체가 폭발했다.

이제 이 잔해를 통해 스벤센 왕국이 얻을 수 있는 정보는 아무것도 없었다. 그저 이 광장에 포탈이 설치되었고, 적들이 그 포탈을 통해 본국으로 돌아갔을 것이란 점만 유추할 수 있을 뿐이었다.

이로써 스벤센 왕국은 라티파에게 완전히 농락당했다.

여기에 한 가지 더.

하라간은 돌성 옆에 포탈의 뼈대를 그냥 남겨 두었다.

그런데 아이다가 이 뼈대의 형태를 살짝 조작했다. 룬드 왕국의 포탈과 조금 다르게. 토브욘 왕국의 포탈과 비슷한 방식으로 살짝.

아이다가 포탈에 손을 댄 이유는 하라간의 명령 때문이었다.

"포탈의 뼈대를 살짝 조작해 봐. 그래서 이번 일을 토브

욘 왕국에게 뒤집어씌우자고. 그래야 룬드 왕국이 억울한
일을 당하지 않잖아?"

온바의 북부군을 니네베로 파병하기 전, 하라간은 아이
다를 불러서 이렇게 권했다. 사실은 권유가 아니라 협박이
나 다름없었다.

'으으으! 이런 악마 같은!'

아이다는 두 주먹 불끈 쥐고 부르르 떨었다.

물론 겉으로는 내색하지 않고 생글생글 웃었다.

"네, 알았어요. 우리 룬드 왕국이 억울한 일을 당하지 않
기 위해서라도 제가 꼭 해야 될 일이네요. 오호호호호호!"

겉으로 호탕하게 웃었지만, 아이다는 속으로 하라간이
정말 무서운 사람이라고 생각했다. 하지만 사실 포탈 조작
은 하라간이 아니라 라티파의 아이디어였다.

8월 12일.

하라간이 이끄는 군나르군은 엄청난 양의 마정석을 확보
해 본국으로 귀환했다. 하라간이 초안을 잡고 라티파가 세
밀하게 가다듬은 모래바람 작전이 완벽하게 성공했다.

하지만 이 작전으로 인해 북부 아홉 왕국은 본격적으로
피의 수레바퀴에 올라타게 되었다. 서로 대등하던 왕국들
사이에 격차가 발생하면서, 그동안 국지전만 일어나던 북

부의 아홉 왕국에 전면전이 시작된 것이다.

피보라의 시대!

참혹한 전란의 시작은 그렇게 하라간의 손에 의해 활짝 열렸다.

〈다음 권에 계속〉